ELIS FISCHER

Die Kunstjägerin

GEFÄHRLICHES VERMÄCHTNIS Die liebenswürdig chaotische Illustratorin Theresa führt mit Mann und Sohn ein ruhiges Leben in Wien. Doch eines Tages erbt sie ein geheimnisvolles Gemälde, das ihr Leben verändert. Nachdem der Name ›Sustermans‹ auf der Bildrückseite ihre Neugier geweckt hat, stellt sie gemeinsam mit ihren Freunden Nachforschungen an – und bringt sich und ihre Familie in Gefahr.

Plötzlich scheint die ganze Welt hinter dem Gemälde her zu sein. Theresa wird verfolgt, verwanzt und des Mordes verdächtigt. Um ihre Familie zu schützen, muss sie das Rätsel des Bildes lösen. Es beginnt eine Jagd, die sie bis nach Florenz in die berühmten Uffizien führt.

Elis Fischer, Jahrgang 1965, studierte Kunstgeschichte und Theaterwissenschaft in Wien. Nach vielen Arbeitsjahren im Marketing und einigen Studienaufenthalten in Italien beschloss sie, sich ganz der Kunst zu widmen. Heute lebt sie mit ihrer Familie im Burgenland und arbeitet als Künstlerin und Vergolderin.

Das Gemälde mit dem mysteriösen Namen, das im Zentrum ihres Romandebüts steht, ist tatsächlich in ihrem Besitz. Mehr über die Autorin und ihre Recherche zu dem Bild erfahren Sie unter www.elisfischer.com.

ELIS FISCHER

Die Kunstjägerin

Roman

GMEINER *Original*

Personen und Handlung sind frei erfunden.
Ähnlichkeiten mit lebenden oder toten Personen
sind rein zufällig und nicht beabsichtigt.

Besuchen Sie uns im Internet:
www.gmeiner-verlag.de

Im Ehnried 5, 88605 Meßkirch
Telefon 07575/2095-0
info@gmeiner-verlag.de

1. Auflage 2013

Lektorat: Ricarda Dück
Herstellung: Mirjam Hecht
Umschlaggestaltung: U.O.R.G. Lutz Eberle, Stuttgart
unter Verwendung der Fotos von: © Elis Fischer,
© bobofoto – Fotolia.com, © virtua73 – Fotolia.com
Druck: GGP Media GmbH, Pößneck
Printed in Germany
ISBN 978-3-8392-1454-1

Für meinen Vater Hermann Schweighofer
(1928 – 2007)

PROLOG

Waren die Uffizien schon immer so hoch gewesen? Theresa drückte sich an die kühle Mauer und starrte in die Tiefe. Das Adrenalin brachte ihre Schläfen zum Pochen. Die Schritte wurden lauter. Er kam näher, bald würde er hinter ihr stehen. Sie sah auf die andere Seite. Wie klein Dino wirkte! Er konnte es schaffen, musste es schaffen! Dafür würde sie sorgen. Wenn nötig, mit ihrem eigenen Körper als Schutzschild. Sie begann zu balancieren. Vorsichtig. Einen Fuß vor den anderen. Nicht nach unten sehen. Nur nach vorne.

Hastig blickte Theresa zu ihrem Sohn hinüber. Endlich war er angekommen und stand sicher auf dem kleinen Steinbalkon. Gott sei Dank! … *Gott* sei Dank? Sie schnaubte verächtlich und musste plötzlich an den Freund ihres Vaters denken, der aus Dankbarkeit für seine Lebensrettung nach Lourdes gepilgert war. Um dort vom erstbesten Kreuz, vor dem er niederkniete, erschlagen zu werden! Diese Geschichte ließ sie stark an der Liebe Gottes zu seinen Geschöpfen zweifeln. Eher schien er ein Liebhaber schwarzen Humors zu sein. Jemand, der amüsiert zusah, wenn ein Mörder mit entsicherter Waffe …

Ihre Nackenhaare stellten sich auf. Sie spürte, wie ihr Verfolger hinter ihr ans Fenster trat, wie er den Finger auf den Abzug legte und zielte. Gleich würde ein Schuss die Stille zerreißen. Sie schwankte, sah sich fallen. Hätte sie dieses verfluchte Bild doch nie von der Wand genommen!

Kapitel 1

Wien, Mittwoch, 30. Oktober

Wo war bloß der Notizzettel mit dem Namen des Restaurators? Theresa kämpfte sich durch die Stapel alter Prospekte, ungelesener Briefe und zerknitterter Zeitungen. Irgendwann musste sie die Unordnung im Vorzimmer in Angriff nehmen. Aber nicht heute!

Sie schloss die Augen und spielte die Szene nochmals durch. Paul hatte gestern bei ihrem Treffen die Adresse seines Onkels aufgeschrieben und das Papier in den Spiegelrahmen gesteckt … Ah, da war er doch: ›Rembert Wenz, Restaurierung & Antiquitätenhandel, Zirkusgasse 30, 2. Bezirk‹.

Wenn sie sofort losfuhr, würde sie es noch rechtzeitig schaffen, Dino mittags vom Kindergarten abzuholen. Ein schneller Blick in den Spiegel, die widerspenstigen Haare mit einem Gummi gebändigt, die dunkelbraune, speckige Lederjacke übergeworfen, das reichte, um einigermaßen passabel auszusehen.

Am Auto angekommen, schob sie das Bild auf den Rücksitz. Leon hatte es gestern noch sorgfältig verpackt. Zum Glück, dachte Theresa, als sie die kleinen Flocken beobachtete, die vom Himmel schwebten. Fröstelnd stieg sie in ihren klapprigen VW Sharan. Der erste Schnee in diesem Jahr. Typisches Allerheiligenwetter, da würden sie am Friedhof wieder frieren.

Nachdenklich lenkte Theresa den Wagen durch die engen Gassen des 2. Bezirks. Sollte Dino diesmal mitkommen? Beim Begräbnis war er auch nicht dabei gewesen. Sie schüttelte den Kopf. Nein, er konnte bei Leon bleiben. Ein Vater-Sohn-Vormittag tat den beiden gut. Ihr Mann arbeitete ohnehin zu viel und sah Dino zu selten.

Die altmodische Bronzeglocke über der Eingangstür kündigte ihren Besuch an. Theresa lehnte ihr Bild neben eine verstaubte Staffelei und atmete den Duft von modrigem Holz und feuchter Ölfarbe ein. In der Mitte des Geschäfts standen zwei verschnörkelte Eichentische. Überhäuft mit vergoldeten Kerzenleuchtern, geschnitzten Engelsköpfchen und kleinen Marmorskulpturen, glich der Anblick den sorgfältig arrangierten Stillleben alter Meister.

Theresa nahm eine kleine Pan-Figur aus Elfenbein in die Hand. Sein boshaftes Grinsen erinnerte sie an ihre Freundin Flora, wenn sie mit Paul stritt.

Ein Kribbeln im Nacken, ein Gefühl, dass jede ihrer Bewegungen genau registriert wurde, ließ sie den Hirtengott schnell wieder hinstellen. Unsicher blickte sie nach links und rechts. Diese latente Paranoia verfolgte sie seit Tagen. Schließlich entdeckte Theresa ihren Beobachter. Unbeweglich, einer ägyptischen Gottkatze gleich, thronte ein Siamkater auf einer Glasvitrine. Mit halb zugekniffenen Augen starrte er sie an. Wie ein Grabwächter aus längst vergangener Zeit, dachte Theresa. Wäre er ein Mensch gewesen, sie hätte ihn nicht gemocht.

»Hallo?«, rief sie zögerlich, erhielt jedoch keine Antwort. Sie versuchte, den durchdringenden Blick des Tieres zu ignorieren, und näherte sich langsam dem Glasschrank, um den Silberschmuck zu betrachten. Der Kater riss sein Maul auf und gähnte gelangweilt. »Brauchst gar nicht so überheblich zu tun«, zischte ihm Theresa zu.

Endlich hörte sie jemanden die Treppe heruntersteigen. »Ich bin gleich da!«, ertönte eine tiefe Stimme. Quietschend öffnete sich die Tür neben der Vitrine und ein älterer, hünenhafter Mann betrat den Raum.

»Entschuldigen Sie die Wartezeit, aber vielleicht konnten Sie in der Zwischenzeit einige Preziosen finden, die Sie kaufen möchten. Schneller habe ich es leider nicht geschafft, gefahrlos diese Hühnerleiter, die der Vermieter Treppe nennt, aus meinem Atelier herunterzuklettern.« Er schnaufte. »Irgendwann werde ich mir noch den Hals brechen.«

›Ja, vor allem wenn Sie weitertrinken‹ war Theresa versucht zu sagen, verkniff es sich jedoch im letzten Moment. Ein ausschweifendes Leben hatte im Gesicht des Restaurators Spuren hinterlassen. Man sah, dass er gutes Essen und vor allem ein gutes Glas Wein zu schätzen wusste, denn violette Äderchen zeichneten sich deutlich auf seiner Nase ab. Doch die buschigen weißen Augenbrauen, die Lachfältchen und das Strahlen in seinen Augen machten Rembert Wenz sympathisch. Was hatte Paul noch über seinen Onkel erzählt? Dass er zu keiner gut dotierten Pokerrunde Nein sagen konnte. Und wenn schon, dachte Theresa, sie spielten doch alle gerne.

Sie gab dem Restaurator die Hand und sagte: »Paul hat mich zu Ihnen geschickt. Ich bräuchte Ihren Rat.« Theresa deutete auf das Gemälde neben ihr.

»Der gute Junge. Denkt immer noch an mich«, murmelte Wenz und hob das Bild hoch. Nun bewegte sich auch der Kater, sprang elegant von der Vitrine und strich schnurrend um die Beine seines Herrchens.

»Hoppla! Renoir, mein Schöner«, sagte der Restaurator. »Sie haben meinen Wachhund bereits kennengelernt? Er wirkt ein bisschen arrogant und hochnäsig – ein Geschenk von Paul übrigens ... Als ob die beiden verwandt wären.« Er machte eine Pause und lächelte. »Gut, sehen wir uns das Kunstwerk an.«

Theresa half ihm, die Klebebänder der Verpackung zu lösen und erzählte, dass ihr Vater das Bild vor rund vierzig Jahren aus der Verlassenschaft der Fürstin Igowski gekauft habe. Seither sei es weder restauriert noch gereinigt worden.

Wenz nickte stumm.

»Ein gewisser Sustermans hat es gemalt«, fuhr Theresa fort und beobachtete, ob der Name eine Reaktion bei ihm auslöste. Das Gesicht des Restaurators blieb unbewegt. Sie schluckte enttäuscht. »Vielleicht könnten Sie mir mit der Ikonografie weiterhelfen. Ich habe zwar eine Zeit lang Kunstgeschichte studiert, aber wer hier abgebildet sein soll, ist mir ein Rätsel.«

Der alte Mann legte das Gemälde in der Nähe der Eingangstür auf einen Tisch und begann es zu inspizieren. »Mal schauen ... Auf den ersten Blick ist es eine Krönung. Die zwei Priester hier links hinter dem Altarstein scheinen eine Salbung vorzunehmen, hm ja, das dürfte eine Schale mit Öl sein ... Im Zentrum der kniende, bärtige Mann mit dem Hermelinmantel ist unschwer als König zu erkennen.« Er strich sich übers Kinn. »Die Menschenmenge dahinter ist eigenartig ... Einer hält eine Krone, der andere ein Zepter und einige sind bewaffnet ... Außergewöhnlich.«

Vorsichtig, fast ehrfürchtig fuhr der Restaurator mit den Fingerspitzen über die Malschicht. Er hob das Bild hoch, um sich die Rückseite anzusehen. Nach einer kurzen Prüfung seufzte er und schüttelte den Kopf. Theresa ließ die Schultern hängen.

»Es gibt ziemlich unbegabte Kollegen«, brach Wenz schließlich das Schweigen. »Obwohl ich ungern abfällig über meinesgleichen spreche, muss ich sagen, dass in diesem Fall echte Dilettanten am Werk waren. Hier hätte nur ein Meister den Pinsel ansetzen dürfen. Das bedeutet viel

Arbeit für mich, wenngleich eine schöne. Dieses Gemälde ist«, er überlegte kurz, »irgendwie besonders. Ich habe noch keine vergleichbare Darstellung gesehen.«

Nochmals musterte er konzentriert das Kunstwerk, kniff die Augen zusammen, als wolle er mit einem Röntgenblick Untermalungen finden. »Wirklich wunderbar«, flüsterte er, ging zur Tür und warf einen raschen Blick hinaus. »Gut, es hat aufgehört zu schneien, die Sonne kommt durch. Ich brauche Tageslicht.«

Ehe sich Theresa versah, hatte Wenz das Bild hinausgetragen und vor sein Geschäft auf einen Sessel gestellt. Eine alte Frau blieb neugierig stehen. Ihr Dackel schnüffelte aufgeregt an der Eingangstür und zerrte an der Leine. »Komm, Waldi, das Katzenvieh kratzt dir nur wieder die Schnauze blutig.« Sie nickte ihnen kühl zu, bevor sie weiterging.

Der Restaurator schmunzelte, bevor er sich wieder auf seine Arbeit besann. »Im Freien kommt die Schönheit noch besser zur Geltung. Die Oberflächenstrukturen sind trotz des schnellen Pinselstrichs exzellent ausgeführt. Schauen Sie sich den Hermelinmantel des Königs an. Oder die Gesichter!« Er hielt inne, in seinen Augen flammte Begeisterung auf. »Voller Charakter. Das sind keine Figuren wie aus dem Musterbuch. Auch die Komposition ist durchdacht. Diese Krüge«, er zeigte auf die prächtigen goldenen Gefäße am unteren Bildrand, »sind beispielsweise dazu da, den Blick des Betrachters zu lenken, ihn ins Bild einzuführen.« Wenz unterbrach seinen Redefluss. »Oh, entschuldigen Sie, ich doziere schon wieder.«

»Kein Problem, sprechen Sie weiter«, sagte Theresa und trottete Wenz hinterher, als er das Gemälde zurück in seinen Laden trug. »Es ist fast wie eine Vorlesung auf der Uni.«

Der Restaurator strahlte sie an, Lachfältchen bildeten sich rings um seine Augen. »Schön zu hören. Ich habe einige Bekannte, die meine Monologe furchtbar langweilig finden.«

Erneut nahm er das Kunstwerk in Augenschein. »Die Architektur der Gebäude im Hintergrund ist italienisch, aber die Gesichtszüge der Personen scheinen zum Teil nordisch zu sein. Ein eigenartiger Kontrast. Ich werde nachsehen, ob ich in meinen Büchern etwas zur Darstellung und zum Maler finde. Sustermans, sagten Sie?«

»Ja.«

Theresa hatte selbst bis vor einer Woche, als sie das Bild von der Wand genommen und die Vignette auf der Rückseite entdeckt hatte, noch nie von ihm gehört. Genau genommen war Flora auf die Markierung gestoßen. »Schau dir das an!«, hatte ihre Freundin aufgeregt gerufen und – das Gemälde in den Händen – mit der Nase auf den weißen Fleck gedeutet. Vorsichtig hatte Theresa daraufhin über die Staubschicht gestrichen und die Spinnweben vom Keilrahmen entfernt. Ein kleiner, vergilbter Zettel kam zu Vorschein. Ihr Herz klopfte wie verrückt, als sie die blassviolette Schrift entzifferte. »Suttermann oder Sustermans, schwer zu lesen. Und was steht hier? Warte, das nächste Wort ist … Rubens«, stammelte sie. Dann versagte ihre Stimme.

»Rubens?« Flora lehnte das Bild vorsichtig an die Wand. »Wahnsinn! Würde ich noch rauchen, bräuchte ich jetzt sofort eine Zigarette!«

Sie fiel auf die Knie und fuhr mit beiden Händen durch ihre rotblonden Locken. Ganz die Tochter des Burgschauspielers Max Lombardi, dachte Theresa.

»Rubens! Thesi! Rubens!«

»Beruhige dich! Ich hab's begriffen«, flüsterte Theresa. Der ›Bethlehemitische Kindermord‹, eines seiner lange verschollenen Werke, kam ihr in den Sinn. Es war vor Kurzem in Wien wiederentdeckt und für 70 Millionen Euro versteigert worden. Ihr Herz begann noch schneller zu schlagen. Sie setzte sich neben ihre Freundin auf den Boden und versuchte, einen klaren Gedanken zu fassen: »Wenn diese Vignette echt ist … unglaublich! Kannst du das Wort hier, das vor Rubens steht, entziffern?«

»Schule oder Schuh, wobei ich eher auf Ersteres tippen würde«, antwortete Flora mit einem Augenzwinkern.

»Schade, in dem Fall hat Rubens höchstwahrscheinlich doch nichts mit dem Gemälde zu tun.« Theresa sah den Geldregen in weite Ferne rücken. »Außer, Sustermans hätte in seiner Werkstatt gearbeitet …«

Flora unterbrach ihre Überlegungen. »Sei ehrlich, hast du den Zettel dahin geklebt, um mir einen Streich zu spielen?«

»Ich? Wie kommst du auf die absurde Idee?« Theresa hatte mit ihrem Zeigefinger den restlichen Staub vom Bild gewischt. »Das bekäme ich niemals so hin. Diese altmodische Schrift, das vergilbte Papier, die Spinnweben …«

»Wenn du es nicht warst, wer dann? Dein Vater?«

»Um mir nach seinem Tod ein Rätsel aufzugeben? Nein, das glaube ich nicht. Wahrscheinlich ist die Beschriftung von der Fürstin Igowski. Aber ich habe ehrlich gesagt keine Ahnung.« Sie war ratlos, aber glücklich vor dem Bild gesessen und hatte beschlossen, alles über den Maler herauszufinden.

Der Restaurator holte Theresa zurück in die Realität. »Wobei solch ein Name auf der Rückseite nicht viel zu bedeuten hat. Als letzter gültiger Nachweis wäre es zu wenig. Viel wichtiger ist im Moment, dass wir den Patienten versorgen. Ich werde das Gemälde in mein Atelier tragen. Möchten Sie mitkommen?«

Theresa hätte Wenz' Arbeitsraum zwar gerne gesehen, doch es war Zeit, Dino abzuholen. Sie schüttelte den Kopf. »Leider muss ich schon weg. Wie lange wird es dauern, bis das Bild fertig ist?«

»Brauchen Sie es dringend? Ein genaues Datum kann ich Ihnen nicht nennen.« Er nahm die Brille von der Nase und begann, sie mit dem Ärmel seines ausgefransten Pullovers zu polieren. Zögerlich fügte er hinzu: »Sie werden vermutlich von meinem Neffen wissen, dass ich ein kleines ... nun ja, größeres Problem mit dem Trinken habe.«

Hätte sie aus Pauls Erzählungen nicht gewusst, dass sein Onkel eine Koryphäe auf seinem Gebiet war, und wäre der alte Herr ihr nicht so sympathisch gewesen – Theresa hätte ihr Bild spätestens in diesem Moment wieder eingepackt. Doch nun antwortete sie: »Egal. Es hing jahrzehntelang unbeachtet im Haus meiner Eltern, da werde ich es in den nächsten Wochen auch nicht vermissen. Lassen Sie sich Zeit.«

»Gut, danke. Ich melde mich, sobald ich fertig bin.«

»Könnten Sie mir sagen, wie viel die Restaurierung ungefähr kosten wird?«, fragte Theresa.

»Über den Daumen ist das schwer zu sagen. Eine einfache Reinigung reicht hier nicht. Ich muss viele alte Retuschen abnehmen. Grob geschätzt zwischen 1.500 und 4.000 Euro, je nachdem, ob eine Doublierung notwendig ist.« Er betrachtete die Rückseite. »Ach nein, ich sehe gerade, es wurde schon einmal zur Stabilisierung auf eine zweite Leinwand geklebt. Dann wird es billiger. Ich gebe Ihnen in den nächsten Tagen Bescheid.«

Theresa verabschiedete sich und ging nachdenklich zu ihrem Auto. 4.000 Euro! Sie musste Rücksprache mit Leon halten, für das Geld konnten sie die neuen Fenster kaufen, die schon längst fällig waren, oder sogar das Badezimmer renovieren. Ihr Mann hatte vor 15 Jahren das kleine Winzerhäuschen seiner Großeltern geerbt. Seither mussten sie ständig umbauen, herrichten oder ausbessern. Theresa hatte sich mit der Situation, dass sie mit den Arbeiten wohl nie fertig werden würden, abgefunden. Außerdem wäre ein anderes Haus mitten in Wien, noch dazu im 19. Bezirk, unerschwinglich gewesen.

Dino wartete bereits hinter der verschlossenen Glastür des Kindergartens und winkte ungeduldig, als Theresa um die Ecke bog. Jedes Mal, wenn sie ihren Sohn ansah, hatte sie das Gefühl, in einen Spiegel zu blicken. Er besaß ihre dunkelbraunen, dichten Haare, ihre blauen Augen und ihre schwarzen, scharf geschwungenen Augenbrauen, die ständig in Bewegung waren – beim Sprechen, Lachen oder Denken. Heute war er ganz aufgeregt, weil er zu einer Geburtstagsfeier durfte. Auf dem Weg dorthin erzählte er ihr, dass er den anderen Kindern das Kunststück mit der verschluckten Luft zeigen wolle. Theresa musste zunächst schmunzeln, hielt ihm dann aber doch einen Vortrag über gutes Benehmen und erklärte, dass der Gastgeberin ein Rülpskonzert bestimmt nicht gefiele. Sie nahm sich vor, unbedingt mit Flora, Paul und vor allem mit Boris ein ernstes Wörtchen zu reden. Die drei brachten Dino definitiv zu viel Unsinn bei.

Nachdem Theresa ihren aufgekratzten Sohn bei den Eltern des Geburtstagskindes abgeliefert hatte, machte sie sich auf den Heimweg. Es blieben ihr noch drei Stunden, um endlich mit ihrem neuen Projekt zu beginnen. Seit dem Abschluss an der Graphischen Lehranstalt arbeitete sie als Illustratorin für ein monatlich erscheinendes Lifestyle-Magazin. Allerdings kaufte der Redakteur in letzter Zeit immer mehr Material bei Agenturen ein, und Theresa musste um ihren Job fürchten. Daher war ihr der Auftrag, Bilder für ein Kinderbuch zu zeichnen, gerade recht gekommen. Eine alte Schulfreundin hatte für den Text von ›David und die Regenbogenmaschine‹ bereits den Vertrag in der Tasche, und in zwei Wochen sollten sie dem Verlag das fertig illustrierte Buch vorlegen. 14 Tage schienen viel Zeit zu sein, aber Theresa neigte dazu, alles so lange wie möglich hinauszuzögern. Leon meinte einmal lachend, hätte es die Natur nicht anders geregelt, Dino wäre heute noch nicht geboren.

Ihr Auto fuhr wieder wie von allein und ihre Gedanken flogen zurück zum Restaurator. Dieser wunderbare Geruch in seinem Geschäft! Er erinnerte sie an ihre Kindheit, als sie mit ihrem Vater auf der Suche nach Antiquitäten stickige Dachböden und nach Weihrauch duftende Sakristeien durchkämmt hatte. Stammte der Zettel doch von ihm? Schickte er sie mit diesem Bild auf eine Art Schatzsuche? Sollte sie nicht lieber weiterforschen, wer dieser Sustermans war und was er mit Rubens zu tun gehabt hatte, anstatt zu zeichnen? Wenz war von dem Kunstwerk begeistert gewesen. Einzigartig sei es, hatte er gemeint. Etwas musste dran sein, vielleicht ein bisschen Rubens?

Nein, keine weitere Ablenkung mehr, rief sich Theresa zur Vernunft. Gleich nach dem Fund der vergilbten Notiz hatte sie einige Kunstgeschichteexperten kontaktiert. Von ihnen hoffte sie, in Kürze genauere Informationen über den Maler und die Darstellung zu bekommen. Und bei der Rehaklinik, die mittlerweile im Schloss der Igowskis untergebracht war, hatte sie angefragt, ob noch Aufzeichnungen über die Gemäldesammlung der Fürstin existierten. Erst wenn sie darauf Antworten bekäme, würde sie weiterrecherchieren. Jetzt musste sie sich endlich auf ihre Arbeit konzentrieren. Sie brauchte dringend eine Idee, wie eine ›Regenbogenmaschine‹ aussehen könnte.

Als Theresa an einer roten Ampel stehen blieb, raschelte es unter ein paar unbezahlten Strafzetteln in der Mittelkonsole. Ach, hier war ihr Handy, sie vermisste es schon seit ein paar Tagen! Sie nahm ab und hörte der aufgeregten Stimme am anderen Ende der Leitung aufmerksam zu. Dino war beim Spielen die Treppe hinuntergefallen und wurde in diesem Moment mit Verdacht auf Beinbruch ins Allgemeine Krankenhaus gebracht!

Sofort wendete Theresa ihren Wagen. Sie hatte ihren Sohn doch erst vor etwa dreißig Minuten zu dieser Feier gefahren! Wie schaffte er es bloß immer, sich innerhalb kürzester Zeit in Schwierigkeiten zu bringen? Von ihr hatte er das sicherlich nicht!

Unfassbar! Seit Jahren suchte er nach diesem Bild, hatte längst nicht mehr daran geglaubt, es jemals in die Hände zu bekommen, und nun war es ihm auf einem silbernen Tablett präsentiert worden. Diese Frau hatte keine Ahnung, welchen Schatz sie besaß.

Jetzt nur nichts überstürzen! Er war so lange auf der Suche gewesen, da würde er die paar Tage Verzögerung auch noch ertragen. Bald wäre er am Ziel. Zufrieden rieb er sein stacheliges Kinn und öffnete eine Flasche Brunello. Das musste gefeiert werden!

Als Theresa nach drei Stunden Warterei im Krankenhaus zu Hause ankam, fiel sie geschafft aufs Sofa. Ihr Sohn hüpfte langsam hinter ihr her und legte sich neben sie. »Ich hätte gewonnen, Mama, aber Moritz hat mir ein Bein gestellt«, sagte er leise.

»Ich weiß, mein Schatz, du bist der Schnellste.« Sie streichelte seine weichen Haare. Moritz, dieses kleine Monster! Mit dem musste sie in nächster Zeit ein ernstes Wörtchen reden.

Dino rollte sich wie ein kleiner Igel auf ihrem Schoß zusammen und war nach zwei Minuten eingeschlafen. Auch Theresa schloss die Augen und versuchte durch Tiefenatmung zur Ruhe zu kommen. Ein, aus. Ein, aus. Ihre Lider wurden schwer. Auf einmal fand sie sich mitten im Geschäft von Rembert Wenz wieder und erblickte ihre Regenbogenmaschine. Sie schwebte ganz klar über der Pan-Figur aus Elfenbein.

Theresa war plötzlich hellwach und schob den schlafenden Dino sachte zur Seite. Wahrscheinlich brauchte man Aufregung, Ärger und Antiquitäten, um einen Geistesblitz zu haben. Sie suchte ihre Stifte und skizzierte schnell, was sie gesehen hatte: ein altmodisches Destilliergerät, verbunden mit den Rotationsblättern der Luftschraube, die Leonardo da Vinci vor 500 Jahren erfunden hatte. Gut kopiert war immer noch besser als schlecht erfunden, dachte sie zufrieden. Es schien trotz aller Aufregung ein guter Tag zu werden.

Bevor sie weiterzeichnen konnte, klingelte es. Theresa sah sich suchend um. Das Läuten führte sie zu ihrer Tasche, aus der sie das Handy zwischen Kosmetika und Kinderspielzeug hervorkramte. Sofort sprudelte Floras helle Stimme los: »Stell dir vor, nächste Woche wird im Wiener Auktionshaus ein Sustermans versteigert. Das Gemälde hat einen Schätzwert von 120.000 Euro!«

»Wow.«

»Genau!« Flora schwatzte begeistert weiter. »Da sollten wir dabei sein. Du hast ein kleines Vermögen geerbt. Wenn das die Jungs erfahren!«

Theresa schmunzelte. Mit den ›Jungs‹ meinte ihre Freundin Leon, Paul und Boris, die alle Ende 30 waren. Gemeinsam mit Flora hatte sie Boris vor Jahren im dunkelsten Winkel einer verstaubten Trattoria aufgegabelt und ihm, weil er traurig wirkte, eine dieser Korbflaschen mit Chianti spendiert. So wurde in dieser durchzechten Nacht der Grundstein für den Chianti-Club gelegt. Als Leon vor acht Jahren um Theresas Hand anhielt, bekam er Flora und Boris quasi als Mitgift dazu. Er wiederum hatte Paul in die Ehe eingebracht. Mittlerweile waren die fünf enge Freunde geworden … mehr oder weniger, wie Theresa oft dachte, wenn sie Flora und Paul beobachtete.

»He, bist du noch dran?«, rief Flora.

»Ja, wann ist die Versteigerung denn?«, fragte Theresa.

»Nächsten Dienstag um 14 Uhr. Ich gehe auf jeden Fall hin. Das ist mit einer Auktion auf E-Bay nicht zu vergleichen, denn ›Live is Life‹.« Flora summte ein paar Takte des alten Opus-Hits, bevor sie weitersprach. »Vielleicht schwirren da ein paar nette Kunsthändler herum. Apropos, was sagt der Restaurator zur ›Krönung‹?«

Theresa berichtete von ihrem Besuch bei Wenz und der Inspiration, die sie danach im Halbschlaf gehabt hatte.

»Hm, an Inspiration mangelt es mir gerade«, bemerkte Flora, die als Fotografin für eine Gourmetzeitschrift tätig war und nebenbei ihre erste Ausstellung vorbereitete. Dafür stellte sie Stillleben alter holländischer Meister nach und bearbeitete anschließend die Bilder am Computer, damit sie wie gemalt aussahen. Die fertigen Werke ließ sie auf riesengroße Leinwände drucken. »Ich brauche noch drei Exponate und die Vernissage ist in einem Monat. Hätte ich so tolle Krüge wie die auf deiner ›Krönung‹ …« Flora machte eine kurze Pause, bevor sie hektisch in den Hörer rief: »Oh, ich muss aufhören, hab ein Briefing für ein Gulasch-Shooting. Ciao!«

Gedankenversunken legte Theresa das Telefon beiseite. Floras Worte gingen ihr nicht aus dem Kopf. Wenz hatte die Krüge ebenfalls besonders hervorgehoben. Eigentlich konnte sie sich jetzt mit gutem Gewissen ihrer Schatzsuche widmen. Die Regenbogenmaschine war fertig, mehr würde sie heute sowieso nicht mehr schaffen.

Sie fuhr ihren Laptop hoch und öffnete die digitalen Fotos des Gemäldes. Am unteren Rand stand ein silbernes Gefäß mit reicher Goldverzierung. Widderköpfe schmückten seine bauchige Mitte, den Henkel bildete ein Zwitterwesen aus Mensch und Fisch. Rechts neben dem Kelch befanden sich ein flacher Teller sowie eine kleine Schüssel. Maler benutzten oft die gleichen Dekorationsgegenstände für mehrere ihrer Bilder. Wenn sie diese Krüge auf einem anderen Gemälde von Sustermans fände, wäre bewiesen, dass er die ›Krönung‹ gemalt hatte.

Das Knarren der alten Haustüre schreckte sie auf.

»Hilfe, ich sehe nichts mehr!« Leon stand unbeweglich im Vorzimmer, einen Karton voller Computerteile in der linken, seine Laptoptasche in der rechten Hand. Theresa nahm ihm die beschlagene Brille von der Nase, stellte sich auf die Zehenspitzen und küsste ihn.

»Danke. Es ist so kalt, man kann den kommenden Winter richtig riechen.« Er stellte die Kiste auf den Boden und zog die Baseballmütze vom Kopf. Seine kastanienbraunen, halblangen Haare standen nach allen Seiten ab. »Wo ist Dino? Wie geht es seinem Bein?«

»Hat sich nur den Knöchel verstaucht, er schläft im Wohnzimmer.«

»Gut«, flüsterte Leon. »Ich hab dir was mitgebracht. Schau mal nach.« Während er seinen schwarzen Parka sorgfältig aufhängte und etwas Unverständliches wegen der Unordnung im Vorzimmer murrte, fischte Theresa einen prächtigen Kunstband über Barockmalerei aus seiner Tasche.

»Wunderbar, das hält mich wieder von meiner Arbeit ab.« Sie lächelte ihn spitzbübisch an. »Bist du hungrig?«, fragte sie auf dem Weg in die Küche.

Leon folgte ihr. »Nein, danke. Ich habe übrigens Oliver am Kohlmarkt getroffen. Bei ein paar Tramezzini haben wir über dein Bild gesprochen. Er macht mir ein, zwei Angebote für eine Versicherung.«

»Was genau willst du versichern lassen? Das Gemälde eines unbekannten Meisters? Einen Sustermans? Einen möglichen Rubens? Ein Gemeinschaftswerk der beiden? Wir haben noch keine Bestätigung, von wem es wirklich ist. Der Restaurator meint, der Zettel allein reicht als Nachweis nicht aus. Von den Kunsthistorikern kam bis heute keine Antwort.«

»Warten wir ein paar Tage ab«, sagte Leon und öffnete eine Flasche Wein »Ich wollte nur wissen, ob unsere Haushaltsversicherung ausreichen würde oder ob wir eine Spezialversicherung brauchen. Außerdem war es nett, mal wieder mit ihm zu plaudern, er ist ein witziger Kerl.«

Theresa nickte etwas wehmütig. Ihr Leben spielte sich seit Dinos Geburt hauptsächlich zu Hause und auf den Spielplätzen der näheren Umgebung ab. Das Bild brachte wenigstens ein bisschen Abwechslung in ihr Leben. »Ich gehe nächste Woche mit Flora zu einer Auktion. Ein Sustermans soll für 120.000 Euro versteigert werden.«

Leon pfiff durch die Zähne. »Wenn ich Zeit habe, recherchiere ich, ob noch andere Sustermans in den letzten Jahren verkauft worden sind.«

Theresa legte den Kopf schief und beobachtete ihren Mann, wie er genussvoll einen Schluck Wein trank. Es schien ein guter Tag für ihn gewesen zu sein, ohne allzu viele Computerabstürze oder Systemausfälle. Leon war IT-Experte und kam immer dann zum Einsatz, wenn absolut *nichts* mehr funktionierte. Als Ausgleich zu seiner Arbeit in stickigen Serverräumen verbrachte er die meisten Sonntage freihängend in Österreichs Steilwänden. Theresa hasste seine Liebe zur Kletterei. Konnten sich seine Abenteuer nicht wie ihre im Kopf abspielen? Das war bei Weitem ungefährlicher.

Kapitel 2

Pöllau in der Oststeiermark, Freitag, 1. November

Abgehackt hallte die Stimme des Pfarrers aus den Lautsprechern und schien in der klirrenden Kälte zu gefrieren. Der Gottesdienst zu Allerheiligen fand wie jedes Jahr unter freiem Himmel an den Gräbern der Angehörigen statt. Und wie jedes Jahr war die Tonanlage auf dem Friedhof derart schlecht, dass sich die Worte in ihrem Echo verloren. So wie Theresa sich in ihren Gedanken. Sie versuchte die Erinnerung an ihren Vater wachzurufen. Sein Gesicht verblasste bereits, dabei war er erst vor sechs Monaten gestorben. Doch schon die Jahre davor hatte er sich verändert. Wieso hatte sie seinen schleichenden Verfall nicht bemerkt? Musste sie sich vorwerfen, zu sehr mit ihrem eigenen Leben beschäftigt gewesen zu sein? Hatte sie zu wenig Zeit mit ihm verbracht?

Sie wechselte von einem Bein aufs andere, um die Kälte aus den Knochen zu schütteln. Ihre Mutter stand stoisch vor dem Grab und blickte ins Leere. Die Namen der Verstorbenen des heurigen Jahres wurden vorgelesen und ließen Theresa aufhorchen. »Wir gedenken Hermann Heller, Destillateurmeister aus Pöllau, gestorben im Mai.«

Schmerzlich wurde ihr bewusst, dass sie durch seinen Tod ihre eigene Unsterblichkeit verloren hatte. Bis jetzt hatte sie sich nicht damit auseinandergesetzt, dass eines Tages alles vorbei sein könnte. Und mit Dino war das pure Leben in ihr Haus eingezogen. Beim Gedanken an ihren Sohn stieg ein Glücksgefühl in ihr hoch, das sie die Kälte leichter ertragen ließ. Sie rückte näher zu ihrer Mutter und drückte ihre Hand.

Der Pfarrer murmelte ein Gebet. Die Menschen stimmten leise ein. Theresas Blick schweifte über die Menge und blieb am weißen Marmorkreuz des Igowski-Grabes hängen. Rund herum standen Tannen, die an die drei Meter hoch waren und dennoch vom monumentalen Kreuz überragt wurden. Die Bäume umschlossen das Grabmal und bildeten eine nicht einsehbare Insel inmitten des Friedhofs.

Ob mein Brief an die Rehaklinik überhaupt angekommen ist?, überlegte Theresa. Sie hatte ihn bereits vor fünf Tagen aufgegeben. Zu gerne würde sie, falls noch vorhanden, in den Unterlagen des Schlosses stöbern. Sie wusste von ihrem Vater, dass die Fürstin sogar einen Tizian besessen hatte. Vielleicht würde Theresa ein Verzeichnis der Gemäldesammlung finden, auf dem die ›Krönung‹ samt Maler aufgelistet war.

Theresa nahm aus dem Augenwinkel Bewegungen wahr und kniff die Augen zusammen. Sie sah ein paar Männer mit schwarzen Capes, die in das Baumrondeau zum Grab gingen. Lebten noch Verwandte der Fürstin hier? Hatte ihr Vater nicht erzählt, dass sie kinderlos gestorben war und keiner der entfernten Angehörigen das baufällige Schloss Schwarzbergen erhalten wollte? Aus diesem Grund waren nach ihrem Tod all ihre Kunstwerke und Möbel billig verkauft und das Anwesen zu einer Klinik umfunktioniert worden.

Theresa ließ das Grab nicht aus den Augen. Kurz vor dem Schlusssegen des Pfarrers verließen die Männer das Rondeau wieder und marschierten in Richtung Ausgang. Der Wind ließ ihre Umhänge in der Luft tanzen. Wie eine kleine Armee von Templern, dachte Theresa. Litt sie jetzt schon unter Wahnvorstellungen? Nein, ihre Fantasie war wieder einmal mit ihr durchgegangen. Hier standen so viele schmiedeeiserne Kreuze, in Kombination mit den wehenden Mänteln machten sie fast alle Besucher zu Gotteskriegern! Trotzdem – die vier Männer kamen ihr merkwürdig vor.

»Gut, wir können aufbrechen, ich habe einen Tisch beim Wolfbauer reserviert«, sagte ihre Mutter, als das letzte Knacken der Lautsprecher in den Hügeln verhallt war. Theresa hakte sich bei ihr unter und sie gingen los.

Während sie langsam über den Pöllauer Hauptplatz schlenderten, spürte Theresa Blicke in ihrem Rücken. Täuschte sie sich oder standen da die Männer vom Friedhof und … starrten sie an? Sollte sie sie ansprechen: ›Hallo, ich bin Theresa Valier, mein Vater hat ein Bild aus dem Nachlass der Frau gekauft, deren Grab Sie gerade besucht haben. Wissen Sie über ihre Kunstsammlung Bescheid?‹ Nein. Wahrscheinlich hatten sie in der Abgeschiedenheit des Rondeaus einfach eine Zigarette geraucht. Oder etwas anderes? Waren sie womöglich Drogendealer?

Verstohlen beobachtete Theresa die vier weiter. Wie sie betont unauffällig dastanden und sich unterhielten. Da stimmte was nicht! Nachdenklich betrat sie das Gasthaus, stolperte über die erste Stufe und konnte sich gerade noch an ihrer Mutter festhalten.

»Thesi Guckindieluft, wo bist du denn mit deinen Gedanken?«

»Ich? Ach nirgendwo … Es ist so ungewohnt, ohne Papa hier zu sein.«

»Lass uns erst was essen. Und … dann erzähle ich dir ein paar Geschichten, die du noch nicht kennst. Wenn wir von ihm reden, ist er ja bei uns.«

Sie setzten sich und bestellten. Kurz darauf betrat ein hohlwangiger, alter Mann das Gasthaus. Unbeholfen schloss er die Tür hinter sich, sah sich um und fuhr mit der Zunge über seine rissigen Lippen. Als er Theresa erblickte, hellte sich seine Miene auf. »Jö, die Resi. Is die letzte Stund scho aus?«

Theresa zuckte zusammen. ›Resi‹ war sie das letzte Mal vor über 20 Jahren genannt worden, als sie die Volksschule im Ort besucht hatte. Ambrosius Dreiseitl, der sie breit anlächelte und dabei seine braunen Zähne entblößte, war ein Pöllauer Unikum. Um die 80 musste er mittlerweile sein. Jahrzehntelang hatte er als Schulwart gearbeitet und jahrzehntelang hatten ihn die Kinder mit seiner Verwirrtheit aufgezogen.

»Ambrosius, komm setz dich zu uns. Ich spendiere dir einen Apfelsaft«, sagte Theresas Mutter und deutete auf den Platz neben sich.

»Danke, Frau Heller. Und die Resi … Schad is um dein Vata. Jetzt liegt er auch da unt. Und schuld sin nur die Russn«, kicherte er.

Theresa rollte mit den Augen, wie sie es bereits als Kind bei seinem Anblick getan hatte. Ihre Mutter stieß sie in die Seite, flüsterte ihr zu, dass er es schwer gehabt habe und sie höflicher sein solle. Dann winkte sie der Kellnerin.

Ambrosius murmelte weiter: »A guta Mensch war er, da Hermann. Wir habm die Fürstin besucht, aba da wars tot. Oda ned? Jaja, nein, war scho so.« Er nickte, dann fiel sein Kopf nach vorne, als würde er jeden Moment einschlafen.

Theresa sah ihre Mutter fragend an. Die packte den alten Mann an der Schulter und schüttelte ihn sanft. »Ambrosius, dein Getränk ist da. Möchtest du auch etwas essen?«

»Gern, a Suppn bitte.« Neugierig sah er Theresa wieder an. »Groß bist wordn. Pass auf, dass dich d' Engländer ned mitnehman. Meina Schwesta is es passiert.« Er schmunzelte und trank gierig aus seinem Glas.

»Lassen wir ihn einfach reden, das braucht er. Auch wenn es nur wirres Zeug ist. Er lebt noch oder *wieder* im Krieg«, flüsterte die Mutter und nickte Ambrosius zu, der erneut zum Sprechen ansetzte.

»Und hüt dich vor den Italienern, die hobm mei Ilse umbrocht.« Seine wässrigen, blutunterlaufenen Augen füllten sich mit Tränen, er seufzte leise und starrte stumm in die Luft. Als die Suppe kam, schlürfte er hastig einen Löffel nach dem anderen. Nachdem sie alle gegessen hatten, bedankte er sich höflich, stand auf und klopfte Theresa auf die Schulter. »Morgen ned wieda z'spät in d' Schul kummen, gö?«

»Den Kaffee trinken wir bitte zu Hause«, sagte Theresa, als Ambrosius das Gasthaus verlassen hatte. »Ich möchte gerne ungestört mit dir reden.«

Ihr altes Zuhause war eine zweigeschossige Villa aus der Jahrhundertwende, die in einer Hügellandschaft eingebettet etwas außerhalb des Pöllauer Ortskerns lag. Hinter dem Gebäude stand ein prächtiger Apfelbaum, von dem Theresa als Kind mindestens dreimal hinuntergefallen war, wobei ihr älterer Bruder Lorenz zweimal mit einem kleinen Stoß nachgeholfen hatte.

In dem Moment, als ihre Mutter den Schlüssel ins Schloss steckte, fiel ein vom Wind gelockertes Stück Putz zu Boden. Das Stuckornament über der Tür, das den Weingott Dionysos zeigte, begann zu bröseln. Auch die Mauerfarbe blätterte ringsum ab. Als könne ihre Mutter Gedanken lesen, sagte sie: »Ich muss es wieder streichen lassen. Ständig ist etwas zu tun. Das Haus verfällt wie …« Sie verstummte und Theresa wusste sofort, dass sich ihre Mutter vor dem eigenen Gedanken erschrocken hatte.

Sie gingen hinein, stiegen die knarrende Holztreppe hinauf und öffneten die Tür zum Wohnzimmer. Der Duft nach dem Pfeifentabak ihres Vaters hatte sich in den Möbeln festgesetzt. Sofort beschlich sie das Gefühl, er könnte jeden Moment ins Zimmer kommen. Nein, er war nie einfach nur ›hereingekommen‹, er war stets erschienen. Wie ihre Mutter es schaffte, in diesen vier Wänden weiterzuleben? Alles erinnerte an ihn: jedes alte Buch, jeder Kerzenleuchter, jedes Kruzifix.

Theresa setzte sich auf einen weinroten, durchgewetzten Samtfauteuil und betrachtete den dunklen, viereckigen Abdruck an der Wand gegenüber. Hier hatte der Sustermans gehangen.

»Kannst du mir mehr über die ›Krönung‹ erzählen?«, fragte sie ihre Mutter, die gerade mit der Kaffeekanne aus der Küche kam. »Wieso habt ihr nicht versucht herauszufinden, wer der Maler ist?«

»Vielleicht haben wir nie den Zettel auf der Rückseite entdeckt, ich kann mich jedenfalls nicht daran erinnern.«

»Aber Papa muss ihn gesehen haben, er hätte sich doch erkundigen müssen.«

»Überleg mal, wie das war in den 70er-Jahren. Damals gab es kein Internet …«

»Unvorstellbar«, unterbrach sie Theresa.

» … und keine Bibliotheken am Land. Schon gar nicht mit kunstgeschichtlichen Fachbüchern. Er wird wohl seine Freunde gefragt haben, den Volksschuldirektor, den Pfarrer«, fuhr ihre Mutter fort. Sie nahm einen Schluck Kaffee und überlegte kurz. »Nach Wien in die Nationalbibliothek ist er nicht gefahren. Ich glaube, damals hat er gerade sein Flugzeug in der Garage gebaut – und den dazu passenden Flughafen neben dem Sportplatz. Da war das Gemälde schnell vergessen.«

Theresa lächelte beim Gedanken an die unzähligen, ständig neuen Ideen und Projekte ihres Vaters. Langweilig war es im Hause Heller nicht einen Tag gewesen.

»Falls er ihn je gesehen hat, ist die Erinnerung an den Zettel mit der Zeit verblasst. Wie so vieles in den letzten Jahren.« Traurig betrachtete ihre Mutter ein gerahmtes Foto. Es war die letzte Aufnahme ihres Vaters, bevor der Gehirntumor seine Persönlichkeit geraubt und ihn in seinem Körper eingesperrt hatte.

Theresa ergriff ein Kuvert, das neben dem Porträt lag. »Was ist da drin?«

»Alte Familienbilder. Ich habe ein bisschen aussortiert. Vielleicht kannst du sie für Dino gebrauchen.«

Theresa steckte die Fotos in ihre Tasche, stand auf und ging durchs Zimmer. Vor dem leeren Fleck an der Wand blieb sie stehen.

»Weißt du eigentlich, wieso er ausgerechnet dir die ›Krönung‹ vererbt hat?«, fragte ihre Mutter.

»Nein, keine Ahnung.«

»Als du etwa fünf warst, bist du auf einen Sessel geklettert, hast das Bild lange angeschaut und dann zu Papa gesagt: ›Der König sieht ja aus wie du‹. Er hat sich wochenlang darüber gefreut. Ich glaube, er wollte, dass du ihn so in Erinnerung behältst: als strahlenden, jungen König deiner Kindheit.«

Gleich nachdem Theresa wieder in Wien angekommen war, zeigte sie ihrem Sohn die Schätze, die sie ihm mitgebracht hatte.

»Und wer ist das?« Dino betrachtete eines der vergilbten Schwarz-Weiß-Fotos.

»Meine Oma. Deine Urgroßmutter.«

»Und das?« Er deutete auf eine zerknitterte Aufnahme mit Passepartout-Rahmen.

»Deine Ururgroßmutter.«

Mit offenem Mund und herausgestreckter Zungenspitze griff Dino nach ein paar anderen Bildern, die um ihn herum auf dem Wohnzimmerboden verstreut lagen, unterzog sie einer strengen Prüfung und fragte schließlich: »Und wann kommen endlich die Höhlenmenschen und die Affen?«

Einem Lachen aus der Küche folgte Leons lapidare Antwort: »Dazwischen gab's noch die Dinosaurier, wie deine Mutter und ich welche sind. Was ihr heute im Kindergarten schon alles lernt! Uns wurde statt Darwin noch die Genesis erzählt.«

Theresa sagte nichts. Sie zog ein kleines Foto aus dem Stapel. Es zeigte ihren Vater und Ambrosius Dreiseitl: beide jung, beide lachend und jeder von beiden hatte ein Gemälde in den Händen. Wieso aber trug der Schulwart *ihre* ›Krönung‹?

Siena, Oktober 1633

Carissimo et illustrissimo mio amico!
Teuerster Freund!

Ich glaube, eine Auswirkung meines Schreibens, welches ich an Kardinal B. schickte, scheint zu sein, dass man begann, meine Angelegenheit zu behandeln, wenn auch unter der gewohnten, strengsten Geheimhaltung. Während des Fortganges wurde ich angewiesen, zurückgezogen zu bleiben, dies jedoch bei außerordentlicher Räumlichkeit und Bequemlichkeit in drei Zimmern. Dank der göttlichen Gnade und dank der ausgezeichneten Führung des überaus gastlichen Hauses des Erzbischofs bin ich gesundheitlich wohlauf.

Er ist auf alle mir nahezu übermäßig scheinenden Annehmlichkeiten bedacht, ich hätte es schlechter treffen können.

Betrübt muss ich lesen, dass Euch Euer altes Leiden wieder plagt. Versucht Euch zu kurieren, auch um meinetwillen, so ich doch plane, alsbald es mir möglich sein wird, Euch bezüglich unseres Vorhabens zu treffen.

Danke für Eure treue und unerschütterliche Freundschaft, die trotz aller Widrigkeiten unzerstörbar scheint.

Innigst verbunden und ergeben,

Euer G.

Kapitel 3

Wien, Sonntag, 3. November

Theresa sah auf die Uhr und trommelte mit den Fingern auf das Lenkrad. Was war da los? Stau, am Sonntag um neun Uhr morgens? Ihr Freund Paul war bestimmt schon bei Wenz im Atelier. Sie hatten sich verabredet, um heute den mysteriösen Zettel mit einem von Pauls Spezialapparaten zu analysieren. Da wollte sie nicht zu spät kommen. Endlich ging es weiter.

Ausnahmsweise fand sie sofort eine passende Parklücke. Sie stieg aus und eilte in Richtung Antiquitätengeschäft, versuchte es zumindest, aber eine Menschenmenge versperrte ihr den Weg. Ein Meer von Köpfen verdeckte die Eingangstür der Zirkusgasse 30. Vorsichtig schob sie sich durch das Getümmel, vorbei an ein paar älteren Damen, die auf Zehenspitzen stehend einen Blick erhaschen wollten. Dass sie noch Lockenwickler im Haar hatten und Bademäntel trugen, schien sie nicht zu stören.

»Würden Sie mich bitte durchlassen? Ich habe eine Verabredung«, bat Theresa.

»Hoffantlich ned mit 'n Wenz. Den hom's umbrocht«, sagte eine Frau mit heiserer Stimme neben ihr.

Wie erstarrt blieb Theresa stehen. Das konnte unmöglich stimmen. Sie sah sich um. Wo steckte nur Paul?

Eine kleine, schmallippige Dame lispelte, ohne den Blick von der Tür abzuwenden: »Sind Sie sicher, dass der Wenz das Opfer ist? Ich hab gehört, *er* hat wen ermordet.«

»Ach woher, da Oide is tot«, entgegnete die erste Frau erbost. »Wenn's nix wiss'n, hoidns die Luft aun.«

»Na, da würd ich aber ersticken«, keifte die andere zurück.

»Wär ned schod.«

Theresa nahm das Gezeter der beiden wie durch eine Nebelwand wahr. Ihr Magen rebellierte, Schwindel überkam sie. Als ihre Knie einzuknicken drohten, hielt sie sich an ihrem Nachbarn fest.

»Ist Ihnen schlecht? Brauchen Sie was zu trinken?«

»Nein, danke … geht wieder, mir ist nur … etwas übel«, antwortete Theresa. »Ich wollte gerade Herrn Wenz besuchen, weil er ein Bild von mir …«

»Das werden's nicht mehr sehn«, unterbrach sie jemand.

»Ich hab's ja immer gewusst, mit dem nimmt's ein schlimmes End«, flüsterte eine rauchige Stimme hinter ihr.

»Wer sich mit Hunden schlafen legt, wacht mit Flöhen auf.«

»Der ist bestimmt betrunken die Treppe runtergefallen.«

Das Geraune, Gezische und Geläster nahm zu. Wirre Spekulationen surrten durch die Luft. Gerade als Theresa flüchten wollte, entdeckte sie Paul und schlängelte sich zu ihm durch.

»Salut, mon cœur, du bist ganz blass.« Er nahm sie schützend in den Arm.

»Mir geht es gut, aber weißt du, was los ist?«

»Ich habe dem ganzen Geschwätz lediglich entnehmen können, *dass* Rembert etwas passiert ist. Wobei die einhellige Meinung ist, er wäre selbst schuld.« Bitter fügte er hinzu: »An was auch immer. Warten wir, bis die Leute weg sind, dann gehen wir zu ihm.«

»Aber wenn es stimmt?«, antwortete Theresa mit brüchiger Stimme. Sie hatte den Restaurator erst vor vier Tagen kennengelernt und nun sollte er schon wieder aus ihrem Leben verschwunden sein? Sie wollte doch mit ihm im Atelier sitzen, den Duft der Antiquitäten einatmen und Bilder in ihrem Kopf entstehen lassen.

»Wann bist du gekommen?«, fragte sie, um sich abzulenken.

»Vor fünf Minuten.« Paul strich ihr beruhigend über die Schulter und führte sie weg von dem Gedränge. »Warte hier, ich versuche, mehr zu erfahren.« Er ließ sie, sachte an einen dicken Baumstamm angelehnt, zurück und verschwand wieder in der Menge der Schaulustigen.

Theresa sah ihm nach, wie er sich energisch seinen Weg bahnte. Paul Hohenau konnte sein blaues Blut nur schwer verbergen und versuchte es auch gar nicht. Die hellen Locken, stets einen Hauch zu lang, und sein grauer Dreiteiler aus Flanell, den er zu keiner Zeit abzulegen schien, verliehen ihm etwas Dandyhaftes. Er pflegte sein snobistisches Image, um lästige Menschen auf Abstand zu halten. Doch komischerweise flogen langbeinige Blondinen genau darauf. Wenn er nicht gerade in einem Chemielabor der Universität Wien stand und unterrichtete, kutschierte er seine Eroberungen stilvoll in seinem alten MG-Cabrio durch die – wie er sich auszudrücken pflegte – ehemaligen Kronländer.

Erst als Paul nicht mehr zu sehen war, bemerkte Theresa einen Einsatzwagen und ein Zivilfahrzeug, das derart demonstrativ im Parkverbot stand, dass es nur der Polizei gehören konnte. Genau in diesem Moment kamen zwei Uniformierte aus dem Antiquitätengeschäft und versuchten die Menschenmenge zu zerstreuen. Einer der beiden begann, die Personalien der Schaulustigen aufzunehmen, und auf einmal standen nur noch halb so viele Passanten herum.

Aus irgendeinem Grund fühlte sich Theresa wieder beobachtet. Sie sah umher. Wieso glotzte sie dieser alte Typ da drüben so an? Sie starrte herausfordernd zurück, bis der Mann den Blick senkte und verschwand. Komische Leute gab es.

Ein klägliches Miauen ließ sie aufhorchen: Renoir saß verschreckt im Baum über ihr, dieses Mal bar jeglicher Arroganz. Sie vergaß ihre anfängliche Abneigung und hob den Kater herunter. Er schmiegte sich an sie und wirkte verloren und verängstigt. Ein bisschen wie sie selbst. Theresa kraulte seinen Nacken. »Was machst du hier draußen? Solltest du nicht drinnen Wachhund spielen? Da hast du wohl versagt, was?«

Renoir stupste trotz des Vorwurfs seinen Kopf schnurrend an ihr Kinn und sie genoss seine Wärme. Eine kleine, weiße Flocke setzte sich auf seine Nase. Theresa schaute zum Himmel. Dichte, schwarze Wolken kündigten weiteren Schneefall an.

Paul kam zurück und betrachtete den Kater. »Renoir, Schönster aller Schönen, haben sie dich vertrieben?« Dann wandte er sich an Theresa: »Ich komme nicht ins Geschäft hinein und die Polizisten wollen mir keine Auskunft geben. Laut der Gerüchte ist Rembert vor circa einer Stunde tot aufgefunden worden. Alle gehen von Mord aus. Ich glaube das allerdings nicht.« Er verstummte kurz und schluckte. »Ich kann es nicht glauben! Bei der stillen Post dieser Tratschweiber wird doch jeder Beinbruch zu einem Gewaltverbrechen!«

»Als ich bei ihm war, sagte er noch, er werde sich eines Tages das Genick brechen, weil die Stiege, die in sein Atelier führt, zu eng sei«, bemerkte Theresa mitfühlend. Sie ahnte, dass in Pauls Ärger auch Angst mitschwang.

»Ach, die Treppe, ich weiß. Über die hat er ständig gejammert. Aber selbst mit zwei Promille intus war er trittsicher wie eine Gams. Außerdem restaurierte er nicht und benutzte somit auch nicht das Atelier, wenn er getrunken hatte.«

Theresa kraulte Renoir und entdeckte, dass seine Pfoten rot gefärbt waren. War er in eine von Wenz' Tuben getapst oder war das etwa getrocknetes Blut auf den Krallen? Ihr wurde wieder schwindlig. Der Kater schien ihre Unruhe zu spüren, befreite sich aus ihren Armen und sauste im Slalom zwischen den Beinen der letzten Schaulustigen hindurch zurück ins Antiquitätengeschäft.

Paul sah ihm nach, während er sein Handy aus der Tasche kramte: »Ich versuche ihn telefonisch zu erreichen. Vielleicht ist ja seinem Nachbarn etwas passiert und wir sind umsonst in Sorge.« Er wählte, schüttelte jedoch nach kurzer Zeit den Kopf. »Nichts, auch die Mailbox ist nicht an.«

»Wir sollten Flora anrufen, um den Termin abzusagen.« Theresa wischte über ihre Lederjacke und überlegte, ob das wirklich Blut gewesen sein könnte.

»Ich wette, die Gute schläft noch. Ich probiere mal Remberts Festnetznummer.«

Während Paul weiter mit dem Telefon hantierte, hörte Theresa eine vertraute Stimme. »Hallo ihr zwei! Habe ich euch endlich gefunden«, rief Flora, die schnaufend auf die beiden zueilte. »Was ist denn hier passiert? Wurde bei Wenz eingebrochen?«

Theresa umarmte ihre Freundin. »Vielleicht noch schlimmer. Es heißt, er sei tot.«

»Oh!« Flora blieb der Mund offen stehen. Allerdings war nicht das mögliche grausame Schicksal von Rembert Wenz der Grund für ihre Sprachlosigkeit, sondern der Ermittler, der in diesem Moment, begleitet von einem uniformierten Polizisten, die Zirkusgasse 30 verließ. »Oh, mein Gott, ich muss sofort weg.«

»Was ist los?«, fragte Theresa.

»Robert Kiesling! Wohin kann ich ganz schnell verschwinden?« Flora versuchte sich hinter ihrer Freundin zu verstecken, was ihr nicht gelang, da sie mindestens 20 Zentimeter größer war als Theresa.

»Flora, bitte! Contenance!«, mahnte Paul und steckte sein Telefon ein. »Weshalb bist du derart panisch?«

»Thesi, erinnerst du dich an das letzte Schuljahr an der Graphischen Lehranstalt, an das Ferialpraktikum, das ich gemacht habe?«, flüsterte Flora, senkte den Kopf und begann in ihrer Tasche zu wühlen.

»Das ist 15 Jahre her! Tut mir leid, aber nein«, stöhnte Theresa.

Flora kramte ihren kleinen Schminkspiegel heraus und beobachtete damit über ihre Schulter hinweg den Eingang zum Antiquitätengeschäft. »Er ist es wirklich. Bitte gehen wir schnell irgendwohin einen Kaffee trinken, dort erzähle ich euch alles.«

Plötzlich klingelte Pauls Telefon. Noch bevor er es aus seiner Hosentasche fischen konnte, stand der Zivilermittler mit einem Handy in der Hand vor ihnen. Flora fühlte, wie ihre Wangen zu glühen begannen. Sie packte hastig den Spiegel weg, blickte zu Boden, versuchte aber so unauffällig wie möglich, die Situation aus dem Augenwinkel zu verfolgen.

»Grüß Gott, Chefinspektor Kiesling. Ich muss Ihnen ein paar Fragen stellen.«

Oh Mann, er sah noch immer toll aus, dachte Flora, die kurz aufgeblickt und direkt in seine dunkelbraunen Augen geschaut hatte. Verschreckt nestelte sie eine uhugroße, schwarze Sonnenbrille aus ihrer Handtasche und setzte sie hastig auf.

Der Beamte zeigte seinen Ausweis, den er so schnell wieder einsteckte, dass ihn keiner entziffern konnte. Ohne ein Wort zu sagen, blickte er von einem zum anderen. In seinen dunklen Haaren verfingen sich ein paar Schneeflocken. Gemeinsam mit den vielen Sommersprossen rund um seine Nase verlieh ihm das etwas Lausbübisches.

Der Chefinspektor sah Flora nachdenklich an, runzelte die Stirn und wandte sich schließlich an Paul. »Sie haben soeben Herrn Wenz angerufen. Warum?« Demonstrativ wedelte er mit dem Mobiltelefon in seiner Hand.

»Ich hatte eine Verabredung mit ihm und wollte wissen, was los ist, wieso wir nicht zu ihm durchkommen.«

»Diese Verabredung wird er nicht mehr einhalten können«, sagte Kiesling ohne eine Gefühlsregung in der Stimme.

»Heißt das, er ist wirklich tot?« Paul wurde bleich.

»Ja. Und wenn Sie schon da sind …« Kiesling holte ein Diktiergerät aus der Tasche seines zerknitterten Leinensakkos und fingerte daran herum.

Bevor der Chefinspektor weiterreden konnte, hakte Paul nach: »Ist er ermordet worden?«

Kiesling ignorierte ihn und drehte sich zu Flora, die sich fortwährend zerlaufene Schneeflocken von der Brille wischte. »Haben Sie ein Problem mit den Augen?«

»Nein, nein, nichts … nur, ähm, rauchiges Lokal gestern … Bindehautentzündung …«, stotterte sie und hoffte inständig, er würde sie nicht erkennen.

Der Ermittler kratze sich am Ohr, stellte das Diktiergerät an und schnauzte in Richtung Paul: »Die Fragen stelle übrigens ich. Wenn Sie mir also bitte sagen würden, was Sie hier wollen und wieso Sie Rembert Wenz angerufen haben!«

Paul stellte sich mit zusammengebissenen Zähnen vor, erzählte, dass der tote Restaurator ein ehemaliger Verwandter gewesen sei und sie gemeinsam eine Bilduntersuchung hatten durchführen wollen. Flora merkte ihm die Anstrengung an, die es ihn kostete, auf Kieslings unfreundlichen Ton gelassen zu reagieren. Paul hatte sich kerzengerade aufgerichtet, und dennoch überragte ihn der Chefinspektor um einige Zentimeter. Typisch Männer, dachte sie, es ging immer um die Größe.

»Was heißt ehemaliger Verwandter?«

Paul erklärte kühl, dass Wenz seine Tante geheiratet hatte und seit der Scheidung vor einigen Jahren als Exonkel tituliert wurde. »Heute waren wir hier verabredet, um ein Gemälde einer Röntgenfluoreszenzanalyse zu unterziehen. Das transportable Mikro-RFA steht da drüben in meinem Auto, falls Sie das überprüfen wollen … Falls Sie sich damit auskennen.«

»Nein, ich glaube Ihnen schon.«

»Ist er nun ermordet worden?«, fragte Paul nochmals und sah den Chefinspektor unfreundlich an.

»Die Spurensicherung arbeitet noch.« Kiesling machte eine kurze Pause, als der Leichenwagen heranfuhr und vor der Eingangstüre des Geschäfts parkte. »Tatsache ist, dass Rembert Wenz nicht mehr lebt. Aber es könnte auch ein Unfall gewesen sein.«

Abrupt drehte er sich zu Theresa. »Und Sie sind?«

»Theresa Valier. Mein Bild sollte von Paul, ich meine von Herrn Hohenau untersucht werden. Das hier«, sie deutete auf Flora, »ist …«

»Eine Freundin, die zufällig vorbeikam und nichts mit der Sache zu tun hat«, fiel ihr Flora ins Wort.

Kiesling sah sie nochmals fragend an. Plötzlich huschte ein Lächeln über sein Gesicht. »Flora Lombardi! Hätte ich es mir doch denken können. Immer am Ort des Verbrechens, was?«

»Hallo Robert, schön, dich zu sehen«, sagte Flora und nahm die Sonnenbrille ab.

»Ihr kennt euch … Ähm, Sie sich?« Theresa blickte fragend von ihrer verstörten Freundin zum schmunzelnden Chefinspektor.

»Flüchtig«, flüsterte Flora.

»Ja, ›flüchtig‹ ist das richtige Wort. Was ich bis heute bedaure«, ergänzte Kiesling lächelnd. Der amüsierte Gesichtsausdruck wich augenblicklich einer professionellen Strenge, als er sich wieder an Theresa wandte. »Gut, machen wir weiter, Frau Valier, Ihr Bild. Können Sie mir das kurz beschreiben? Vielleicht ist es noch da.«

»Was soll das heißen?«

»Das heißt, dass wir es wahrscheinlich mit einem Raub zu tun haben. Ich will der Spurensicherung aber nicht vorgreifen«, erklärte Kiesling.

»Wenn es ein möglicher Unfall war, wie Sie vorher sagten, wer soll dann etwas gestohlen haben?«, fragte Paul, wurde jedoch keines Blickes gewürdigt.

»Mein Gemälde zeigt eine Krönung«, antwortete Theresa.

Kiesling überlegte kurz. »Nein, habe ich nicht gesehen. Muss wohl ein Teil der Beute sein.«

Theresa bemerkte, dass der Chefinspektor ihr während des Gesprächs nicht in die Augen sah, sondern auf ihre Lederjacke starrte. Sie schaute irritiert auf ihre Schulter und entdeckte ein Büschel Katzenhaare. Würde Kiesling jetzt etwa wie Leon anfangen, Fussel von ihrer Kleidung zu pflücken? Sammelte er bereits Beweismaterial oder war er lediglich pedantisch? Glücklicherweise hatte Renoir keine Blutspuren hinterlassen. Wie hätte das erst ausgesehen!

»Oh, dann ist …«, murmelte Theresa verwirrt und hielt inne. Sie wusste nicht mehr, was sie hatte sagen wollen.

Kiesling zog zwei Visitenkarten aus seiner Sakkotasche. Eine gab er Theresa, die andere Paul. »Würden Sie morgen ins Präsidium kommen, damit wir das Protokoll aufnehmen? Frau Valier, Sie könnten, sofern vorhanden, ein paar Fotos mitbringen und eine Diebstahlanzeige aufgeben. Das werden Sie für die Versicherung brauchen. Und wir brauchen ein paar Abzüge für die Akten.«

Versicherung, ja sicher, dachte Theresa. Besaßen sie natürlich noch keine! Wann hätte sie die machen sollen? Und wenn schon, armer Rembert! Welch einen Wert hatte schon ein Kunstwerk im Vergleich zu einem Leben? Auch wenn es Papas Bild gewesen war. Ihr König …

»Und was ist mit mir?«, hörte sie Flora fragen. »Soll ich nichts zu Protokoll geben?«

»Bist du verwandt, bestohlen worden, hast etwas gesehen oder den Restaurator umgebracht?« Kiesling, der Januskopfige, sah Flora lächelnd an.

»Viermal nein.«

»In dem Fall habe ich keine weiteren Fragen.« Sein Ausdruck wurde wieder ernst, er nickte Paul kurz zu und ging grußlos zu den wartenden Gaffern.

Theresa musterte Flora eindringlich. »Was war das denn?«

»Nichts«, Flora drehte sich weg. »Ich fahre nach Hause.«

»Komm jetzt sofort mit und erzähl alles«, befahl Theresa und hielt ihre Freundin am Arm fest.

»Da gibt es nichts zu erzählen.« Flora versuchte, sich aus dem Griff zu befreien.

»Ma petite, da haben deine glutroten Wangen aber etwas ganz anderes signalisiert. Flora und der Kommissar – die Geschichte möchte auch ich hören. Derart derangiert habe ich dich selten erlebt.« Paul versuchte offensichtlich, mit Spott seine Bestürzung über den Tod seines Onkels zu überspielen.

»Bitte Flora, komm mit uns auf einen Kaffee«, drängte Theresa. »Ich muss mich jetzt irgendwo hinsetzen und darüber reden, was gerade passiert ist.«

»Ich würde es ebenfalls begrüßen, jetzt mit Freunden zusammen zu sein«, sagte Paul. »Und mit dir, Flora.«

»Na gut, gehen wir. Wo ist das nächste einigermaßen erträgliche Kaffeehaus? Du musst dich doch auskennen, Thesi, ist nicht hier in der Nähe dein Verlag?«

»Ja, gleich um die Ecke. Und daneben gibt es ein nettes, kleines Lokal.«

Das ›Milchkandl‹, eine Bäckerei mit angeschlossener Konditorei, war auch sonntags geöffnet. Die drei gingen an der Vitrine mit flaumigen Krapfen und frischem Apfelstrudel vorbei und zogen sich im hinteren Teil des Ladens in einen separaten Raum zurück. Nachdem die Kellnerin die gewünschten doppelten Espressi gebracht hatte, rührten alle eine Zeit lang gedankenversunken in ihren Tassen.

»Es tut mir leid, Paul«, unterbrach Theresa schließlich die Stille. »Ich habe Rembert zwar nur einmal gesehen, aber ich habe ihn vom ersten Moment an gemocht. Er war beeindruckend. Ein bisschen hat er mich an Papa erinnert.« Sie ergriff seine Hand.

»Ich glaube, ich habe noch gar nicht begriffen, dass er wirklich tot ist. Das kam überraschend, obwohl … bei seinem Lebenswandel.«

»Jetzt klingst du selbst wie die alten Tratschweiber da draußen«, fiel ihm Theresa ins Wort.

»Nein, ich beziehe mich auf die Trinkerei und seine kaputte Leber, die ihn ohnehin bald ins Grab gebracht hätte. Dabei war er so begabt. Er hat in den 80er-Jahren im Vatikan sogar an der Restaurierung der Sixtinischen Kapelle mitgearbeitet.« In Pauls Augen traten Tränen. »Ich glaube, ich sollte Tante Marie anrufen. Oder macht die Polizei das auch bei Expartnern?« Er schüttelte den Kopf. »Nein, ich besuche sie später und teile es ihr persönlich mit.«

»Wieso waren sie geschieden?«, frage Flora leise.

»Wahrscheinlich war für sie übermäßiger Alkoholgenuss kein probates Mittel, um eine Schaffenskrise zu überwinden«, antwortete Paul. »Ich habe ihn trotzdem sehr gemocht. Er war zwar seit der Trennung nicht mehr offizielles Mitglied der Familie, aber für mich blieb er ein guter Freund. Einer, der anders war als der Großteil der Hohenaus': ehrlich, geerdet ... Bei all seinen Fehlern in gewisser Weise ein Ehrenmann.« Er zog ein Stofftuch aus seiner Sakkotasche. Dabei fiel die Visitenkarte des Chefinspektors auf den kleinen, runden Marmortisch.

Theresa nahm sie in die Hand und spielte damit herum. Gehörte Kiesling eigentlich zur Mordkommission? War Rembert nun getötet worden und wenn ja, wieso? Was, wenn sie etwas früher gekommen wären und den Täter überrascht hätten? Hätten sie Rembert retten können? Was, wenn ihr Bild etwas mit seiner Ermordung zu tun hatte? Sie schüttelte den Kopf. Unsinn, es wusste doch niemand, dass sie es zu Wenz gebracht hatte.

»Flora, nun ist es Zeit für deine Geschichte. Lenk uns ein bisschen ab«, holte Paul Theresa aus ihren Gedanken zurück.

Ihre Freundin räusperte sich. »Na gut.« Sie begann zu erzählen, wie sie den Praktikumsplatz bei der Polizei bekommen und dort gelernt hatte, aufmerksam zu beobachten, Details wahrzunehmen und strukturiert zu arbeiten. Nach einer Einbruchserie habe sie Egon, der Polizeifotograf, auf eigene Faust losgeschickt. Es sei an diesem Abend hoch hergegangen, typisch für eine Vollmondnacht, in der alle durchdrehen. Flora war zum Tatort gefahren und hatte dort den jungen Revierinspektor Robert Kiesling getroffen.

»Er sah schon damals phänomenal aus«, seufzte Flora.

»Und hatte er schon damals dieses schäbige Sakko an? Vermutlich. Falsches Jahrzehnt, falsche Jahreszeit«, brummte Paul dazwischen.

»He, wer trägt hier seit eh und je graues Flanell?«, rief Flora schnippisch.

Theresa sah Paul strafend an, legte ihre Hand beruhigend auf Floras Arm und bat sie, weiterzuerzählen.

»Robert und ich haben ein bisschen geflirtet, die Telefonnummern ausgetauscht und es hätte der Anfang einer wunderbaren Beziehung sein können. Doch dann bin ich in das Zimmer gegangen, in dem das Verbrechen geschehen ist. Dass es derart grauenhaft aussehen würde, hatte mir keiner gesagt. Und da habe ich leider den Tatort verunreinigt.«

»Was hast du?«, fragte Theresa.

»Ich musste mich übergeben und habe die Arbeit der Spurensicherung zunichtegemacht.«

»Das wäre jedem passiert«, versuchte Theresa sie zu trösten.

»Nicht jedem«, erwiderte Paul trocken. Flora warf ihre Locken nach hinten und kniff die Augen zusammen.

»Und wieso hast du Robert nicht angerufen, um ihn wieder zu sehen?«, lenkte Theresa ab.

»Ich bin ein konservatives Mädchen und habe gewartet, dass er sich meldet. Was er nicht tat. Na ja, sein Pech. Außerdem habe ich ein paar Wochen später Walter kennengelernt.« Sie sagte es leichthin, doch es beschäftigte sie augenscheinlich mehr, als sie zugab. Mit versteinerter Miene sagte sie zu Theresa: »Du warst übrigens gerade den Sommer über in Italien bei Francesco … Keine Freundin da, wenn man eine braucht.«

»Ach, deshalb kann ich mich an diese Geschichte nicht erinnern. Ich habe mir gerade gedacht, komisch, dass ich *das* vergessen konnte. Doch selbst wenn ich in Wien gewesen wäre, was hätte ich tun sollen?«, fragte Theresa und nahm einen Schluck Kaffee. »Komm morgen mit zur Protokollaufnahme und verabrede dich mit ihm.«

»Nein, es ist zu spät«, antwortete Flora.

»Ich begleite dich, Thesi«, warf Paul ein. »Ich muss auch hin. Wann hast du Zeit?«

»Am besten, wir bringen es am Vormittag hinter uns, wenn Dino im Kindergarten ist.«

Vor dem ›Milchkandl‹ wählte Paul die Nummer seiner Tante, um seinen Besuch anzukündigen. Da er sie nicht erreichen konnte, fragte er: »Und was machen wir jetzt? Unternehmen wir etwas gemeinsam? Ich möchte momentan nicht allein sein.«

»Ich auch nicht«, meinte Theresa. »Leon ist noch klettern und Dino bei meinen Schwiegereltern.«

»Gehen wir in die Hofburg und schauen, ob wir dort in der Silberkammer die Krüge von deinem Bild finden …«, Flora stockte. »Entschuldige Thesi, ich hab ganz vergessen, dass es gestohlen wurde.«

»Egal, die ›Krönung‹ ist im Moment unwichtig. Zur

Ablenkung könnten wir uns allerdings etwas Schönes ansehen.«

Sie schlenderten schweigend über den Schwedenplatz, die Rotenturmstraße hoch in Richtung Graben. Als am Ende des Kohlmarkts die grüne Michaelerkuppel in Sicht war, lächelte Theresa und dachte an das wunderbare Echo, das in diesem Durchgang herrschte. Zuletzt war sie mit ihrem Vater dort gestanden, als sie gemeinsam eine Antiquitätenmesse besuchten. Wie immer hatte er unter der Kuppel gejodelt. Den Erzherzog-Johann-Jodler. Wie immer hatten die japanischen Urlauber applaudiert und fotografiert. Und wie immer war es ihr furchtbar peinlich gewesen. ›Das muss sein, wenn ein echter Steirer zu Besuch nach Wien kommt, meine liebe Theresa‹ – seine Worte klangen in ihren Ohren. Was würde sie dafür geben, ihn noch einmal jodeln zu hören und noch einmal vor lauter Scham darüber im Boden versinken zu wollen. Als ihr die Tränen kamen, hielt Theresa sie nicht zurück. Sie hängte sich bei ihren Freunden ein, um von ihnen und dem Touristenstrom mitgezogen zu werden.

Dino schnarchte leise in seinem Hochbett. Theresa lehnte an der Kinderzimmertür und beobachtete, wie sich die Decke mit jedem Atemzug ihres Sohnes hob und senkte. Leon ergriff ihre Hand. »Komm, du hast ihn morgen den ganzen Tag. Erzähl endlich, was passiert ist.«

Sie setzten sich im Wohnzimmer aufs Sofa, kuschelten sich unter eine warme Decke und Theresa berichtete stockend, dass Wenz tot und die ›Krönung‹ weg war. Sie machte eine kurze Pause und schmiegte sich enger an ihren Mann. »Es ist unvorstellbar! Jemand, den ich gekannt habe, ist ermordet worden.«

»Das ist nicht sicher, es könnte auch ein Unfall gewesen sein. Warte ab, was Kiesling morgen sagen wird.« Leon nahm sie fest in die Arme und streichelte ihr über die Haare. »Falls er getötet wurde, hat das nichts mit uns zu tun«, versuchte er seine Frau zu beruhigen.

»Und wenn doch? Was, wenn das Gemälde ein echter Rubens ist? Und Wenz hat es entdeckt? Er hat von dem Bild geschwärmt, von der einzigartigen Technik, der wunderbaren Komposition. Vielleicht hat der Vignettenschreiber einen Fehler gemacht oder einer der schlechten Restauratoren. Was, wenn Wenz jemandem davon erzählt hat und der …«

»Schatz, du und deine Fantasie! Lass die Polizei ihre Arbeit machen, die werden das aufklären. Ich wette, es gibt für alles eine plausible Erklärung. Beziehungstat oder so was. Es sind doch immer Beziehungstaten.«

Theresa legte ihren Kopf auf seine Schulter. Bestimmt hatte er recht … Trotzdem würde sie ein bisschen nachforschen.

Arcetri, Dezember 1633

Carissimo et illustrissimo mio amico
Teuerster Freund!

Nunmehr komme ich zu Eurem Brief, für den ich mich vielmals bedanken will. Ihr habt mich um einen Bericht meiner Verfolgung gebeten. Die verflossenen Kümmernisse waren nicht so schlimm, wie es auf den ersten Blick scheinen mag. Ich wurde in Rom fünf Monate gefangen gehalten, doch der sogenannte Kerker war das Haus des Botschafters der Toskana, von welchem ich so zuvorkommend behandelt wurde, als ob ich sein Vater wäre. Nach Abschluss des Verfahrens verurteilte mich seine Heiligkeit wieder zu Kerker, und zwar im großherzoglichen Palast von Trinità dei Monti. Von dort wurde ich für fünf Monate Haft nach Siena überstellt.

Ihr seht, der Kerker war so grausam nicht. Nur, dass ich das Fehlurteil der Heiligen Offizien über mich ergehen lassen musste, und dass ich gegen jedwedes bessere Wissen widerrufen habe, das war schlimmer als Folter. Ich weiß nicht, wie ich mir diesen Meineid verzeihen soll.

In Siena durfte ich an meinen Traktaten weiterarbeiten, aber ausschließlich auf dem Gebiet der Mechanik. Die Beschäftigung mit der Astronomie wurde mir strikt untersagt. Doch ich konnte Besuche empfangen und wurde aufs Allerbeste behandelt.

Schließlich gestattete man mir vor einigen Tagen, mich von Siena in mein Landhaus zurückzuziehen, woselbst ich mich gerade befinde. Diese Übersiedlung nach Arcetri gewährte man mir mit der Auflage, dass ich mich nicht in die Stadt hinunter begebe und mich vom Hof des Fürsten fernhalte. Ich bin aber guter Hoffnung, dass dieses Verbot bald gelockert wird, so wie der Kerker eine gute Unterbringung bei Freunden war.

Ich werde versuchen, Euch baldigst wieder zu schreiben, und freue mich schon auf ein Wiedersehen. Gott möge bei unseren weiteren Vorhaben mit uns sein!

Innigst,

Euer Freund G.

Kapitel 4

Wien, Montag, 4. November

»Du hast mich die ganze Nacht getreten. Es war furchtbar, ich wollte schon ins Wohnzimmer auswandern«, beschwerte sich Leon am nächsten Morgen mit einem unterdrückten Gähnen.

»Entschuldige, ich hatte einen irren Traum. Ich war dauernd auf der Flucht.« Sie küsste ihn und schüttelte den Kopf. »So ein Unsinn. Vor wem sollte ich denn fliehen?«

Nachdem ihre zwei Männer zum Kindergarten aufgebrochen waren, machte sich Theresa übermüdet auf den Weg zur Polizei. Sie nahm die Straßenbahn, weil sie zu unkonzentriert war, um selbst zu fahren. Außerdem hasste sie den morgendlichen Stoßverkehr. In der Tram lehnte sie den Kopf gegen die Fensterscheibe und beobachtete die Sonne, die jetzt erst aufging. Sie seufzte. Die Tage wurden immer kürzer, immer kälter, immer dunkler. Und jetzt musste sie auch noch zu Kiesling.

Eine Mitarbeiterin des Kommissariats holte Theresa beim Portier ab, führte sie durch die Sicherheitsschleuse und zeigte ihr kurz angebunden, wo das Büro des Chefinspektors war. Unsicher öffnete Theresa die Tür, blieb stehen und wartete. Kiesling telefonierte gerade und signalisierte ihr, sie solle sich auf den Sessel vor seinem Schreibtisch setzen. Ihr Blick schweifte über den ordentlich aufgeräumten Arbeitsplatz und blieb an einem Familienfoto mit zwei kleinen Mädchen hängen. Das würde Flora bestimmt interessieren.

Nach fünf endlos langen Minuten legte Kiesling auf und brummte: »Guten Morgen!« Er musterte Theresa mit einem durchdringenden Blick.

Am Nebentisch machte sich ein Mann durch ein Räuspern bemerkbar. Theresa fand seine athletische Figur und das kurze blonde Haar ganz ansprechend. Bloß sein fast unsichtbarer Oberlippenbart irritierte sie.

»Das ist Inspektor Geza Zipser, wir bearbeiten den Fall gemeinsam«, brummte Kiesling.

Zipser nickte ihr lächelnd zu und Theresa grüßte schlaff zurück.

»Wenn Ihnen etwas einfällt und Sie mich nicht erreichen, können Sie sich an ihn wenden«, fuhr Kiesling fort.

»Gut, mache ich«, antwortete Theresa. Sie drehte sich zu Zipser, der eine verdächtig gut riechende Tasse vor sich stehen hatte. »Wenn das Kaffee ist, dürfte ich bitte einen haben? Sonst kommt mein Gehirn nicht auf Trab.«

Zipser grinste. »Natürlich, wenn ich ihn zubereite, bewirkt er Wunder.«

»Für mich auch einen, danke, Geza«, sagte Kiesling ohne aufzublicken und öffnete eine Mappe. »Gut, fangen wir an. Wie lange kannten Sie Rembert Wenz?«

»Ich habe ihn vor fünf Tagen getroffen. Ich bin über Vermittlung meines Freundes Paul Hohenau zu ihm gekommen, habe am Mittwoch mein Bild abgegeben und wollte es gemeinsam mit Herrn Hohenau am Sonntag untersuchen. Als wir beim Atelier ankamen, war die Polizei bereits da. Ich habe ihn also nur einmal gesehen, leider. Er war mir sehr sympathisch.«

Nervös knabberte sie an ihrer Oberlippe. Hatte das jetzt

dumm geklungen? ›Er war mir ja *so* sympathisch. Allein deswegen kann ich nichts mit dem Mord zu tun haben‹ – wer käme überhaupt auf diese Idee? Lächerlich!

»Wo waren Sie am Samstag um circa 23 Uhr?«

Offensichtlich kam Kiesling auf diese Idee! Theresa starrte den Chefinspektor sprachlos an. Erst nach ein paar Sekunden fand sie ihre Fassung wieder. »Ich war zu Hause, mein Mann, Leon Valier, wird Ihnen das bestätigen.«

Ehepartneralibi – nichts wert, durchfuhr es Theresa, die sich mit einem Fuß schon in der Zelle sah. Und wer sollte Dino mittags vom Kindergarten abholen?

»Sie sind ja ganz bleich geworden. Keine Angst, das ist Routine. Für die Akten, dass wir wirklich jedem Hinweis nachgegangen sind und jede winzige Spur verfolgt haben.«

Hinweis? Wer zum Kuckuck hatte ihm einen Hinweis gegeben, der auf sie deutete?

»Meine Befragung dient hoffentlich nur dazu, Ordner mit unwichtigen Informationen zu füllen«, murmelte sie kleinlaut. Zipser brachte den Kaffee und Theresa nahm einen Schluck. Er war so bitter, dass es fast wehtat. Sie stellte die Tasse zurück auf den Tisch und schob sie ganz weit weg.

»Bürokratie muss leider sein«, sagte Kiesling ungerührt und notierte ihre Angaben.

»Ich weiß, die Fragen stellen Sie, aber ist es sicher, dass es Mord war? Herr Wenz meinte bei unserem letzten … und ersten Treffen, dass die Treppe, die in sein Atelier führt, ihn eines Tages umbringen würde.«

»Die Treppe und ein vergoldeter Kerzenleuchter. Rembert Wenz wurde am späten Samstagabend im ersten Stock niedergeschlagen und fiel dann die Stufen hinunter. Die Gerichtsmedizin muss noch klären, ob der Schlag oder der

Sturz die Todesursache war«, antwortete Kiesling trocken, nippte an seinem Kaffee und verzog das Gesicht.

»Das ist ja furchtbar!« Theresa sah den alten Herren fallen, sich überschlagen und am Fuß der Treppe regungslos liegen bleiben. In einer Lache aus dunkelrotem Blut, das sich langsam mit seinen weißen Haaren vermischte. Gänsehaut lief ihr über den Rücken und sie war froh, als der Chefinspektor weitersprach.

»Anfangs sind wir von einem Unfall ausgegangen, da die Kopfverletzung vom Sturz hätte kommen können. Die Reste von Blattgold in der Wunde und das Blut am Leuchter sind jedoch ziemlich eindeutig. Wie auch immer, wir müssen das endgültige Ergebnis abwarten.«

Wieso erzählte er ihr das alles? Sonst schien er kein Freund vieler Worte zu sein. Wollte er sie beruhigen? Oder spekulierte er etwa darauf, sie in Sicherheit zu wiegen, damit sie sich verriet? ›Theresa, reiß dich zusammen, du hast nichts getan!‹, ermahnte sie sich.

Um ihre Unschuld zu untermauern, sagte sie: »Ich bin gerne bereit, Ihnen Fingerabdrücke zu geben.« Um dann ewig im System zu sein? Eigentlich lieber nicht …

Es war zu spät, einen Rückzieher zu machen, Kiesling nickte. »Gut, dass Sie das ansprechen. Wenn Sie am Mittwoch bei Rembert Wenz waren, ist es ziemlich wahrscheinlich, dass wir Spuren von Ihnen finden. Die Tatwaffe wurde zwar abgewischt, ebenso das Treppengeländer … Geza, kommst du mal?«

Zipser sprang auf, zog sich Handschuhe über und kam mit einem Stempelkissen zu Theresa. Er blickte sie entschuldigend an, als er zuerst ihren Daumen, dann alle anderen Finger hineindrückte. Sie ließ die Prozedur willenlos über sich ergehen und ertappte sich dabei, wie sie den muskulösen Bizeps musterte, der sich unter dem Hemdsärmel des Inspektors abzeichnete.

Sie versuchte ihre Gedanken zu sortieren und sich zu fassen. Ihre Abdrücke waren am Tatort! Daran hatte sie natürlich nicht gedacht, als sie die Abnahme leichtfertig vorgeschlagen hatte. Na ja, die wären ohnehin auf der Kaffeetasse … Mist, dort auch noch ihre DNA! ›Theresa, es ist egal, wenn sie deine DNA haben, du bist unschuldig!‹, flüsterte ihre innere Stimme wieder.

Als Zipser fertig war, gab er ihr ein feuchtes Tuch zum Abwischen, bedankte sich höflich und verließ den Raum. Theresa scheuerte an ihren Fingerkuppen, um die Farbe abzukriegen.

»Rauchen Sie?«, fragte Kiesling beiläufig.

»Nicht mehr, seit ich auf unserer Hochzeitsreise eine Bronchitis bekommen habe und …« Sie stockte. Das durfte den Chefinspektor wohl nicht interessieren. »Jetzt hätte ich aber durchaus Lust auf eine …«

Kiesling unterbrach sie: »Das war kein Angebot, sondern eine Frage.«

Aha, die Spurensicherung hatte wahrscheinlich einen Stummel gefunden, schloss Theresa blitzschnell. Das war positiv, dann wäre sie aus dem Schneider. Wenn die DNA der sichergestellten Zigarette mit der von ihrer Kaffeetasse verglichen werden würde …

»Und dürfte ich mir kurz Ihre Unterarme ansehen?« Der Chefinspektor ließ ihr keine Atempause.

»Wieso?« Theresa beugte sich vor und starrte Kiesling wütend an. Glaubte er jetzt wirklich, sie sei ein Junkie und habe einen Raubmord begangen, um Stoff zu besorgen?

»Reine Routine.«

Was war das bitte für eine Routine, fragte sich Theresa,

während sie die Ärmel ihres Pullovers hochschob. Sie spürte, dass sich ihre Nackenhärchen aufstellten. In diesem Moment sah sie durch die Glasscheibe, dass Paul gekommen war und nebenan von Zipser befragt wurde. Beruhigt lehnte sie sich zurück. Jetzt war sie nicht mehr allein. Ja, sie war zwar unschuldig, aber Justizirrtümer kamen vor. Mit Fingerabdrücken an Tatort fing es an.

»Gut, ich habe alles gesehen. Sie können sich wieder, ähm, ich meine, die Arme bedecken. Kommen wir zu den gestohlenen Gegenständen. Haben Sie die Fotos dabei?«

Theresa reichte ihm einen Umschlag mit einigen Ausdrucken. Ihre Hand zitterte. Der Chefinspektor zog die Fotos heraus und betrachtete sie. »Wie soll ich das Bild für die Akten nennen?«

»›Krönung‹, Gemälde, Öl auf Leinwand, circa 60 mal 80 Zentimeter, 17. Jahrhundert«, antwortete Theresa, ohne den Namen Sustermans zu erwähnen. War der Zettel auf der Rückseite nicht ohnehin unbedeutend?

»Wir gehen davon aus, dass bald ein Teil der Beute am Markt auftaucht. Die Kollegen vom Raub haben ihre Hehler, die auf solche Dinge spezialisiert sind. Wir werden das Gemälde finden. Das wäre es fürs Erste. …«, er stockte kurz, »und bestellen Sie liebe Grüße an Flora.«

»Soll ich ihr noch was ausrichten?«, fragte Theresa neugierig.

Verwundert sah Kiesling sie an. »Nein, eigentlich nicht. Wiederschauen.«

Theresa verabschiedete sich und winkte zu Paul rüber. Der zwinkerte und signalisierte, dass er sie anrufen würde. Beim Verlassen des Raumes wühlte sie in ihrer Tasche auf der Suche nach ihrem Handy, das sie wieder irgendwo hatte – nur nicht hier. Dafür fand sie Dinos bunte Kinderuhr.

Die Vernehmung hatte gerade einmal eine halbe Stunde gedauert, Theresa war es wie eine Ewigkeit vorgekommen. Im Taxi ging sie das Gespräch noch mal durch. Dass Kiesling glaubte, den Raub und somit den Mord bald aufklären zu können, war ein gutes Zeichen. Doch wenn der Täter ein paar Jahre wartete, bevor er versuchte, etwas zu verkaufen? Oder war es besser, heiße Ware so schnell wie möglich loszuwerden? Sie musste das alles dringend mit Flora besprechen.

Zu Hause angekommen machte sie sich auf die Suche nach ihrem Handy. Da es nirgendwo zu finden war, unterzog sie ihr Auto einer näheren Inspektion und tatsächlich – unter den Resten von Dinos Jause entdeckte sie in einer leeren Schokoriegelverpackung das Telefon. Hier hatte es also das Wochenende verbracht.

Theresa ging in die Küche zurück, schrubbte sich gründlich die Farbe von den Händen und ließ ihre Saeco einen trinkbaren Kaffee zaubern. Als sie Floras Nummer wählen wollte, bemerkte sie, dass sie sieben Anrufe verpasst hatte. Die ersten sechs waren von den üblichen Verdächtigen: dreimal ihre Mutter, zweimal Leon und einmal Flora. Die letzte Nummer kannte sie nicht. Als die tiefe Stimme von Rembert Wenz erklang, sank Theresa in den Sessel. Geschockt lauschte sie, was ihr der Restaurator zu sagen hatte. Es war gespenstisch, wie eine Nachricht aus dem Jenseits.

»Grüß Gott, Frau Valier. Ich habe gleich begonnen, das Bild zu untersuchen und habe einige außergewöhnlich interessante Entdeckungen unter dem Infrarotlicht gemacht. Der Rahmen, in dem das Gemälde war, ist übrigens original aus der Zeit. Das kommt höchst selten vor. Gut, eigentlich wollte ich Ihnen nur schnell eine Frage stellen … aber das können wir morgen bei der Vignettenanalyse besprechen. Auf Wiederhören und gute Nacht.«

Mit zittrigen Händen schaute Theresa nach, wann Wenz angerufen hatte. Samstag um 22 Uhr. Kurz vor dem Mord! Theresa legte beide Hände vors Gesicht, atmete tief ein und aus. Wenn er nicht an ihrem Bild gearbeitet hätte, wäre er nicht im Atelier gewesen. War die ›Krönung‹ schuld an seinem Tod?

Verzweifelt versuchte sie Leon zu erreichen. Es meldete sich nur seine Mailbox. Verdammt!

Flora hingegen hob sofort ab.

»Hal…«

»Wenz hat mich kurz vor seinem Tod angerufen«, unterbrach Theresa sie abrupt. »Er war mit meinem Gemälde beschäftigt, als der Mörder kam. Wenn er nicht dort gewesen wäre …« Sie konnte die Tränen nicht mehr zurückhalten.

»Ich springe sofort ins Auto und komme vorbei. Bitte beruhige dich! Und vielleicht war er verabredet und deshalb im Atelier. Dann war er nicht wegen der ›Krönung‹ da, sondern umgekehrt: Er arbeitete daran, weil er sowieso dort war.«

»Du bist eine wahre Freundin«, flüsterte Theresa ins Telefon.

»Und in 15 Minuten bei dir«, antwortete Flora. »Um dich abzulenken, könntest du inzwischen Kaffee und Kuchen vorbereiten. Kopf hoch, alles wird gut.«

Seine Faust donnerte auf den Tisch, dass das Geschirr klirrte. Wer? Wer konnte noch davon wissen? Er hatte niemandem davon erzählt. Doch jemand hatte es ihm vor der Nase weggeschnappt.

Er musste sich jetzt beeilen, sonst könnte der andere das Geheimnis vor ihm lüften. Aber nur er hatte es verdient, nur er hatte sich jahrelang damit beschäftigt und danach gesucht!

Ihm war das Bild angeboten worden! Er allein würde damit in den Olymp der Wissenschaft aufsteigen. Er allein!

Während Theresa einen gefrorenen Apfelstrudel in den Ofen schob, dachte sie an Floras Einwand, dass Wenz Samstagabend im Atelier auf jemanden gewartet hatte. Das konnte stimmen, um 22 Uhr war das Licht denkbar schlecht. Oder arbeiteten Restauratoren auch bei künstlichem Licht? Vielleicht sogar lieber als mit Tageslicht? Aber waren nicht die Impressionisten hinaus ins Freie gezogen, um das Sonnenlicht besser einfangen zu können?

Zerstreut stand Theresa in der Küche und hatte vergessen, was sie dort wollte. Gleich würde Flora kommen … Ach ja, der Strudel! Was brauchte sie noch? Teller, Gabeln, Milch, Zucker. Wenz hatte das Bild also aus dem Rahmen genommen. Ob der noch da war? Dann hätte sie wenigstens eine Erinnerung an das Bild … und an Papa. Es tat ihr plötzlich doch leid, dass das Gemälde gestohlen war. Es war ihr Erbe, die Erinnerung an ihren König. Sie wollte es Dino weitergeben und der sollte es seinen … Aber wenn der Rahmen beschlagnahmt war? Befand er sich in einem Depot der Polizei? Und lag der Restaurator in einem Kühlfach der Gerichtsmedizin? Mit einem Zettel am Zeh? Was hatte er bloß auf dem Bild gefunden? Was wollte er sie fragen?

Theresas Gedanken schwirrten wirr umher. Und immer wieder schossen ihr sechs Worte durch den Kopf: ›Du bist schuld an seinem Tod!‹ Kälte jagte ihren Rücken hoch, sie setzte sich und schluchzte laut auf. Wenz hätte ihre Inspiration werden können. Und jetzt? Jetzt war er nicht mehr als eine Stimme auf ihrem Handy.

Als Flora endlich vorfuhr, atmete Theresa erlöst auf und lief ihrer Freundin entgegen.

Flora stieg lächelnd aus dem Wagen. »Das ist ein netter Empfang, danke schön.« Sie umarmte Theresa.

»Also!«, sagte Flora schließlich gespannt. »Was hat Wenz gesagt?«

»Hör's dir an.«

Sie setzten sich in der Küche an den alten, zerschrammten Wirtshaustisch. Während Flora sich das Handy ans Ohr hielt, schnitt Theresa den Strudel an. Sie sog den Geruch ein und dachte an die überreifen Äpfel im Garten ihrer Eltern.

Nach kurzer Zeit legte Flora das Telefon auf den Tisch. »Und jetzt ist das Bild weg, gerade wo es spannend wird.«

»Was mich mehr bedrückt, ist der Tod von Wenz.« Theresa traten die Tränen wieder in die Augen. »Ich habe das Gefühl, dass ich etwas Wertvolles verloren habe und damit meine ich nicht nur die ›Krönung‹. Du hast ihn nicht gekannt, Flora. Ich hab ihn zwar auch nur einmal getroffen, doch er fehlt mir. Wie soll ich es ausdrücken … Es war Sympathie auf den ersten Blick. Er hatte etwas Magisches. Du wärst ausgeflippt, wenn du sein Geschäft gesehen hättest.«

»Zeig mir die Illustrationen, die du gemacht hast, das wird dich ablenken. Ich bin neugierig.«

»Moment, sie sind am höchsten Punkt in der Wohnung versteckt. Du weißt, Dino malt gern.«

Theresa holte ihre Mappe und Flora blätterte die Skizzen durch. »Perfekt, die Regenbogenmaschine hat Stil.«

»Siehst du, das meinte ich. Das war die Atmosphäre im Antiquitätengeschäft.«

»Was ist eigentlich mit Leon? Ist er keine Muse?«

»Leon gibt mir Geborgenheit. Das kann man nicht vergleichen, in seiner Gegenwart bin ich … gelassen und entspannt. Da fehlt der unruhige Funke, der wie ein Blitz einschlägt und die Synapsen der rechten Gehirnhälfte öffnet.«

Flora lachte. »Ist das jetzt ein Kompliment für Leon oder nicht? Und was ist mit mir?«

»Wenn du gelegentlich den Mund halten würdest … Du verstopfst mit deinem Gequassel eher meine kreativen Gehirnwindungen!« Theresa lächelte.

»Wenn du mit solch böser Zunge sprichst, kann es dir nicht mehr so schlecht gehen!«

Das Klingeln von Theresas Handy unterbrach die beiden. »Das wird Paul sein, wir haben uns beim Verhör nur kurz gesehen.« Entschuldigend hob sie die Hand, als sie das Gespräch annahm.

Paul klang erschöpft. »Hallo Thesi, wie geht's? Hast du eine Diebstahlanzeige gemacht?«

»Nein, das hab ich ganz vergessen, Kiesling war so unfreundlich, ich wollte so schnell wie möglich weg.« Dann erzählte Theresa von Remberts Anruf.

Paul reagierte erst nach einer kurzen Pause: »Kann ich mir die Nachricht morgen am Abend bei euch anhören? Ich muss jetzt leider eine Vorlesung halten, sonst würde ich jetzt gleich kommen.«

»Kein Problem, ich lösche sie nicht. Ciao.« Theresa legte auf und wandte sich wieder an ihre Freundin. »Wo waren wir?«

»Beim Gehen, leider«, sagte Flora und stand auf. »Ich habe einen Fototermin und muss los. Wir telefonieren später noch mal, versprochen!«

Theresa lümmelte auf dem Stuhl vor dem Küchenfenster und starrte ihrer Freundin hinterher. Gott sei Dank war morgen wieder Jour fixe, da konnten sie alles besprechen. Seit Dino auf der Welt war, kamen Flora, Boris und Paul jeden Dienstagabend zu ihnen, um gemeinsam zu kochen und Chianti zu trinken. Die langen, durchzechten Nächte der Prä-Dino-Zeit waren durch familienfreundliches ›Cocooning‹ ersetzt worden. Sie freute sich besonders, Boris wiederzusehen, da sie ihn seit ein paar Tagen nicht gesehen hatte und er nicht der Typ war, der gerne telefonierte.

Boris Moser sprach überhaupt ungern – besonders über sich oder sein Leben. Selbst Flora gelang es nicht, ihn auszufragen. Was sie über ihn wussten, hatten sie selbst miterlebt: Wie er mit einem Internet-Startup ziemlich reich geworden war und nach einer kurzen Zeit voller Extravaganz und Exzentrizität alles verkauft hatte und jetzt versuchte, wieder ein ›normaler‹ Mensch zu werden. Einer, der vielleicht reicher war als die anderen und mit seinem Geld – soweit es ging – Glück weitergab.

Theresa musste lächeln, denn vorige Woche war er fast aus sich herausgegangen. Das Bild und der Fund des Zettels hatten seine Neugier und seinen Ehrgeiz geweckt. Wie auch den der anderen. Deshalb hatte Theresa die Suche nach dem Maler zu einer Schatzsuche ausgerufen, an der sich alle beteiligen sollten. Sie hatte ihre letzte unbekümmerte Zusammenkunft noch so gut in Erinnerung.

Flora war als Erste erschienen, hatte im Vorzimmer mit einem dicken Stoß Kopien gewedelt und gefragt: »Weißt du eigentlich, wie viele Sustermänner in wie vielen verschiedenen Schreibweisen es gibt? Ich habe heute in der Nationalbibliothek aus allen Kunstlexika sicherlich 100 Sustermänner herauskopiert. *Stundenlang* …«

»Ich hole dir sofort ein Glas Chianti als Entschädigung«, hatte Theresa gekichert und war in die Küche gegangen.

»Gut, diese Entschuldigung nehme ich an!«

Als Theresa mit zwei Gläsern zurückkam, schob Flora den Stapel Blätter über den Tisch. »Die sind für dich. Du könntest das Bild zu deiner Diplomarbeit machen. Dann hättest du dein Kunstgeschichtsstudium in der Rekordzeit von … wie lange studierst du schon?«

»15«, murrte Theresa.

»Genau, in der Rekordzeit von 15 Semestern …«

»Jahren! Ich habe *nebenbei* und *sporadisch* studiert, falls du dich erinnerst … Aber keine schlechte Idee, je mehr über Sustermans publiziert wird, desto höher steigt der Wert des Werkes.«

»Elende Materialistin! Apropos Geld. Kommt Boris heute?«

»Ja, er ist wieder gesund. Wenn er einmal nicht da ist, vermisse ich ihn richtig«, antwortete Theresa.

»Ich auch, obwohl er den Mund eh nie aufmacht.«

»Dafür haben wir ja dich.« Theresa sah schmunzelnd die Kopien von Flora durch und sagte: »Zurück zu den Sustermännern. Wir können uns auf einen bestimmten Sustermans konzentrieren. Ich habe heute Vormittag mit Hilfe von Google was rausgefunden. Es gibt nur einen, der einen Bezug zu Rubens hat: ein gewisser Justus oder Giusto Sustermans.«

Flora blätterte in ihren Kopien und suchte die entsprechende Biografie heraus, während Theresa in die Küche huschte und ein paar Kartoffeln für das Abendessen auf den Herd stellte. Als sie sich wieder hinsetzte, fasste Flora das Gelesene zusammen: »Justus wurde 1597 in Antwerpen als eines von dreizehn Kindern geboren. Mit zwölf begann er seine Lehre beim Maler Willem de Vos. Sieben Jahre später ging er für vier Jahre nach Paris, um dort im Atelier von Frans Pourbus dem Jüngeren zu arbeiten. Pourbus kam auch aus Antwerpen, wahrscheinlich kannten sich die Familien. Oder vielleicht wurde Sustermans seine Heimatstadt zu eng, und er wollte die Welt und die französischen Frauen sehen.«

»Flora, bitte bleib beim Thema.«

»Interessieren dich Sustermans Motive nicht? Hier stehen lediglich Fakten, doch da stecken Geschichten und Schicksale dahinter. Ich könnte mir stundenlang Dramen dazu ausdenken.«

»Ist dein Leben nicht dramatisch genug?«

»Nein. Zurzeit ist es extrem langweilig.« Sie nahm einen Schluck Chianti und fuhr fort: »Also, Sustermans reiste nach seinen Lehrjahren in Frankreich an den Hof von Cosimo II in die Toskana. Warum er Paris verließ, weiß man nicht, aber stell dir vor: ein Boudoir, eine geheime Liebschaft, ein Duell ...«

»Stopp!«

»Na gut«, Flora zog die Mundwinkel nach unten. »Hier die Fakten!« Sie griff zur Biografie und las vor, dass Sustermans in Florenz zum Hofmaler der Medici ernannt worden war, eine Wohnung im Palast erhalten und 60 Jahre lang für sämtliche Mitglieder der Familie gearbeitet hatte.

»Das klingt nach Pragmatisierung, ich dachte, nur österreichische Beamte sind unkündbar«, unterbrach eine sonore Stimme. Leon war unbemerkt nach Hause gekommen. Das Knarren der alten Tür hatte Theresa ganz überhört.

»Papa!«, rief Dino, der bis dahin selbstversunken auf dem Sofa gespielt hatte. All seine Bauklötze flogen in hohem Bogen davon, als er aufsprang, zu seinem Vater rannte und wie ein kleines Äffchen an ihm hochkletterte. Er zog einen Schmollmund und fragte: »Liest du mir was vor? Mama und Flora reden nur langweiliges Zeugs.«

»Siehst du«, sagte Flora triumphierend. »Sogar Dino öden die Fakten an.«

»Ich muss mich einen Moment ausruhen, dann gehen wir in dein Zimmer«, versicherte Leon seinem Sohn und stellte ihn zurück auf den Boden.

Während Dino davonsprintete, um ein Buch zu holen, öffnete Leon eine Flasche Bordeaux und schenkte etwas Wein in ein Glas.

»Der muss noch atmen«, sagte er. »Wenn die Jungs kommen, ist er perfekt. Mal etwas anderes, als ewig nur Chianti.«

»Och, wieso denn? Ich mag ihn«, murrte Flora. »Der erinnert mich an unsere wilde Jugend.«

»Papa, komm schon!«, rief Dino, der mit dem dicksten Wälzer, den er besaß, in der Tür stand.

»Die Stimme meines Gebieters.« Leon nahm einen schnellen Schluck, dann hob er seinen Sohn auf die Schultern und verließ den Raum.

Aus dem Vorzimmer hörten die Freundinnen noch Dinos Stimme: »Musst du immer weinen? Das riecht eklig aus dem Mund!«

Flora lächelte. »Gut, dass wir nicht mehr rauchen, was müssten wir uns da anhören! Die Kleinen halten uns eben gesund und rüstig. Was gibt es heute eigentlich zu essen?«

»Paul kocht eine Kartoffel-Birnen-Ingwer-Suppe, Boris macht eines seiner obligaten Nudelgerichte und ich habe als Nachspeise Mousse au Chocolat vorbereitet«, antwortete Theresa, während sie eine Schublade nach der anderen öffnete.

»Wann das denn?«, hakte Flora neugierig nach.

»Heute Vormittag, als ich eigentlich die Illustrationen machen sollte. Ablenkungsmanöver wie in alten Studentenzeiten ... Wo ist das verflixte Schälmesser?«

Die Türklingel kündigte Boris und Paul an. Während Flora öffnete, jauchzte Theresa, als sie endlich das gesuchte

Werkzeug fand. »Irgendwo taucht doch alles wieder auf!« Dann eilte sie Flora hinterher.

»Na, wo ist das ominöse Gemälde?«, fragte Paul statt einer Begrüßung und hängte seinen eleganten Kaschmirmantel auf den letzten freien Garderobenhaken.

Boris warf seine Daunenjacke achtlos über einen Stuhl. Er war durch und durch das Gegenteil von Paul. Boris war kleiner, etwas rundlicher und hatte bereits graue Strähnen, die seine schwarzen Haare sowie den Dreitagebart durchzogen.

»Kommt mit ins Wohnzimmer!« Theresa schob die beiden durch die Tür und deutete auf das Bild. »Tata! Meine ›Krönung‹. Wir dachten, Paul könnte den Zettel im Labor untersuchen. Und herausfinden, aus welcher Zeit Papier und Tinte stammen. Das wäre ein erster Anhaltspunkt.«

»Bien sûr, mache ich mit Vergnügen. Doch je weniger invasiv wir das Bild behandeln, umso besser«, sagte Paul, trat näher und kniff die Augen zusammen. »Mir scheint es bereits etwas mitgenommen zu sein. Es wäre sinnvoller, den Zettel auf der Rückseite zu lassen. Wir haben im Labor ein transportables Mikro-RFA …«

»Das klingt ziemlich gefährlich«, warf Flora amüsiert ein.

Paul sah sie von der Seite an. »Mikro-Röntgenfluoreszenzanalyse, ma chère, damit kann ich vor Ort eine Untersuchung vornehmen und muss die Vignette nicht ablösen. Kommt mit in die Küche, ich erkläre es euch beim Kochen genauer.«

Mit Küchentüchern beschürzt, schälten die Jungs Kartoffeln, während es sich Flora und Theresa Wein trinkend am Tisch bequem machten. Paul erläuterte, dass mit dem Mikro-RFA Materialien auf ihre anorganischen Bestandteile durchleuchtet wurden. So könnten chemische Fingerabdrücke erstellt werden, ohne das Objekt zu beschädigen.

»Schön und gut«, unterbrach Flora. »Aber von wem und woher sollen wir Vergleichsabdrücke bekommen?«

»Du hast schon wieder zu viel CSI geschaut! Mit chemischem Fingerabdruck meine ich die Zusammensetzung, zum Beispiel der Tinte. Ist es eine Eisengallustinte, stammt das Dokument wahrscheinlich aus sehr frühen Zeiten. Je älter der Zettel, umso glaubhafter die Aufschrift. Aber genug, ich muss mich jetzt aufs Kochen konzentrieren.«

Paul pürierte, verfeinerte, kostete und zog die Nase kraus. Erst als er nachwürzte, entspannte sich sein Gesicht. »Voilà, très bien. Von mir aus können wir.«

Leon war inzwischen aus Dinos Zimmer geschlichen und gesellte sich zu ihnen. »Was duftet hier so herrlich?«

»Birnensuppe mit Ingwer. Welchen Wein würdest du dazu kredenzen?«

»So was ähnlich Kreatives habe ich erwartet«, antwortete Leon und holte eine Flasche Weißwein aus dem Kühlschrank. »Der sollte passen, leicht und nicht zu intensiv. Doch ich frage euch: Wo sind die Zeiten der guten, alten Nudelsuppe hin?«

»Kopf hoch, mein Freund. Danach gibt's was Bodenständiges. Original Pasta di Boris. Frische Tagliatelle mit Tomaten-Zucchini-Sauce. Dazu passt dein Bordeaux – von dem leider nicht mehr viel da ist.« Vergnügt legte Boris den Arm um Leons Schulter und ging mit ihm und Theresa ins Wohnzimmer, wo Flora den Esstisch in der Zwischenzeit gedeckt und üppig dekoriert hatte.

»Werden wir heute etwa fotografiert und im Anschluss zu einem Gemälde verarbeitet, Flora, mon cœur?«

»Nein, Paulchen, ich finde es einfach très chic, wenn es festlich aussieht, das solltest du doch von zu Hause gewohnt sein«, antwortete Flora.

»Bitte, mein Name ist Paul. Paulchen verwendete nur meine Großtante Louise. Gott hab sie selig. Beim Gedanken an sie steigt mir heute noch der Duft von verwelkten Blumen und ranziger Seife in die Nase. Aber um deine Frage zu beantworten: Festbankette gab es selten und wenn, waren sie gähnend langweilig. Unser Zweig derer von Hohenaus war nicht gerade für seinen Esprit berühmt.«

Flora zog eine Augenbraue hoch. »Wo du recht hast, hast du recht.«

»Un moment! Ich wollte mich gerade ausnehmen. Da ich aus der erlauchten Familie früh in ein französisches Internat entfleucht bin oder entfleucht wurde, hoffe ich doch …«

»Hört auf. Das kenne ich sonst nur von Dino und seinen fünfjährigen Spielkameraden. Zu ihnen kann ich es nicht sagen, zu euch schon: Seid nicht kindisch!« Schwungvoll stelle Theresa eine weiße Porzellanterrine in die Mitte des Tischs. »Und jetzt Mahlzeit.«

Während des Essens berichtete Flora, was sie über Sustermans herausgefunden hatten. Theresa ergänzte, dass der Maler ein Gemälde namens ›Die Folgen des Krieges‹ bei Rubens bestellt und dieser mit dem Kunstwerk eine Anleitung nach Florenz geschickt habe. Darin sei beschrieben gewesen, wie das Bild im Falle einer Beschädigung während des Transports zu restaurieren sei.

Theresa machte eine kurze Pause, damit alle die Informationen verdauen konnten. »Also waren Sustermans und Rubens, die ja beide aus Antwerpen stammten, befreundet. Rubens schien Sustermans so sehr zu schätzen, dass er ihm erlaubte, an seinem Bild zu malen! Es wäre durchaus möglich, dass sie irgendwann zusammen gearbeitet haben. Mein Gemälde könnte also ein Gemeinschaftswerk sein. Das würde beide Namen auf der Vignette erklären.«

Die anderen blickten sie stumm an.

»Wir müssen weiterforschen«, fuhr Theresa fort. »Wer war wann wo. Vielleicht hat Sustermans Rubens in seiner Werkstatt besucht oder umgekehrt.«

»Wie aufregend. Ich liebe es, Rätsel zu lösen. Was kann ich tun?« Boris hatte glänzende Augen und Theresa wusste, dass er sich am liebsten sofort hinter seinen Computer geklemmt hätte.

»Der schlechte Zustand des Bildes geht mir nicht aus dem Kopf«, gab Paul zu bedenken. Dann erzählte er von seinem angeheirateten Exonkel Rembert, dem Restaurator. »Das starke Krakelee macht mir Sorgen.«

»Das bitte was?« Flora sah Paul fragend an.

»So heißt das Netz von Rissen in der Bildoberfläche, meine Liebe. Und die Farbe auf Thesis Gemälde ist stark gesprungen, da blättert bald einiges ab. Die Malschicht gehört unbedingt gefestigt. Ich könnte auch bei Rembert die Analyse machen. Was hältst du davon, Thesi?«

»Ich bin mir nicht sicher«, antwortete Theresa. »Was wird das kosten?«

»Denk jetzt nicht daran«, warf Leon ein. »Wir lassen es reinigen und von Grund auf sanieren. Egal, ob es ein Sustermans, Sustermans-Rubens oder was auch immer ist. Du hast es von deinem Vater bekommen und du hängst daran. Wir haben schon genug Geld in dieses Haus gesteckt, jetzt ist dein Bild dran.«

»Ihr habt alle solch tolle Dinge geerbt«, murrte Flora. Ihre Wangen waren leicht gerötet, ein Zeichen, dass der Wein seine Wirkung tat. »Leon ein Haus, Theresa einen möglichen Rubens. Mein Erbe sind Neurosen, drei Stiefmütter und eine Mutter, die wahrscheinlich bald ins Kloster geht.«

»Seien wir froh über unsere Neurosen«, warf Boris fröhlich ein. »Wenn wir die nicht hätten, um uns abzureagieren, würden wir uns alle am Rande des Wahnsinns befinden. Das sagt jedenfalls mein Analytiker.«

Das schrie nach einer neuen Flasche Wein. Und während sie Geschichten über all ihre Ticks erzählten, war sie schnell geleert. Flora sah schließlich auf die Uhr. »Ich glaube, wir sollten aufbrechen, es ist schon nach Mitternacht.«

»Und wie gehen wir bei der Recherche weiter vor? Ich bin auf eure Hilfe angewiesen. Ich kann leider nur im Internet nachforschen. Dino in die Nationalbibliothek mitzunehmen und ihn zu bitten, ruhig zu sitzen, wäre wie Quecksilber festbinden zu wollen.« Theresa sah in die Runde. »Wie viel Zeit könnt ihr mir schenken?«

»So viel, wie notwendig ist. Es ist doch eine Schatzsuche, wer will da nicht mitmachen«, sagte Boris. »Ich werde die Igors ... wie sagtest du, hießen die Vorbesitzer noch mal?«

»Igowskis«, antworteten Theresa und Flora gleichzeitig.

»Gut, die Igowskis ausspionieren. Ich bin schon lange nicht mehr als Hacker im Netz unterwegs gewesen.«

»Bitte mach nichts Illegales!« Theresa lachte. »Das wäre ja noch schöner, wenn uns das Bild in Schwierigkeiten bringen sollte.«

»War nur ein Scherz. Ich werde die Spuren, die die fürstliche Familie im Netz hinterlassen hat, überprüfen«, versicherte Boris.

»Ich mache die Vignettenanalyse«, sagte Paul.

»Gut, ich versuche das Rätsel der Darstellung zu lösen«, erwiderte Theresa. »Es sollte doch möglich sein herauszufinden, wer da gekrönt wird, oder?«

»Ah, da fällt mir Onkel Oskar ein«, warf Leon ein. »Er war Priester. Wenn es eine biblische Krönung ist, dann weiß er es mit Sicherheit. Ich schicke ihm eine Mail.«

»Ich forsche über Justus' Biografie weiter, vielleicht entdecke ich ein paar uneheliche Kinder«, sagte Flora.

»Wenn du eine Liaison mit Rubens entdecken würdest, wäre es besser«, meinte Paul und trank den letzten Schluck Wein.

»Apropos Rubens …« Theresa sah Leon fragend an.

»Reicht es nicht, dass ich die Restaurierung bezahle? Ich habe da einige anstrengende Projekte in nächster Zeit … Na gut, ich schau mir Rubens an.«

Flora gähnte. »Ich rufe mir ein Taxi.«

»Wenn du möchtest, fahre ich dich. Ich habe im Gegensatz zu euch nur ein Glas getrunken«, bot ihr Boris an, bevor er fragte: »Übrigens, würdet ihr mich in drei Wochen nach Italien begleiten? Ich bekomme für die Arbeit meines Hilfsfonds den Humanitätsaward der UNICEF verliehen. Der Preis wird alle zwei Jahre vergeben und dieses Jahr findet die Zeremonie in Florenz statt. Außerdem habe ich dort gerade eine Villa gekauft.«

»Damit rückst du jetzt erst heraus?«, erwiderte Theresa überrascht.

»Ich könnte solche bombastischen Neuigkeiten nicht so lange für mich behalten«, bekräftigte Flora.

»Schweigen ist für dich doch ein Fremdwort, meine Liebe.« Paul hatte gegrinst und sein Glas mit einem Schluck geleert.

»Der Termin ist Mitte November. Wir werden beim nächsten Jour fixe darüber reden, gut?«

»Das lasse ich mir nicht zweimal sagen: Florenz, Siena, San Gimignano … das ist Inspiration pur, ich bin dabei«, hatte Flora geschwärmt und ihre Jacke angezogen.

Auch Paul war begeistert gewesen. »Ich muss in meinen Kalender schauen. Wenn ich keine Vorlesungen habe, sage ich nur: Bon voyage!«

Beschwingt und voller Vorfreude waren sie auseinandergegangen. Wie hatten sie sich getäuscht! Theresa stand auf, um nach Floras Besuch die Küche aufzuräumen. War dieses unbeschwerte Abendessen wirklich erst vor sechs Tagen gewesen? Ihr kam es wie eine Ewigkeit vor. Inzwischen war das Bild gestohlen und Wenz tot. Und dieser komische Kommissar schien sie zu verdächtigen. Lächerlich!

Während sie das Kaffeegeschirr in den Spüler schlichtete, überlegte sie, ob sie mithelfen konnte, den Mord aufzuklären. Und eventuell die ›Krönung‹ wiederzufinden. Oder suchte sie nur wieder Ausflüchte, um ihrer Arbeit aus dem Weg zu gehen? Erwischt!

Seufzend sah sie auf die Uhr. Noch eine Stunde, bis sie Dino abholen musste. Zeit genug, um an den Zeichnungen für das Kinderbuch weiterzuarbeiten. Heute wollte sie den David, der die Regenbogenmaschine findet, entwerfen. Theresa setzte sich ins Wohnzimmer, öffnete die Mappe mit den Skizzen und holte einen Bleistift aus ihrer Dose. Sie starrte auf das weiße, wandgroße Regal, das neben unzähligen Büchern auch mit kleinen Skulpturen, Reiseandenken und Fotos vollgestopft war. Ihr Blick blieb an einem Bild hängen. Dino! Mit der objektivsten Urteilskraft, zu der sie fähig war, musste sie feststellen, dass ihr Sohn ein außergewöhnlich hübsches Kind war. Also, wieso nicht? Sie begann zu zeichnen. Und die Inspiration kam, wie immer, mit der Arbeit.

Nach rund einer Stunde intensiver Arbeit schreckte der Vibrationsalarm ihres Handys Theresa auf. Ein Foto erschien auf dem Display und sie bekam ein schlechtes Gewissen. Bevor sie sich entschuldigen konnte, dass sie trotz der drei Nachrichten gestern nicht zurückgerufen hatte, erzählte ihre Mutter aufgeregt, dass der arme Ambrosius überraschend an einem Herzinfarkt gestorben war.

»Das tut mir leid. Der Dreiseitl hatte auf mich zwar einen entrückten, aber keinen kränklichen Eindruck gemacht!«

»Stimmt, soweit ich mich erinnern kann, hat er nie über irgendwelche Schmerzen geklagt.«

So viele starben in letzter Zeit, dachte Theresa. Erst Wenz und jetzt der Schulwart ... Plötzlich fiel ihr das mysteriöse Foto ein!

»Mama, ich wollte dich fragen, wieso Ambrosius Papas ›Krönung‹ in der Hand gehalten hat.«

»Ach, du hast diese alte Aufnahme gefunden«, antwortete ihre Mutter. »Wenn ich mich recht erinnere, waren beide gemeinsam beim Gemäldeausverkauf im Schloss. Auf dem Heimweg gefiel Ambrosius die ›Badende Venus‹, die dein Vater mitgenommen hatte, mit einem Mal besser und sie haben die Bilder getauscht.«

»Wieso kauft ein schrulliger Schulwart überhaupt ein Kunstwerk?«

»Ambrosius war damals noch nicht verwirrt, er war sogar Schuldirektor. Erst nachdem seine Frau gestorben ist, wurde er wunderlich.« Theresas Mutter machte eine kurze Pause. »Ich rufe nicht nur wegen Ambrosius' Tod an, ich habe auch eine Bitte. Lorenz hat mich, weil sich die Fertigstellung seines Projekts verzögert, nach Chicago eingeladen und auch schon ein Ticket gebucht.«

Theresa seufzte. Manchmal beneidete sie ihren Bruder, der als Architekt die Welt bereiste. Ab und zu flatterte eine Postkarte für Dino ins Haus, dann sah sie, wo er gerade arbeitete. Beim Begräbnis war die Familie das letzte Mal zusammengekommen.

»Jedenfalls findet genau in dieser Zeit der Gedenkgottesdienst für deinen Vater statt. Gehst du bitte unbedingt hin? Wenn niemand von der Familie kommt, sieht das doch ...«

Ihre Mutter stockte und Theresa wusste, dass ihr das Gerede in Pöllau peinlich wäre.

»Kein Problem, Mama. Ich werde dort sein. Hab dich lieb, aber ich muss jetzt in den Kindergarten sausen.« Sie verkniff sich, vom Mord an Wenz und dem Diebstahl zu erzählen – das würde ihre Mutter noch früh genug erfahren. Theresa eilte hinaus. Vor der Haustür rannte sie beinahe den Briefträger um, der gerade versuchte, ein zu dickes Kuvert in ihren zu kleinen Briefkasten zu stopfen. Sie steckte es schnell in ihre Tasche und fuhr zum Kindergarten.

Dino wartete bestimmt schon, denn Theresa hatte ihrem Sohn versprochen, heute mit ihm das Museumsquartier zu besuchen. Am Fuße der Mariahilfer Straße gelegen, war es ihr Lieblingsplatz in der Innenstadt. Im Sommer konnte man, abgeschottet vom Großstadtverkehr, im Innenhof die Kinder toben und basteln lassen, während man selbst in einem der Gastgärten saß, Freunde traf oder gute Musik hörte. In der kühleren Jahreszeit ging Dino in das Atelier des Kindermuseums und fabrizierte in Kreativkursen unter Anleitung junger Künstler eigenwillige Arbeiten. Theresa nutzte diese Zeit meist, um eine der Ausstellungen im Quartier zu besuchen.

Heute entschied sie sich jedoch fürs Kaffeehaus. Während sie auf ihren Espresso wartete, öffnete sie den Umschlag. Das mussten die zwei antiquarischen Kataloge über Sustermans sein, die sie vorige Woche noch bestellt hatte. Leider brauchte sie die nun nicht mehr.

Traurig betrachtete sie den Umschlag des ersten Buchs. ›Justus Sustermans – Maler der Medici‹. Zeigte das Cover den Künstler oder einen der Medici? Sie blätterte den Band schnell durch, in der Hoffnung, ihr Gemälde zu finden. Doch Fehlanzeige, es gab zwar viele Porträts, aber keine ›Krönung‹. Das zweite Buch beinhaltete lediglich winzig kleine, schwarz-weiße Abbildungen in schlechter Druckqualität.

»Hinausgeworfenes Geld«, murmelte Theresa.

Nachdem der Kellner den zweiten Espresso gebracht hatte, überflog sie gelangweilt ihren Kalender und entdeckte, dass für morgen die Versteigerung im Wiener Auktionshaus eingetragen war. War es überhaupt noch sinnvoll, dorthin zu gehen? Andererseits hatte sie bereits den Babysitter engagiert, das musste sie ausnutzen. Und vielleicht sah sie ein paar interessante Gegenstände, die sie für ihre Illustrationen verwenden konnte.

Dafür waren sicher auch die beiden Bücher zu gebrauchen. Ein Gemälde darin ging ihr ohnehin nicht aus dem Kopf. Sie wollte gerade nochmals nachschauen, da nahm sie einen vorbeihuschenden Schatten wahr. Als sie hochblickte, war er verschwunden. Oder war es nur eine Lichtreflexion der frühen Dämmerung gewesen, die ihr einen Streich gespielt hatte? Sie musste sich endlich eine Brille besorgen.

Arcetri, Januar 1634

Carissimo et illustrissimo mio amico!
Teuerster Freund!

Ich danke Euch für Euren letzten Brief und die aufmunternden Worte bezüglich meines Zwiespalts. Euer Argument, dass mein weiteres Werken für die Wissenschaft weit wertvoller sei, als der ehrenhafte Freitod in Flammen, hat mich wahrlich getröstet. Es gibt mir die Kraft weiter zu forschen. Und das tue ich hier. Aber nur im Geheimen, da ich von der Kirche stets beobachtet werde.

Schrieb ich im letzten Brief nicht, dass es mir untersagt sei, meinen Fuß nach Florenz zu setzen und wisst Ihr, was geschah? Der Großherzog, der auf Reisen in Pisa war, sandte mir nach der Rückkehr einen berittenen Knecht, um mir mitzuteilen, dass er sich anschickte, mir einen Besuch abzustatten. Eine Stunde später traf er höchstselbst, nur in Begleitung eines einzelnen Edelmannes, in seiner Karosse ein, und nachdem er in meinem bescheidenen Haus abgestiegen war, verweilte er in seiner Güte drei geschlagene Stunden bei mir. Auch brachte er mir einen goldenen Krug als Geschenk, ein unnachahmlich edles Stück, das von größter handwerklicher Meisterschaft zeugt. Doch weit höher schätze ich den symbolischen Wert. Steht der Krug doch für l'amitié, die Freundschaft.

Ihr seht, ich habe in keiner der zwei Dinge gelitten, welche bei uns höher als alles andere geschätzt werden – dem Leben und dem Ansehen. Die Kränkungen und Ungerechtigkeiten, die Neid und Böswilligkeit gegen mich ins Werk gesetzt haben, werden durch die Freundschaft, die mir in der letzten schweren Zeit von so vielen Seiten entgegengebracht wurde und immer noch wird, hundertfach übertroffen.

Dass Ihr Euer Kommen verschieben müsst, füllt mein Herz mit Trauer, da ich in Euch meinen besten Freund gefunden habe. Aber tröstet Euch mit meiner Zusage, dass ich hier imstande sein werde, alle meine Aufgaben zu Ende zu führen und zu veröffentlichen.

Lebt wohl, schließt mich in Eure Gebete ein, so wie ich Gott bitten werde, Euch zu schützen!

Euer G.

Kapitel 5

Wien, Dienstag, 5. November

Leon und Dino waren aus dem Haus, die größte Unordnung schien beseitigt und Theresa saß, an ihrem Bleistift kauend, im Wohnzimmer. Sie starrte aus dem Fenster. Eigentlich sollte sie an den Zeichnungen weiterarbeiten. Aber die beiden Bücher über Sustermans lagen wie ein stummer Vorwurf neben ihr.

Vielleicht halfen ein paar Nachforschungen, das Gemälde wiederzufinden und damit den Mord aufzuklären. Wieder beschlich sie dieses komische Gefühl, dass die ›Krönung‹ etwas Besonderes war und eine wichtige Rolle spielte. Nur wie sollte sie weiter vorgehen? Wenn sie nur wüsste, was Wenz kurz vor seinem Tod entdeckt hatte!

Theresa nahm die Bücher in die Hand, legte sie jedoch gleich wieder weg. Sie wollte zuerst ihre Mails ansehen, vielleicht hatte sich inzwischen einer der Experten gerührt. Sie fuhr ihren Laptop hoch, der seit dem Mord auf der Wohnzimmerkommode verstaubte. Bei ihren ersten Recherchen im Internet, kurz nach der Entdeckung des Zettels, war sie auf ein paar italienische Kunsthistoriker gestoßen, die sich mit Sustermans beschäftigten: die Autoren der beiden Sustermans-Bücher und ihre Mitarbeiter. Jedem von ihnen hatte sie Fotos geschickt und sie um Hilfe gebeten. Auch an das Wiener Auktionshaus hatte sie, gleich nach Floras Anruf, geschrieben. Wenn die gerade einen Sustermans versteigerten, konnten sie vielleicht etwa zu Theresas Gemälde sagen.

Eine ganze Liste von Mails baute sich auf dem Monitor

auf. Gleich die ersten drei kamen aus Italien. Theresa öffnete die Nachricht, die ganz oben stand. Sie war von Luca Bevilaqua. Er hatte eine Sustermans-Ausstellung in Florenz organisiert und einen Katalog dazu gestaltet. Mit den schlechten Schwarz-Weiß-Abbildungen, wie sie sich erinnerte. Leider war seine Mail lediglich eine Abwesenheitsnotiz – wie auch die nächste von Giancarlo Scuro, dem Autor des anderen Buches über Sustermans und die Medici.

Theresa war enttäuscht. Doch eigentlich konnten noch gar keine Antworten gekommen sein, sie hatte erst vor etwas mehr als einer Woche angefragt. Und welcher Kunsthistoriker saß schon den ganzen Tag vor dem Computer, um auf Mitteilungen wildfremder Personen zu warten?

Ohne viel Hoffnung öffnete sie die dritte Nachricht, die von einem Experten für Medici-Porträts stammte. Überrascht erblickte sie ihren Namen und las aufgeregt weiter.

Sehr geehrte Frau Valier!

Mit Interesse habe ich Ihr Schreiben gelesen und die Attachements studiert. Wenn Sie die Möglichkeit haben, mit dem Bild nach Italien zu kommen, könnte ich das Gemälde genauer begutachten und wäre gerne bereit, Ihnen eine Expertise zu schreiben. Nur anhand der Fotos kann ich leider keine genauen Angaben machen. Die Kosten für die Expertise würden sich auf circa 2.000 Euro belaufen.

In Erwartung Ihrer geschätzten Antwort verbleibe ich mit freundlichen Grüßen

Dott. Sandro del Rosso

»Da kommen Sie leider etwas zu spät, verehrter Dottore«, murmelte Theresa, während sie eine Antwort verfasste. Sie bedankte sich und schrieb, dass sie in nächster Zeit nicht plane, nach Italien zu fahren und das Bild daher für eine Untersuchung nicht zur Verfügung stünde. Dass es gestohlen war, musste sie ihm nicht auf die Nase binden.

Die nächste Mail kam ebenfalls aus Italien. Sie las den Absender und wurde wütend. Francesco! Schon wieder! Wann kapierte er es endlich? Ihre Beziehung war vor Jahren, nein Jahrzehnten, im Streit auseinander gegangen. Theresa hatte ihn längst vergessen, Francesco meldete sich jedoch alle paar Jahre wieder. Anfangs per Brief an ihre alte Wohnadresse, nun via Internet. Wie er es geschafft hatte, ihren neuen Namen und ihre E-Mail-Adresse herauszubekommen, war ihr schleierhaft. Was wollte er noch von ihr? Absolution? Nein, den Gefallen würde sie ihm nicht tun – so wie er sie behandelt hatte. Sie löschte die Nachricht schnell, auch damit Leon sie nicht sah. Als sie die Entfernen-Taste betätigte, war ihre italienische Affäre bereits wieder vergessen.

Theresas Laune besserte sich schlagartig, als sie die nächste Nachricht in der Liste erblickte. Eine Antwort vom Wiener Auktionshaus, endlich würde sie wissen, wie viel ihr Bild wert war. Auch 120.000 Euro oder gar mehr? Der Inhalt ließ sie stirnrunzelnd innehalten.

Sehr geehrte Frau Valier!

Vielen Dank für Ihre Anfrage zu einem Gemälde mit der Darstellung einer Inthronisation. Unser Experte Dr. Karl Brenner hat sich die Fotos angesehen und würde die Krönungsszene als deutsch-niederländisch beurteilen. Als Schätz-

wert für eine Auktion könnte er sich 6.000 bis 9.000 Euro vorstellen.

Mit freundlichen Grüßen

Sandra Kummer

So wenig? Und wieso ist die Dame nicht auf die Vignette eingegangen? Theresa sah sich ihr Anschreiben noch mal an, um zu prüfen, ob sie wirklich alle Informationen und Fotos mitgeschickt hatte. Doch sie hatte sich nicht geirrt, es stand alles darin: ›Sustermans und Rubens‹. Zwar hatte sie mit der Absicht, das Bild versteigern zu wollen, ein bisschen geschwindelt, aber trotzdem war sie über diese kurze, lapidare Antwort verärgert.

Theresa bezweifelte, dass sich dieser Doktor Brenner ihre Fotos überhaupt angesehen hatte. Die müssten doch daran interessiert sein, wertvolle Gemälde für eine Auktion zu bekommen. Außerdem wurde gerade ein Sustermans versteigert, das würde eigentlich perfekt passen. Hielten diese Auktionshäusler sie etwa für eine Trittbrettfahrerin? Für eine Betrügerin? Eine Zettelfälscherin? Frechheit! Die machten mit ihr sicherlich kein Geschäft mehr!

Sie ging in die Küche, um sich etwas Süßes zur Aufheiterung zu holen. Während die Kaffeemaschine ratterte, aß sie das letzte Frühstückscroissant und durchsuchte im Anschluss, nicht ohne einen Anflug von schlechtem Gewissen, Dinos Schokoladenvorrat.

Mit ein paar Mozartkugeln gestärkt, setzte sie sich wieder vor den Computer und überlegte, wessen Antwort noch fehlte. Domenico Casagrande, Co-Autor des Ausstellungskatalogs und Spezialist für allegorische Darstellungen, hatte noch nicht zurückgeschrieben. Und Leons Onkel Oskar, der aber, so wie sie ihn kannte, sicher schon forschend über seinen Büchern saß.

Plötzlich blinkte eine neue Nachricht in ihrem Outlook auf. Als ob sie über telepathische Fähigkeiten verfügte, dachte Theresa und musste grinsen.

Liebe Theresa! Lieber Leon!

So hab ich, ach, das Alte Testament erneut studieret,
vergess'ne Mythen mir zu Gemüt geführet.
Da steh ich nun, ich alter Tor
und bin so klug als wie zuvor.

Das Bild könnte, inspiriert vom Alten Testament, vom Künstler verfremdet, vom Zeitkolorit belastet, von der Fantasie veredelt und schließlich von der Erwartungshaltung des Auftraggebers bestimmt, alle Königskrönungen von Saul über David bis Salomon darstellen.

Die Maler kümmerten sich eh und je kaum um die ohnehin dünnen geschichtlichen Befunde. Eine historisch-kritische Untersuchung der Bibel findet erst gut 100 Jahre später statt, die Künstler konnten also in der Geschichte ungestraft herumwildern und nach zeitgenössisch gefärbter ›Action‹ gieren.

Krönungen gab es bei den Juden eigentlich nicht. Die Könige wurden gesalbt, meist unter vier Augen: der Prophet mit dem Horn voller Öl und der Kandidat. Auf dem Gemälde sehe ich aber kein Horn, nicht einen Propheten, sondern zwei, dazu noch bartlose Priester, die eine unklare Zeremonie vornehmen. Künstler!

Jedoch ist die Freiheit in gewissem Sinn gerechtfertigt, weil wir von den erwähnten Salbungen, Krönungen, Königsernennungen durchaus divergierende Berichte haben.

Es könnte das Gebet Salomons anlässlich der Eröffnung des von ihm erbauten Tempels sein. Dafür sprechen der Altar, das gebeugte königliche Knie, das schwelende Rauchopfer, der Prachtbau im Hintergrund, das anwesende Volk, sogar die Tauben. Sie waren als einziges fliegendes Federvieh nicht unheilig und als Opfertiere zugelassen.

Meine Interpretation der königlichen Insignien ist folgende: Sie werden gehalten, um einerseits den König zu identifizieren, der sie aber nicht selbst trägt, um seine Demut vor Gott deutlich zu machen. Vielleicht ist es eine christianisierte oder auch judaisierte Begebenheit aus der griechischen Mythologie oder die Mythologisierung einer historischen Figur. Es könnte wirklich alles sein!

Um euch vollends zu verwirren: Vielleicht handelt es sich auch nur um einen oststeirischen Adeligen, der sich seiner mährischen Angebeteten als Salomon präsentieren wollte.

Viel Spaß weiterhin bei der Schatzsuche,

Euer Oskar

Theresa seufzte. Das hatte ihr nicht wirklich weitergeholfen. Wenn sie dem allem nachging, bedeutete es viel Arbeit. Sie nahm das Buch von Giancarlo Scuro über Sustermans und die Medici zur Hand und betrachtete das Verzeichnis der Sekundärliteratur. Ein fünf Seiten langer Anhang zeugte von monatelanger Recherchearbeit, hauptsächlich in Florentinischen Bibliotheken. Unzählige Schriftstücke aus dem

17. Jahrhundert waren aufgelistet: Sterbebücher, Inventarlisten, Eingangs- und Ausgangsbücher, Rechnungsbücher. Kunstgeschichte konnte eine trockene, staubige Angelegenheit sein.

Theresa holte sich ein Glas Wasser und überflog das Kapitel ›Verschollene Werke‹. Soweit sie sah, berief sich Scuro bei deren Beschreibung hauptsächlich auf die Aufzeichnungen von einem gewissen Filippo Baldinucci. Der Name kam ihr bekannt vor, sie hatte ihn in den letzten Tagen schon einmal gelesen. Wo war das gewesen?

Sie öffnete eine Worddatei, die sie angelegt hatte, um die ersten Rechercheergebnisse zu dokumentieren. Baldinucci hatte über den Bilderkauf von Sustermans und Rubens berichtet. Durch ihn war sie überhaupt auf eine Verbindung zwischen den beiden Malern gestoßen. Aber wieso hatte er darüber geschrieben? Wer war Baldinucci? Und wo steckte dieses Rubens-Gemälde heute?

Theresa begann im Internet zu recherchieren. Nach nur zehn Minuten wusste sie mehr. Rubens' Werk hing heute im Palazzo Pitti und Baldinucci war der erste Kurator der Uffizien gewesen. Er hatte den Grundstein für die heutigen Medici-Sammlungen gelegt. Außerdem hatte er kunstgeschichtliche Abhandlungen verfasst und Stilanalysen durchgeführt. Für die damalige Zeit schien er ein außerordentlich fortschrittlicher Denker gewesen zu sein. Allein bei der Theorie über die Schöpfung großer Kunst war er konservativ geblieben, denn diese hatte er Gott zugeschrieben, der ein paar Auserwählten seinen zündenden Funken schickte.

Die göttliche Inspiration – so konnte man es auch nennen, dachte Theresa. Gott, der sich aus seiner Herde ein paar Schäfchen herauspickt, ihnen Kreativität einhaucht und sie dann damit alleine lässt. Wie viele waren an ihrer Gabe zerbrochen, weil sie die Kunst nicht mit dem Leben in Einklang bringen konnten.

»Ich krieg diesen Spagat auch nicht hin. Mir kommt immer so viel Leben dazwischen, dass ich für die Kunst keine Zeit habe. Oder ich schaffe es, mir so viel Leben dazwischenkommen zu lassen«, murmelte Theresa leise. Wieder hatte sie es geschafft, einen Vormittag zu vertrödeln, ohne an ihren Illustrationen zu arbeiten. Und jetzt musste sie Dino abholen und zum Babysitter bringen. Die Auktion stand auf dem Programm.

Mit einem bedenklich wackelnden Bücherstapel schlängelte sich Flora zum letzten freien Kopierer in der Nationalbibliothek. Während sie den staubigen Band des Thieme-Becker aufschlug, durchblätterte und schließlich auf die Glasplatte legte, überlegte sie, ob sie jemals darin vorkommen würde, im berühmtesten aller Künstlerlexika. Doch war das überhaupt erstrebenswert? Alle Verzeichneten waren sowieso tot.

Der Kopierer ratterte, machte einen leisen Knacks und streikte. Papierstau! Sie sah sich suchend um. Sofort stand ihr ein junger Student zur Seite, der verschämt grinsend den Apparat öffnete und die zerknüllten Blätter entfernte. Flora lächelte ihn hinreißend an, obwohl ihr Robert als Retter lieber gewesen wäre. Wieso kreisten ihre Gedanken ständig um ihn? Sie verscheuchte sein Bild, erinnerte sich an Theresas Erwähnung des Familienfotos auf Kieslings Tisch und konzentrierte sich wieder auf ihre Aufgabe, mehr Informationen über Sustermans' Leben zu finden.

Mit den Kopien und einem Becher Kaffee aus dem Automaten setzte sich Flora auf einen der bequemen Fauteuils im Foyer.

Sustermans war der Starporträtist seiner Zeit gewesen,

viele europäische Herrscher wollten nur von ihm gemalt werden. Deshalb wurde er von den Medici sozusagen ›verliehen‹ und arbeitete an zahlreichen anderen Höfen, von der Emilia-Romagna und der Lombardei bis Innsbruck und Wien. Wie passend, dachte Flora, auf diese Weise ließ sich erklären, wie das Bild nach Österreich gekommen war. Doch offensichtlich waren drei von Sustermans' Brüdern ebenfalls Maler gewesen und hatten in Wien gearbeitet. Das war wiederum nicht so gut, schoss es Flora durch den Kopf, denn es erschwerte die eindeutige Zuschreibung des Gemäldes. Sie machte sich eine Notiz am Rand der Kopie.

Dann fand Flora eine Aufstellung von Sustermans' Werken und wann sie wo verkauft worden waren. Sie holte den Laptop aus ihrer Umhängetasche und nach ein paar Klicks entdeckte sie einen Bericht über eine Auktion, die 1916 im New York ›Plaza‹ stattgefunden hatte. Das Porträt eines französischen Edelmannes von Justus Sustermans war damals für 950 Dollar verkauft worden. Ein van Dyck hatte mit 1.025 und ein Botticelli mit 1.550 Dollar nicht bedeutend mehr eingebracht. Wieso geriet ein Maler, der vor 100 Jahren noch in der Liga von van Dyck und Botticelli gespielt hatte, in Vergessenheit? Kopfschüttelnd packte sie alle Kopien ein und machte sich auf den Weg, um Theresa zu treffen.

Er sah auf die Uhr und beschleunigte seine Schritte. Die Kontaktleute würden nicht warten, und es gab Andeutungen, dass sie wussten, wo das Bild war. Er bog um die Ecke der Dorotheergasse, schreckte zurück und blieb stehen, um nicht gesehen zu werden. Was wollte *sie* hier? Wusste sie doch etwas? Aber wieso sollte sie ihr eigenes Gemälde stehlen? Er musste sie weiter im Auge behalten.

Flora winkte aufgeregt, als Theresa auf sie zueilte. »Komm, wir sind spät dran, sonst gibt es keine Sitzplätze mehr.«

»Entschuldigen Sie bitte.« Zwei Männer drängten sich an ihnen vorbei und öffneten das wuchtige Tor des Wiener Auktionshauses. Das Palais war um die Jahrhundertwende erbaut worden, der Reichtum des aufstrebenden Bürgertums spiegelte sich im Entree mit seinen mächtigen Marmorsäulen und den vier breiten Steintreppen wider. Im zweiten Stock befanden sich die Auktionssäle. Wie in Wien üblich, musste man auf dem Weg dorthin ein Hochparterre und ein Mezzanin überwinden, und während die Freundinnen die Stufen hinaufkeuchten, erzählte Flora die Neuigkeiten aus der Nationalbibliothek.

»Er hat in Wien gearbeitet! Perfekt!« Theresa strahlte. »Vielleicht hat sich doch ein steirischer Burgvogt als König malen lassen, um seine Freunde zu beeindrucken. Rolex und Porsche gab es ja noch nicht, um anzugeben. Schade ist nur, dass er fast vergessen wurde. Wieso bleiben einige Maler in Erinnerung und andere nicht?«

»Vielleicht weil er keine hübschen Auftraggeber hatte? Die Medici waren jedenfalls keine Schönheiten. Hätte er die ›Mona Lisa‹ gemalt, würde ihn jeder kennen«, erwiderte Flora und drückte Theresa einen Papierstapel in die Hand. »Apropos Schönheit, schau dir die letzte Seite an. Ein Porträt von Sustermans, das Antonis van Dyck gemalt hat. Dieser Giusto – ein Schnucki!«

Theresa betrachtete die Radierung. Sie zeigte einen schwarzgelockten, jungen Mann, der sie mit dunklen Augen verträumt anblickte. Ein neckisches Bärtchen ließ ihn wie einen spanischen Edelmann wirken.

»Er war dreimal verheiratet!«

Klar, dass Flora so etwas herausfinden würde, dachte Theresa und musste lächeln, als sie die Tür zum Auktionssaal öffnete.

Die Versteigerung der Werke Alter Meister war ein Höhepunkt im Auktionskalender, zu dem viele ausländische Kunsthändler, vor allem Italiener, angereist waren. Theresa musterte die Anwesenden. Sie hatten so gar nichts von den Trödlern, die sie sonst auf dem Flohmarkt traf.

Flora hatte in der Zwischenzeit zwei freie Plätze ergattert und begann, sich mit dem jungen Mann links neben ihr zu unterhalten. Während des Gesprächs spielte sie mit einer ihrer langen, rotblonden Haarsträhnen. Ein Tick, den sie hatte, seit Theresa zurückdenken konnte.

Theresa sah sich weiter im Raum um. Ein älterer Herr kam ihr bekannt vor und sie überlegte kurz, ob sie ihn grüßen sollte. Da sie jedoch die unangenehme Angewohnheit hatte, Menschen miteinander zu verwechseln, verwarf sie den Gedanken. Erst vor Kurzem hatte sie in der Kärntnerstraße einen Mann mit einem Redeschwall überschüttet, von dem sie glaubte, es sei ein lange verschollener Studienkollege. Bis sie bemerkte, dass sie ihn aus den Hauptabendnachrichten kannte, vergingen doch geschlagene drei Minuten. Seit dieser Episode grüßte sie deutlich verhaltener. Und eine Brille hatte sie sich noch immer nicht besorgt!

Das Klopfen des Hammers riss sie aus ihren Gedanken.

»Und verkauft für 100.000 Euro an den Herrn in der letzten Reihe.«

Theresa drehte sich unauffällig um. Wer konnte sich ein Bild für diesen Preis leisten? Sah nach einem Russen aus, er erinnerte sie ein bisschen an Putin. Die Oligarchen hatten vor einiger Zeit den 1. Bezirk in Wien entdeckt und kauften sich dort die schönsten Immobilien. Die Wohnungen mussten selbstverständlich standesgemäß eingerichtet werden, da waren 100.000 Euro wahrscheinlich ein Klacks.

Theresa schielte vorsichtig zu ihrem unbekannten Bekannten, doch der hatte anscheinend die Auktion verlassen. Er war wohl nur an diesem Werk interessiert gewesen. Sie griff, da Flora noch immer mit Haarezwirbeln beschäftigt war, nach dem Katalog und suchte nach dem Sustermans-Gemälde. Theresa rechnete sich aus, dass es in 20 Minuten dran sein würde und ließ die Versteigerungen der anderen Alten Meister an sich vorüberziehen, erstaunt darüber, wie viel Geld trotz Wirtschaftskrise und Gejammer von allen Seiten vorhanden war.

Schließlich hörte sie den Auktionator rufen: »Jetzt kommen wir zu Lot 35. Justus Sustermans Umkreis. Porträt der Vittoria della Rovere. Ausrufpreis 120.000 Euro.«

Er blickte in den Saal und eine stark blondierte Dame links vorne nickte. »Erstes Gebot 120.000 Euro, höre ich 125.000?«

Eine weitere Nummernkarte ging in die Höhe und drei Bieter lizitierten, bis sie 145.000 Euro erreicht hatten. Nun wurde die Versteigerung zäher, der Auktionator musste nachhaken. Schließlich sauste der Hammer bei 150.000 Euro auf den Schlagbock. Flora pfiff leise, Theresa kratze sich an der Wange.

»Jetzt würde es mir an deiner Stelle sehr leid tun, dass das Bild weg ist«, flüsterte Flora.

»Wer weiß, ob wir jemals den Nachweis erbracht hätten, dass es ein echter Sustermans ist«, erwiderte Theresa.

»Das hier wurde nur als ›Sustermans Umkreis‹ verkauft.«

»Aber es war doppelt so groß.«

»Trotzdem ...«

»Bitte Flora, ich weiß!«, zischte Theresa. »Es hilft nichts, dem Gemälde nachzuweinen. Warten wir, ob es wieder auftaucht. In der Zwischenzeit können wir weiterforschen und vielleicht Remberts Mörder finden.«

Ungeduldig stand sie auf, als wollte sie flüchten. Dass Flora nur am Wert interessiert zu sein schien, verärgerte sie. Und plötzlich flammte neben ihrer Trauer eine undefinierbare Angst auf. Der Gedanke, dass sie mit dem Bild eine unsichtbare Verbindung zu einem Verbrecher hatte, jagte ihr einen Schauer über den Rücken.

»Ich bin so wahnsinnig neugierig, was Wenz entdeckt hat«, plapperte Flora unbekümmert weiter und nickte ihrem Sitznachbarn lächelnd zu, als sie sich vom Stuhl erhob.

»Das werden wir leider nicht mehr erfahren«, erwiderte Theresa knapp.

»Gehen wir noch auf einen Kaffee?«

»Nein, ich muss Dino holen. Wir sehen uns am Abend. Wer war übrigens der junge Mann?«

»Ach niemand, er hat mir ein paar interessante Sachen über Antiquitäten erklärt und ein paar Einkaufstipps gegeben.«

»Ja, natürlich.« Theresa nickte wissend.

Das Signal ihres E-Mail-Posteingangs ließ Theresa, die gerade den Tisch für das Treffen deckte, innehalten. Die Antwort von Domenico Casagrande, dem Spezialisten für Ikonografie! Leider war es wieder nur ein Offert. Ähnlich wie Dottore del Rosso bot er an, eine Expertise zu schreiben, wobei er sogar nach Wien gekommen wäre.

Theresa formulierte eine kurze Absage und wollte gerade Scuros Buch schließen, das noch geöffnet neben ihrem Laptop lag, als ihr ein Porträt ins Auge stach. Der Mann mit dem langen, weißen Bart kam ihr bekannt vor. Sie las den Begleittext: ›Der Wissenschaftler Galileo Galilei‹.

Sie stutzte. Der hatte doch ... Der sah genau ... Der ähnelte einem Mann auf ihrem Bild! Sie sprang auf, um die ›Krönung‹ zu untersuchen. Oh, sie hing ja nicht mehr hier ... Und auch nicht mehr bei Wenz.

Theresa schüttelte über sich selbst den Kopf, setzte sich wieder und nahm einen großen Schluck Wasser. Die digitalen Fotos! Sie öffnete die Dateien auf ihrem Computer. Tatsächlich – neben ihrem König stand Galileo Galilei!

Pünktlich um 19 Uhr erschienen alle zum dienstäglichen Jour fixe. Paul und Boris mit Einkaufstaschen in den Händen, Flora mit einem großen Paket im Arm.

Boris hievte alles auf den Küchentisch. »Lauter köstliche Kleinigkeiten, die wunderbar zu einem guten Glas Chianti passen. Wir müssen nur anrichten: Cipolle in Honig, marinierte Zucchini, gegrillte Paprika, gefüllte Champignons, eingelegte Artischocken, Mortadella, Unmengen frisches Ciabatta und als Nachspeise Croissants.«

»Mir rinnt schon beim Aufzählen das Wasser im Mund zusammen. Einfach fantastico.« Paul schnappte sich ein Stück Salami.

»Davon bin ich überzeugt, Pawlow. Aber was meint ihr dazu?« Flora packte den Karton aus und stellte schwungvoll einen neunarmigen Kerzenleuchter aus Silber neben die Köstlichkeiten.

»Etwas zu essen wäre mir lieber gewesen«, meinte Paul.

Theresa schmunzelte, während sie das Tablett mit den gefüllten Weingläsern und einem Teller voller Croissants ins Wohnzimmer trug. Die zwei würden sich nie ändern. Wie die Kinder. Sollten sie doch streiten, Hauptsache sie waren alle beisammen.

Sie bat ihre Freunde, die Antipasti auf dem Tisch zu verteilen. Floras Leuchter stellte sie in die Mitte. »Er sieht wirklich sensationell aus.«

»Nicht wahr? Ich habe ihn heute Nachmittag bei einem kleinen Antiquitätenhändler im 1. Bezirk gekauft. Nicht gerade billig, aber wenn ich es mit den Ölschinken aus der Auktion vergleiche, war er eine echte Mezzie. Außerdem hat mir der Verkäufer einen guten Preis gemacht.« Sie wurde etwas rot und lenkte schnell ab: »Was steht heute auf dem Plan?«

Theresa wollte mit ihrer Neuigkeit über Galileo beginnen, wurde aber von Boris unterbrochen. »Würdet ihr mich bitte zuerst auf den neuesten Stand bringen? Gibt es Neuigkeiten wegen Remberts Ermordung?«

Erschrocken legte Theresa den Finger auf den Mund und sah zu Dino. Sie versuchte, alle schrecklichen Geschichten von ihrem Sohn fern zu halten. Selbst Grimms Märchen, die ihr auf einmal unglaublich grausam vorkamen, entschärfte sie während des abendlichen Vorlesens. »Können wir das später besprechen?«

Doch Dino war bereits hellhörig geworden. »Wer wurde ermordet?«

Boris blickte Theresa entschuldigend an und zuckte mit den Achseln.

»Niemand, mein Schatz, es war ein Unfall«, log Theresa.

»Wenn du dein Brot gegessen hast, geht es ab ins Bett«, half Leon mit einem Seitenblick auf Theresa. Sie lächelte ihm dankbar zu.

Dino, den die Angelegenheit schon nicht mehr zu interessieren schien, krabbelte auf den Schoß seines Vaters und salutierte: »Aye, aye, Papa!«

Nachdem die beiden den Raum verlassen hatten, wandte sich Boris schuldbewusst an Theresa. »Entschuldige, manchmal denke ich nicht mit.«

»Ist okay, ewig werde ich die Welt nicht von ihm fernhalten können.« Theresa drehte sich zu Paul. »Jetzt kannst du die Geschichte erzählen.«

Paul fasste die Geschehnisse kurz zusammen, erzählte von seiner Vernehmung, die keine neuen Informationen gebracht hatte, und fragte Theresa, ob sie in der Zwischenzeit etwas von Kiesling gehört hatte.

»Nein, eigentlich wollte ich ihm wegen Remberts Anruf Bescheid geben, aber ich hab's völlig vergessen.« Theresa überlegte, ob der Chefinspektor nicht sowieso eine Verbindungsliste von allen Telefonaten des Opfers hatte.

Paul ging ins Nebenzimmer, um sich die Mailbox-Nachricht seines Onkels anzuhören. Nach zwei Minuten kam er bleich und mit hängenden Schultern zurück.

»Was könnte er damit gemeint haben, etwas Interessantes gefunden zu haben?«, fragte ihn Flora.

»Schwer zu sagen. Vielleicht eine Untermalung. Bei der ›Mona Lisa‹ wurden zum Beispiel bei neueren Untersuchungen mit einer Spezialkamera Wimpern und Augenbrauen entdeckt«, antwortete Paul, nachdem er sich mit einem Schluck Chianti gestärkt hatte.

»Ist mir nicht aufgefallen, dass die gefehlt haben sollen«, brummte Boris und brach sich ein Stück Ciabatta ab, das er in die Schale mit Olivenöl tauchte.

»So siehst du dir schöne Frauen an? Kein Wunder, dass …«

»Flora, ich finde die ›Mona Lisa‹ eben nicht atemberaubend, nur weil sie berühmt ist!«, maulte Boris und kaute mürrisch an seinem Brotstück.

Frauen waren der wunde Punkt in seinem Leben, wusste Theresa und wunderte sich, dass Flora immer wieder versuchte nachzuhaken.

Leon kam in diesem Moment zurück und wechselte dezent das Thema. »Was habe ich da durch unsere dünnen Wände gehört? Über diese Fototechnik würde ich gerne alles erfahren.«

Paul erklärte, dass eine geniale Spektralkamera mit einer Auflösung von 240 Millionen Pixeln entwickelt worden sei. Mit ihr konnte man drei Tiefenebenen der Malschicht aufnehmen, in 13 verschiedenen Wellenlängenbereichen, vom UV- bis hin zum Infrarotlicht.

Flora und Theresa gähnten gleichzeitig.

»Mais oui, den Wink habe ich verstanden. Nur noch kurz – bei den Scans der ›Mona Lisa‹ entdeckte man, abgesehen von den Wimpern, ein noch breiteres Lächeln und eine Decke auf ihren Knien.«

»Wie ist es möglich, dass sich Teile eines Bildes verändern? Wie kann Ölfarbe verblassen oder sogar verschwinden?« Theresa hatte interessiert aufgehorcht.

»Die Maler mischten früher ihre Farben selbst und experimentierten viel. Vor allem da Vinci schien ein Liebhaber neuer Zusammensetzungen zu sein. Die Restauratoren, die sich mit dem ›Letzten Abendmahl‹ abmühen, können ein Lied davon singen.« Paul schaute zu Flora, die gerade verträumt ihren Kerzenleuchter musterte. »Und vielleicht hat er bei der ›Mona Lisa‹ auch geschludert. Oder eine besonders schöne Erde verwendet, ein flüchtiges Pigment, das unter Lichteinfluss verblasst.«

»Könnte das bei der ›Krönung‹ auch geschehen sein?«, überlegte Theresa laut.

Flora schenkte sich etwas Chianti nach und stellte fest: »Wir kommen immer wieder auf das Gemälde zurück. Wie wollen wir weiter vorgehen? Sollen wir wegen des Malers weiter recherchieren oder wegen des Mordes?«

»Hm, was könnten *wir* über einen Raubüberfall schon herausfinden?«, wand Boris ein. »Gab es da nicht eine georgische Bande, die erst kürzlich in Wien eine Stradivari gestohlen hat und gar nicht wusste, wie wertvoll diese Geige war? Zufall sozusagen?«

»Vielleicht sollten wir anders beginnen. Werden nicht über 80 Prozent aller Verbrechen im Familien- oder Bekanntenkreis verübt?«, fragte Leon.

Paul sah ihn empört an. »Verdächtigst du etwa Tante Marie? Niemals!«

»Entschuldige, aber ist eine Affekthandlung uns nicht allen zuzutrauen? Oder Notwehr, wenn wir zum Beispiel einen geliebten Menschen verteidigen müssten?«, erwiderte Boris. Leon und Theresa nickten gleichzeitig.

»Bestimmt war es jemand aus Remberts zwielichtigem Bekanntenkreis«, knurrte Paul. »Seine Leidenschaft für Glücksspiel hat ihm des Öfteren gröbere Kalamitäten beschert.«

»Und wer sich mit Hunden schlafen legt, wacht mit Flöhen auf«, sagte Flora nachdenklich.

Theresa sah sie erstaunt an. »Das habe ich vor Kurzem schon mal gehört, an dem Tag, als Wenz ermordet wurde.«

Boris blickte in die Runde. »Was sollen wir tun? Seine Spielerfreunde ausfindig machen, uns inkognito in verbotene Pokerrunden einschleusen? Klingt zwar aufregend, ist mir aber zu riskant. Dann legen wir uns ebenfalls mit Hunden schlafen und nein, ich will keine kleinen Insekten in meinem Bett.«

Theresa erzählte vom Lausalarm in Dinos Kindergarten und Flora kratzte sich geistesabwesend. Wie immer, wenn die Freunde beisammensaßen, gingen die Gespräche drunter und drüber, sie kamen vom Hundertsten ins Tausendste und die Gedanken waren schwerer einzufangen als ein Haufen Flöhe.

»Stopp! Wir verrennen uns! Zurück zum Bild. Das Einzige, was wir wirklich tun können, ist bei Sustermans weiterzuforschen. Dabei bringen wir uns nicht in Gefahr, was kann in einer Bibliothek schon passieren? Obwohl – ich glaube, dass das Gemälde auch mit dem Mord zu tun hat«, sagte Theresa.

»Wie meinst du das?«, fragte Boris.

»Es ist einfach ein Gefühl. Nenn es weibliche Intuition.« Sie zuckte mit den Achseln.

»D'accord. Hatten wir nicht vorigen Dienstag die Aufgaben verteilt? Mein Part, die Untersuchung der Vignette auf Echtheit und Alter, fiel ja leider ins Wasser. Doch was gibt es bei euch Neues?« Paul spießte eine ölgetränkte Artischocke auf seine Gabel und biss genussvoll hinein.

Er lehnte sich zurück und überlegte. Was wussten die noch? Gut, dass alle derart geschwätzig waren. Besonders der Rotschopf und die kleine Schwarzhaarige konnten den Mund nicht halten … Vielleicht hatte ja einer der Männer das Bild gestohlen, um sich … Nein, unwahrscheinlich. Dazu sind sie alle zu *lieb*, selbst dieser französische Schnösel.

Er wischte die Notizen, die über den Tisch verstreut lagen, barsch zu Boden. Wahrscheinlich wussten sie gar nichts! Aber wieso interessierten sie sich derart leidenschaftlich für das Bild? Wo es doch gestohlen worden war! *Ihm* gestohlen worden war!

Wieder durchfuhr ihn dieser brennende Schmerz, die quälende Frage, wer sonst noch von dem Geheimnis des Gemäldes wusste.

»Ich bin heute übrigens auf ein sensationelles Detail gestoßen«, sagte Theresa. »Sustermans ist viel bekannter, als wir bisher dachten. Jeder von uns hat schon einmal eines seiner Porträts gesehen. Und sogar in der Hand gehabt!«

Sie holte den Ausdruck eines Geldscheins vom Sideboard und hob ihn hoch. »Um mit Paul zu sprechen: Voilà! Galileo Galilei auf dem 2.000-Lire-Schein! Gemalt von Sustermans während Galileis Exil in Arcetri.«

Paul pfiff durch die Zähne, Boris machte sich auf der Papierserviette Notizen und murmelte: »Die langen Stunden, die sie miteinander verbracht haben. Bei diesen Gesprächen wäre ich gerne dabei gewesen. Wahrscheinlich wurden sie Freunde. Welche Verbindungen da geschlossen wurden …« Er verstummte und sah nachdenklich in die Luft.

»Du hast gesagt, Galileo sei schon verbannt gewesen, als er von Sustermans gemalt wurde? Vielleicht war der Maler ein verdeckter Kurier oder ein Geheimbundmitglied. Kann es für einen Mann befriedigend sein, 60 Jahre lang Medici-Gesichter zu malen? Die sich noch dazu alle ähnlich sahen?«, überlegte Flora.

»Chérie, du bist jetzt beim ›Da Vinci Code‹, oder?« Paul sah sie amüsiert an.

»Apropos Ähnlichkeit«, unterbrach Theresa. Sie holte ihren Laptop und öffnete die Digitalfotos der Porträts von Sustermans und der ›Krönung‹. »Seht euch mein Bild an! Steht hinter dem König nicht Galileo Galilei?«

Die Freunde vertieften sich in die Züge des bärtigen Mannes mit der roten Mütze und verglichen sie mit dem Porträt auf dem 2.000-Lire-Schein. Stille breitete sich aus. Nur Dinos leises, friedvolles Atmen war durch die offene Kinderzimmertür zu hören.

»Die Frage ist, ob Sustermans einen gängigen Figuren- beziehungsweise Gesichtertypus aus seinem Skizzenbuch verwendet hat oder ob das wirklich Galileo ist.« Paul stockte kurz. »Das würde dem Gemälde eine ganz neue Bedeutung geben.«

»Haben wir denn eine alte?«, stichelte Flora.

»Bei Galileo zieht sofort Historie an mir vorüber: Wissenschaftsgeschichte, Kirchengeschichte ... Brainstorming, Leute, was wissen wir über ihn?«, rief Boris.

»Brecht: Das Leben des Galilei«, erwiderte Flora und biss in einen kleinen gefüllten Champignon, dass der Saft nach allen Seiten spritzte.

Paul sah sie milde lächelnd an. »Sehr hilfreich, aber du bist nicht in der richtigen Zeit.«

»Was soll ich tun, das ist das Erste, das einer Schauspielertochter dazu einfällt.«

»Und sie bewegt sich doch!«, unterbrach Boris ungeduldig das Geplänkel.

»Très amusante, das kommt den meisten anderen in den Sinn«, sagte Paul. »Soll er jedoch überhaupt nicht gesagt haben. Ich erzähle euch kurz, was er wirklich gemacht hat: Galileo wies anhand der von ihm entdeckten Jupitermonde nach, dass Planeten umkreist werden können und sich selbst um andere Körper drehen. Diese Erkenntnis übertrug er auf Erde und Sonne, was ihm einige Schwierigkeiten mit der Kurie einbrachte. Denn plötzlich war unser Planet nicht mehr das Zentrum des Universums, wie die Kirche standhaft behauptet hatte! Galileo wurde daraufhin von der Inquisition verhaftet. Nach drei Wochen im Kerker war es ihm zu dumm. Um seine Ruhe zu haben, widerrief er seine Ansicht und wurde nur verbannt statt verbrannt. Im Exil schrieb er weiter an seinen wissenschaftlichen Werken. Erst 1992 erkannte die katholische Kirche an, dass die Erde nicht der Mittelpunkt allen Seins ist, und revidierte ihre Meinung zu Galileo Galilei. Manche brauchen eben länger.«

»Du Ketzer! Darauf trinke ich!« Flora lachte. »Sustermans hat folglich Galileo in der Verbannung gemalt, während der seine Schriften verfasst hat. Ich komme wieder zu meiner Theorie des Geheimbundes zurück. Wenn …«

»Bitte …«, unterbrach Theresa ihre Freundin.

»Wenn Galileo zu den Illuminaten gehörte, dann Sustermans bestimmt auch.« Flora ließ sich nicht irritieren.

»Den Orden gab es zu dieser Zeit noch nicht. Er wurde erst im Jahr 1776 gegründet«, korrigierte Paul.

»Egal, es müssen ja nicht die Illuminaten sein, nennen wir sie die ›Fratelli Razionali‹ oder die ›Gesellschaft der Galileiisten‹«, beharrte Flora beleidigt.

»Ich will zwar keinen Geheimbundtheorie aufstellen, dennoch ist mir bei meinen Recherchen zu den Igowskis etwas aufgefallen«, sagte Boris vorsichtig und holte einen Stapel Unterlagen, den er im Vorraum abgelegt hatte.

»Seht ihr, seht ihr?«, rief Flora triumphierend und deutete auf Boris. »Sprich, mein Freund!«

Boris erzählte, dass er sich in die verschiedensten Melderegister gehackt und in Europa keinen einzigen Igowski gefunden hatte. Einzig ein Quantenphysiker mit polnischem Ursprung in Amerika war aufgetaucht. Als er bereits aufgeben wollte, hatte er in einem Online-Archiv einen Stammbaum der Fürstenfamilie entdeckt, der bis ins 16. Jahrhundert zurückreichte.

Boris verteilte die Ausdrucke, auf deren Deckblatt die ›Krönung‹ prangte. »Ihr findet eine Kopie von ihm auf Seite zwei.«

»Wenn du etwas machst, dann aber gründlich, oder?«, bemerkte Flora anerkennend und sah die Blätter durch.

»Rätsellösen ist mein Leben«, antwortete Boris und erklärte: »Die Genealogie beginnt mit Martin um 1550, gefolgt von ein paar für uns unwichtigen Familienmitgliedern. Um 1620, bei Bonaventura, wird es wieder interessant …« Boris machte eine Pause. »Fällt euch nichts auf? *Bonaventura*! Wir haben auf einmal einen italienischen Vornamen bei den polnischen Igowskis – und zwar genau zu der Zeit, als Justus Sustermans in Florenz malte. Giusto und Bonaventura – ein Niederländer und ein Pole treffen sich in Italien.« Boris strahlte über das ganze Gesicht.

»Das klingt gut«, sagte Theresa. »Wenz hat eine eigenartige Mischung von niederländischen und italienischen Elementen auf dem Bild erwähnt.«

»Exactement, hier müssen wir weitersuchen«, pflichtete Paul bei.

Boris fuhr fort, dass es unter den Igowskis viele Wissenschaftler und Künstler gegeben hatte, wie den Komponisten Alexandre Igowski, der ein guter Freund Frédéric Chopins gewesen war, oder Jacques Igowski, der in die Familie Victor Hugos eingeheiratet hatte. Darüber hinaus hatte Boris in der Familie einige Gelehrte und ein paar Politiker entdeckt. Er schmunzelte: »Es gibt wohl in jeder Familie schwarze Schafe. Wie auch immer, die Igowskis schienen viel Wissen und Geist von Generation zu Generation vererbt zu haben. Vielleicht auch ein Gemälde, das Galileo Galilei zeigt und vom Geheimbund der Igowskis bewacht wurde.«

Flora sagte aufgeregt: »Und vielleicht versuchten die Igowskis damals, den verfolgten Galileo zu beschützen. Gab es nicht zu jeder Zeit mysteriöse Vereinigungen, angefangen mit den Templerorden, die etwas bewahren wollten?« Sie beugte sich herausfordernd zu Paul vor. »Oder existierten die Templer da auch noch nicht?«

»Du lässt nicht locker, was? Die gab es schon; ob sie wirklich den heiligen Gral zu hüten hatten, wage ich jedoch zu bezweifeln«, erwiderte Paul. Bedrückt fügte er hinzu: »Darüber hätte Rembert viel gewusst, die Templer und der Gral waren sein Spezialgebiet.«

»Vielleicht wollte er Theresa deshalb sprechen«, meldete sich Leon zu Wort, der die Unterhaltung bis dahin stumm und nachdenklich verfolgt hatte.

»Morgen mache ich einen Kondolenzbesuch bei Tante Marie«, überlegte Paul. »Ich werde sie fragen, ob er mit ihr über euer Bild gesprochen hat«

»Wieso sollte er das tun, sie waren doch geschieden?«, fragte Flora. »Ich würde meinem Ex nicht einmal mehr die Uhrzeit sagen.«

Theresa sah, wie sich die Gesichtszüge ihrer Freundin verspannten – wie immer, wenn sie von Walter sprach.

»Rembert und Marie waren sich noch sehr zugetan«, antwortete Paul. »Ich bin mir sicher, dass unsere Familie tatkräftige Unterstützung zur Zerrüttung der beiden geleistet hat. Nicht standesgemäß. Ihr wisst schon. Marie bereut heute, dass sie sich beeinflussen ließ.« Er nahm eine Scheibe Salami, die er geistesabwesend um ein Grissino wickelte.

»Kann ich mitkommen? Ich würde sie gerne kennenlernen«, fragte Theresa und drückte Paul eine Serviette in die Hand, wie sie es sonst bei ihrem Sohn tat, wenn er mit dem Essen spielte.

»Gerne!« Dankbar legte Paul die fettige Hand auf Theresas Schulter. Sie zog die Augenbrauen hoch, schielte auf den Fleck auf ihrer Bluse, sagte jedoch kein Wort. Ob nun Dino oder Paul ihr Gewand versauten, war letztendlich egal.

»Was ist mit meinen Rubens-Recherchen?«, fragte Leon, als Theresa begann abzuräumen. »Heute habe ich zwischen zwei Serverabstürzen ein Gemälde von ihm gefunden, das unserer ›Krönung‹ ziemlich ähnlich ist.« Er holte sich den Laptop seiner Frau. »Hier, ›Decius Mus befragt die Haruspizien‹. Ich finde, dieser römische Feldherr sieht wie der Bruder unseres Königs aus, oder? Außerdem sind ebenfalls Priester in Togen, bewaffnete Männer und fliegende Tauben zu sehen.«

»Wahrscheinlich hat Sustermans das Werk gekannt«, sagte Paul nachdenklich. »Und betrachtet man die vielen Übereinstimmungen bei der Kleidung, könnte Thesis Bild durchaus eine römische Kaiserkrönung darstellen.«

»Aber was hat Galileo bei der Krönung eines römischen Kaisers zu suchen?«, überlegte Theresa.

»Und welche ist es? Die von Julius Cäsar?«, fragte Flora.

»In dem Fall würde ihm das Gemälde äußerst schmeicheln, denn er wurde kurz vor seiner Krönung erdolcht, soweit ich mich erinnere«, warf Paul trocken ein.

»Klar, du warst ja dabei, nicht wahr mein Sohn Brutus?«, konterte Flora.

»Oh, du Vestalin mit der bösen Zunge …«

»Ruhe ihr beiden, ich muss nachdenken«, fiel Theresa ihrem Freund ins Wort. Sie hielt sich die Hand an die Stirn. »Wir müssen herausfinden, ob Rubens zu der Zeit in Italien war, als Sustermans Galileo gemalt hat. Das wäre die Sensation – wenn alle drei in Arcetri zusammengesessen wären und dieses …«, sie sah auf den leeren Fleck an der Wand, »mein gestohlenes Bild dort entstanden wäre. Ein Werk für den Geheimbund der Igowskis – bei dem vielleicht auch Rubens Mitglied war.«

Nach ein paar Sekunden angespannter Stille sagte Boris: »Italien ist das Stichwort.«

Theresa sah, dass er ein wenig errötete. Sie alle hatten seine Auszeichnung vergessen, wie peinlich!

»Wenn ihr nächste Woche mitkommt, können wir das gleich vor Ort recherchieren. Habt ihre eure Termine gecheckt?«

»Wir drei haben Zeit«, antwortete Theresa schnell. Auch Paul und Flora versicherten, dass sie mitfahren würden. Leon öffnete noch eine Flasche Chianti. »Aber jetzt stoßen wir auf deinen Erfolg an.«

»Ach, lasst das …« Boris sah zu Boden. »Ich freue mich natürlich über den Preis, doch …«

»Stell dein Licht nicht unter den Scheffel, du hast hart dafür gearbeitet«, unterbrach ihn Leon.

»Ich hatte die richtige Idee – zum richtigen Zeitpunkt«, schränkte Boris ein. »Da war viel Glück dabei.«

Flora betrachtete ihn, erinnerte sich an die letzten Jahre und dachte, na ja, so viel Glück auch wieder nicht. Er war jahrelang vor seinem Computer gesessen, hatte über technischen Problemen gebrütet, hatte geforscht und gelernt.

»Die meisten Menschen schuften ihr Leben lang und verdienen, wenn überhaupt, einen Bruchteil. Das ist unfair«, fuhr Boris fort.

»Was ist schon fair? Schau deine Kindheit an! War das fair?«, fragte Flora.

Boris' Mutter und Zwillingsschwester waren bei einem Autounfall gestorben. Seinen Vater hatte er nie kennengelernt und so war er mit sechs Jahren in ein SOS-Kinderdorf gekommen. Er sprach nie über diese Zeit, den Unfall oder seine Familie.

Flora stand auf und half Theresa, den Tisch abzuräumen. »Ich verstehe noch immer nicht, wieso du dein ganzes Geld in diesen Hilfsfonds gesteckt hast, Boris.«

»Weil es mich umgehauen hat. 10 Millionen Euro sind unvorstellbar viel und es wurde täglich mehr. Stell dir Dagobert Duck in seinem Tresor vor und eine Flutwelle von Talern kommt auf ihn zu. Ein Geld-Tsunami.« Boris machte eine kurze Pause, bevor er weitersprach. »Jeder wünscht es sich, doch wenn es dann so weit ist, flippst du aus, bestellst dir einen Porsche, einen Ferrari …«

»Mit dem ich nicht einmal gefahren bin«, heulte Leon auf, verstummte jedoch sofort, als Theresa den Kopf schüttelte. Flora musste insgeheim lachen. Die nonverbale Kommunikation der beiden funktionierte perfekt.

Boris trank einen Schluck Wein und fuhr fort: »Ich hatte keine Familie, euch durfte ich nur Kleinigkeiten schenken. Und die Frauen, die ich damals kennenlernte, schienen doch eher am Geld interessiert als an mir … Irgendwann habe ich gemerkt, dass es mich nicht glücklich macht, allein im Porsche über Maui zu brausen. Also habe ich mir überlegt, wem ich mit dem Geld helfen könnte.«

So viel Privates hatte er schon lange nicht mehr preisgegeben, dachte Flora.

Boris erzählte weiter, dass sein Fonds seit Kurzem das AIDS-Projekt einer Freundin in Südafrika unterstütze und dass er dafür den Humanitätsaward bekommen habe.

»Eine Freundin?« Flora wurde hellhörig. Sofort biss sie sich auf die Zunge, sie konnte einfach nicht still sein.

»Nur eine *gute* Freundin, wie ihr!« Boris winkte ab. »Ich

bin nicht für Beziehungen geschaffen, das wisst ihr. Könnten wir das Thema wechseln?«

»Richtig«, bestärkte ihn Paul, »Männer reden nicht über Gefühle.«

»Wenn ihr es tätet, wäre das Leben für uns einfacher«, seufzte Theresa, sammelte die benutzten Servietten ein und schaute zu Leon.

»Was willst du damit andeuten? Ich bin nicht das Thema, es geht um Boris und Paul«, murrte Leon und blickte zu Paul. »Also …«

»Moi? Was soll ich erzählen? Ich bin in einer Beziehung.« Er zuckte mit den Schultern.

»Wieso bringst du sie nicht mal mit?« fragte Flora. »Oder kannst du sie nicht mitbringen, weil sie so lang…«

» …beinig ist? Eifersüchtig?« Paul grinste sie an.

»Nein, ich meinte lang*weilig*. Derartig langweilig, dass sie dir peinlich ist.« Sie sah in die Runde und stichelte weiter: »Wenn Paul sie nicht vorstellen will, kann es nichts Ernstes sein, wie immer.«

Flora hasste Pauls Beuteschema: zu blond, zu dünn, zu oberflächlich. Anderseits missbilligte sie, dass er seine Freundinnen halbjährlich wechselte. So behandelte man Frauen nicht! Obwohl es wahrscheinlich besser war, schon nach ein paar Monaten einen Schlussstrich zu ziehen, wenn die Beziehung nicht funktionierte. Nicht erst nach 15 Jahren – wie Walter. Er hatte sie verlassen, weil sie *endlich* heiraten wollte. Zwölf Wochen nach ihrer Trennung hatte er eine andere geschwängert und zum Altar geführt. 15 verlorene Jahre.

Als könnte er Floras Gedanken lesen, sagte Paul: »Ma chère, muss man gleich ewig zusammenbleiben? Theresa hatte Glück mit Leon, du hattest kein Glück mit deinem

Ex. Ich bin noch auf der Suche und damit Ende. Reden wir über Italien!«

Arcetri, April 1634

Carissimo et illustrissimo mio amico!
Teuerster Freund!

Meine geliebte Tochter Virginia ist zum Herrn gegangen. Wie es mir das Herz zerreißt! Nach einer nur wenige Tage währenden Krankheit ist sie im Alter von 33 Jahren verstorben. Wir alten Männer lamentieren über unsere beginnenden Gebrechen, unfähig, das nahende Ende zu akzeptieren, und dann stirbt ein junger Mensch ganz unerwartet. Gott hatte sie doch schon zu sich ins Kloster gerufen, wieso ruft er sie nun ganz zu sich?

Sie war die Einzige, die ich von meinem Exil aus besuchen durfte, und auch dies wurde mir von Gott nur ein paar Monate gewährt. Wenn es nicht die Kirche ist, die mich bricht, so dann wohl er.

Oder bin ich an ihrem Tode schuld? Ihre Sorge um mein Schicksal, als ich in Rom in den Kerker geworfen ward, der so schlimm nicht war, saß tief. Der lange Prozess, den sie als höchst gefährlich für mich glaubte, das alles hat sie verzehrt. Es hat eine tiefe, ihre Gesundheit angreifende Melancholie zurückgelassen. Vielleicht hat die Ungerechtigkeit, die mir von der Kirche widerfuhr, sie an ihrem Glauben zweifeln lassen? Hat es dieser Zwiespalt der Krankheit leicht gemacht, sich in ihrem geschwächten Körper einzunisten und den letzten Lebensfunken abzutöten?

Ach, hätte ich Euch früher erreicht, Ihr wärt mit einer Arznei bereitgestanden, die sie wieder ins Leben zurückgerufen hätte. Der Medicus des Klosters ist nur ein Meister im Aderlass. Haben wir beide in Pisa, als wir noch gemeinsam Medizin studierten, auch den Aderlass als allheilendes Mittel gelehrt bekommen? Ich kann mich nicht erinnern. Ach, das ist nun schon über fünfzig Jahre her.

Mein Freund, wie viel ist in dieser Zeit passiert. Und das Schlimmste erst vor Kurzem, denn der Verlust meiner Tochter ließ mich im tiefsten Kummer zurück, weil ich mich für ihr Sterben verantwortlich fühle.

Ich hoffe, in der Zwischenzeit steht es um Eure Gesundheit besser!

Innigst verbunden und ergeben,

Euer Freund G.

Kapitel 6

Wien, Mittwoch, 6. November

Sie klingelten. Eine elegante, blonde Mittfünfzigerin öffnete die Tür und lächelte sie herzlich an. Marie Hohenau schien gefasster, als Theresa erwartet hatte. Paul umarmte sie lange und innig, ohne ein Wort zu sagen.

Marie bat sie, am Sofa im Wohnzimmer Platz zu nehmen. Auf einem kleinen Tisch standen eine Kanne Tee und Gebäck bereit. Stilvoll, in Sterling Silber. Neben dem Tablett saß, stoisch wie eh und je, Renoir.

»Was machst du denn hier?« Paul streichelte über den schlanken Hals des Katers.

»Ein Polizist brachte ihn mit, als er zur ersten Vernehmung kam. Sie haben ihn im Geschäft gefunden ... Oder willst du ihn haben?« Sie sah Paul fragend an.

»Nein, Tante. Hier ist er besser aufgehoben«, antwortete er. »Wie geht es aber *dir*?«

»Einigermaßen.« Marie seufzte. »Wisst ihr, bei der Scheidung verlor ich Rembert das erste Mal. Ich habe damals wie bei einem Todesfall getrauert. Natürlich ist die Endgültigkeit jetzt um vieles schlimmer, aber einen Teil des Schmerzes über seinen Verlust habe ich bereits verarbeitet.«

Pauls Tante betrachtete ein Foto, das gerahmt auf einer klassizistischen Kommode stand: Rembert und Marie, glücklich an einem langen Sandstrand. Der schmerzvolle Blick strafte sie Lügen. Es traf sie viel schwerer, als sie zugab.

»Das war vor 25 Jahren in Ostia, in Italien. Rembert arbeitete damals in der Sixtina. Er half, den Fresken neues Leben einzuhauchen. Er war ein großer Künstler, bevor er anfing zu trinken.« Sie seufzte und sah ihre Gäste erschrocken an. »Oh, entschuldigt, wie unaufmerksam, ich habe den Tee vergessen.« Sie wollte aufspringen, doch Paul hielt sie zurück und übernahm das Einschenken.

»Lass nur Tante, ich mache das. Erzähl ruhig weiter. Wieso begann er eigentlich mit der Trinkerei? Er wich meinen Fragen stets aus.«

»Das weiß ich auch nicht. Was genau geht in einer Künstlerseele vor? Ich habe ihn oft nicht verstanden, deswegen mache ich mir heute noch Vorwürfe. Vielleicht hätte ich geduldiger mit ihm sein müssen, vielleicht war ich schuld. Oder war es Veranlagung? Auch sein Vater war Alkoholiker. Es ist schwer zu sagen. Er war hin- und hergerissen zwischen seiner Arbeit als Restaurator und seiner Berufung als Maler.« Sie zeigte auf ein paar große Gemälde, die Theresa schon beim Betreten des Zimmers aufgefallen waren. »Das sind seine Werke. Technisch hervorragend, doch er fand keinen eigenen Stil.«

Flora würde davon begeistert sein, dachte Theresa. Rembert hatte ein Stillleben gemalt, das eine Sammlung verschieden großer Goldkelche inmitten von Trauben, Äpfeln und Walnüssen zeigte. Aber nicht nur einmal, sondern in fünf Variationen! Da hingen ein Pieter Claesz, ein Rembrandt, ein Rubens, ein van Gogh und ein Picasso. Perfekte Kopien eines Bildes, das es niemals gegeben hatte. Nun verstand sie, weshalb in seinem Geschäft alles bis ins kleinste Detail arrangiert gewesen war.

»Übrigens habe ich ihn am Samstagnachmittag besucht, um eines meiner Gemälde abzuholen, wir sind …« Tante Marie räusperte sich, bevor sie fortfuhr: »Wir waren trotz der Scheidung befreundet. Ich besitze noch einen Schlüssel für seine Werkstatt. Für Notfälle. Ich habe Ihr Bild im Atelier gesehen.« Marie wandte sich an Theresa. »Es ist wunderschön. Paul sagte, dass es gestohlen wurde. Das tut mir leid.«

»Im Vergleich zu Ihrem Verlust …«, erwiderte Theresa, doch Marie unterbrach sie.

»Ist schon gut. Nein, das Gemälde ist etwas Besonderes. Deshalb begann Rembert gleich mit der Arbeit. Sonst warteten Kunden oft monatelang. Bei schlechter Qualität musste er sich zusammenreißen, nicht das gesamte Bild neu zu malen.« Sie lächelte bei der Erinnerung daran. »Als ich kam, machte er gerade die Fotos für die Dokumentation …«

Theresa und Paul zuckten zusammen. »Welche Dokumentation?«, fragten sie gleichzeitig.

»Na, die Dokumentation seiner Arbeit. Er fotografierte und beschrieb jeden seiner Schritte, damit nachfolgende Restauratoren in 50, 100 Jahren alles rekonstruieren können. Rembert hatte eigene Checklisten dafür entwickelt, denen er streng folgte. Der Alkohol hat viel zerstört, aber nicht seine Arbeitsmoral und seine Genauigkeit.«

»Wo bewahrte er diese Dokumentationen auf?«, fragte Theresa und versuchte nicht aufgeregt zu klingen.

»Oben in seinem Atelier steht dieser kleine Biedermeierschrank. In einer der Laden ist ein Geheimfach, dort legte er das Fotomaterial und die Mappe mit seinen Notizen hinein.« Wieder blickte sie traurig zur Aufnahme aus Ostia. »Die Fotos hat er mit einer Digitalkamera geschossen und sie auf seinem Laptop gespeichert. Beides sollte im Schrank sein, sofern es nicht auch gestohlen wurde.«

»Der Dieb hat sich nicht die Zeit genommen, alles zu durchsuchen. Laut Polizei schnappte er das, was in Reichweite war und flüchtete. Allerdings befürchte ich, dass die Beamten die Unterlagen, den Computer und die Kamera entdeckt und mitgenommen haben. Sollten sie jedenfalls«, sagte Paul.

»Außerdem ist die Wohnung versiegelt. Da werden wir an die Infrarotaufnahmen nicht rankommen«, ergänzte Theresa.

»Welche Infrarotaufnahmen?« Tante Marie sah ihre Gäste überrascht an.

Theresa erzählte ihr von Remberts Anruf, von seiner Entdeckung, die er unter dem Infrarotlicht gemacht hatte. Sie ließ die Schultern hängen und nach einem kurzen Zögern fügte sie hinzu, dass sie glaubte, an seinem Tod schuld zu sein.

»Ach, Kindchen, genauso könnte ich es sehen. Wenn ich mich nicht hätte scheiden lassen, wäre er nicht spätabends im Atelier, sondern bei mir gewesen. Nein, schuld ist derjenige, der den Kerzenleuchter gegen ihn erhoben hat, sonst niemand. Machen Sie sich keine Vorwürfe. Erzählen Sie mir lieber von dem Gemälde und wieso es eine solche Tat auslösen könnte.«

Theresa berichtete von ihren Nachforschungen, der Möglichkeit, dass es sich um eine Gemeinschaftsarbeit von Sustermans und Rubens handeln könnte und dass wahrscheinlich Galileo Galilei darauf abgebildet war. Sie schloss mit ihren Spekulationen über einen Geheimbund. Marie sah sie ungläubig an und Theresa, der die Irrwitzigkeit des Ganzen wieder bewusst wurde, schüttelte den Kopf, bevor sie weitersprach. »Ich weiß, das klingt total absurd und ist eine lange Geschichte.« Sie wollte gerade die Hintergründe genauer erklären, auch um für sich selbst Klarheit zu schaffen, als sie vom Läuten der Türklingel unterbrochen wurde.

»Der nächste Kondolenzbesuch«, vermutete Paul.

Allerdings standen Kiesling und sein Adlatus Zipser vor der Tür, die Marie noch ein paar Fragen stellen wollten. »Es tut mir leid, wenn ich Sie schon wieder belästige, aber die Routinearbeit muss gemacht werden«, sagte der Chefinspektor und fummelte an seinem Diktiergerät herum.

»Wir stören nicht weiter und verabschieden uns.« Paul küsste seiner Tante die Hand und zwängte sich grußlos an Kiesling vorbei zur Tür hinaus.

»Ach Paul, ihr stört nie und seid jederzeit willkommen«, rief ihm Tante Marie nach. Sie wandte sich an Theresa und ließ bei einer angedeuteten Umarmung unauffällig etwas in ihre Jackentasche gleiten. »Ich weiß nicht, ob man in die Wohnung darf«, flüsterte sie Theresa ins Ohr. »Falls ja, hier ist der Schlüssel. Vielleicht finden Sie die Dokumentation.«

Die Unterlagen des Restaurators gingen Theresa auf dem Nachhauseweg nicht aus dem Kopf. Sollte sie Kiesling fragen, ob er die Kamera und den Laptop hatte? Nein, besser so wenig wie möglich auffallen. In ein paar Tagen würde sie selbst im Atelier nachsehen.

In diesem Moment rief Flora an, neugierig, wie der Besuch bei Pauls Tante gewesen sei.

»Es war traurig. Marie scheint Rembert noch immer zu lieben. Er war ein gut aussehender Kerl – früher.«

Theresa erzählte von den grandiosen Bildern, die er gemalt, und den Fotos, die er am Tag seines Todes noch gemacht hatte.

»Wirklich? Das klingt super! Treffen wir uns in seinem Atelier? Ich habe gerade nichts zu tun, besser gesagt, ich suche Ablenkung. Kreativitätsloch. Und das Geschäft wollte ich mir sowieso ansehen.«

»Nein, Flora. Dort ist bestimmt noch alles versiegelt. Außerdem ginge es heute nicht mehr, weil ich Dino jetzt vom Kindergarten abholen muss. Komm nachmittags bei uns vorbei. Vielleicht finden wir deine Kreativität wieder – und ich muss ein bisschen angeben.«

»Wieso?«

»Leon hat vor Kurzem eine Slackline gekauft.«

»Eine was?«

»Eine Slackline, das ist ein breites, elastisches Band für Seiltänzer.«

»Was ihm immer einfällt.«

»Als Bergsteiger braucht er in der kalten Jahreszeit einen Trainingsausgleich. Dino ist begeistert von dem Ding. Seit die Slackline im Garten gespannt ist, übt er jeden Tag. Und er kann es! Entweder haben Kinder noch ein natürliches Gleichgewichtsgefühl, oder er ist ein Wunderkind.«

»Wahrscheinlich beides, Thesi, bei den Eltern«, lachte Flora.

»Jaja, mach dich nur lustig. Zur Strafe musst du es versuchen. Ich jedenfalls habe schon blaue Flecken am Popo.«

»Und das willst du mir antun? Gut, ich komme trotzdem. Den nächsten Star des österreichischen Nationalzirkus' muss ich mir auf jeden Fall ansehen. Und ich meine nicht dich damit. Ciao.«

Das Haus der Valiers lag in der Paradisgasse nahe Grinzing. Das ›e‹ hatte die Paradisgasse zwar im Laufe der Jahre verloren, aber für Theresa waren die ruhige Straße mit den vielen Bäumen, das alte Häuschen und der kleine Garten trotzdem ihr kleines Himmelreich. Im hintersten Winkel ihres Grundstücks verbarg sich unter zwei hohen Buchen eine baufällige Hütte, die Leons Großvater, dem Erfinder Eugen Valier, früher als Werkstatt gedient hatte. Wenn es warm genug war, nutzte Theresa sie als Kreativzentrum, jetzt im Herbst war sie malerische Dekoration.

Am Türpfosten der Hütte hatte Leon die Slackline befestigt, die quer durch den Garten bis zu einer hohen Birke gespannt war. Als Flora kam, war Theresa gerade wieder mal hinuntergefallen, und Dino versuchte ein Lachen zu unterdrücken.

»Mama, das ist doch nicht so schwer. Schau, ich zeig's dir noch mal. Einfach einen Fuß vor den anderen«, rief er und sprang vom Band, als er die Freundin seiner Mutter um die Ecke biegen sah. »Komm, Flora, du kannst das bestimmt.«

»Ja, bitte lös mich ab«, flehte Theresa und klopfte sich das Laub von ihrer Jacke.

»Na gut, ich versuch's, aber lacht mich nicht aus.«

»Versprochen«, antwortete Dino mit gekreuzten Fingern hinter dem Rücken.

Als im Wohnzimmer das Festnetztelefon läutete, rannte Theresa ins Haus, froh mit dem schmerzhaften Balancieren aufhören zu können.

Gerade noch rechtzeitig, bevor der Anrufbeantworter ansprang, fand sie das Telefon, hob ab und hörte Marie Hohenau schluchzen. Völlig aufgelöst erzählte sie vom Besuch der Polizisten.

»Das war ein Verhör! Wie eine Verbrecherin kam ich mir vor, er wollte mein Alibi wissen. Natürlich habe ich keines, was macht eine alleinstehende ältere Frau um 23 Uhr? Schlafen, was sonst!«

Theresa erinnerte sich nur allzu gut an ihre eigene Vernehmung, während Pauls Tante fortfuhr: »Was soll ich tun? Mir einen Anwalt nehmen, weil mein Exmann ermordet wurde?«

»Nein, ich bin mir sicher, er verdächtigt Sie nicht, das ist wirklich reine Routine. Bei mir hat er es genauso gemacht und sogar eine DNA-Probe genommen.« Das stimmte zwar nicht, aber sie musste Marie beruhigen, da durfte sie etwas übertreiben. »Außerdem glaubt Kiesling an einen Raubmörder und hat am Tatort fremde DNA-Spuren gefunden. Keine Angst.«

»Das besänftigt mich, ich habe glatt meine Contenance verloren.« Ah ja, Hohenau'scher Slang.

»Ich verstehe Sie gut, mich hat er auch ins Schwitzen gebracht«, antwortete Theresa. Sie zögerte und wusste nicht, ob es pietätlos wäre zu fragen. Schließlich wagte sie es doch. »Rembert hat mir auf die Mailbox gesprochen und gesagt, er hätte die ›Krönung‹ aus dem Rahmen genommen. Wenn der noch da ist, dürfte ich ihn mitnehmen? Er ist eine Erinnerung an meinen Vater.«

»Natürlich mein Kind, er gehört doch Ihnen. Ich denke, dass es von Rechts wegen, wenn die Wohnung nicht mehr versiegelt ist, in Ordnung geht. Oh Gott, darum werde ich mich wahrscheinlich auch kümmern müssen. Dass die Dinge, sofern sie noch vorhanden sind, wieder an ihre Besitzer zurückgehen. Nehmen Sie den Rahmen mit und melden Sie sich, falls Sie die Dokumentation nicht finden. Auf Wiedersehen.«

»Vielen Dank, auf Wiederhören.« Theresa legte auf und schüttelte grübelnd den Kopf.

»Wer war's?« Sie zuckte zusammen. Unbemerkt war Flora ins Haus gekommen.

»Marie Hohenau. Sie ist stinkwütend, sie glaubt, sie wird verdächtigt und hat kein Alibi. Dein Robert kann manchmal ein wahres Ekel sein. Ich verstehe nicht, dass er diese arme Frau so behandelt.«

»Erstens ist er nicht *mein* Robert. Und zweitens müssen Polizisten vielleicht derart tough auftreten.«

»Im Film ja, aber doch nicht im echten Leben!«

Arcetri, April 1635

Carissimo et illustrissimo mio amico!
Teuerster Freund!

Zuallererst muss ich mich für Euer Mitgefühl und Eure tröstenden Worte zum Tode meiner geliebten Tochter bedanken. Es hat mir sehr geholfen zu lesen, dass auch Ihr in Virginia diese Herzensgüte gesehen habt. Ja, sie war ein reiner, edler Mensch.

Entschuldigt meine lange Zeit des Schweigens, aber einerseits peinigt mich der Gliederschmerz, der immer mehr Teile meines Körpers befällt, andererseits wird es immer gefährlicher, die Briefe so zu schreiben und zu verschicken, dass es den Schergen Muzzarellis nicht gleich ins Auge sticht.

Die Veröffentlichung meines ›Dialogs über die beiden hauptsächlichen Weltsysteme‹ in Weyden hat die Kirche sehr erzürnt. Und von der neuen Wachsamkeit meiner Bewacher zeugen verschiedene Vorfälle. Ein an mich adressierter Brief wurde abgefangen und dem Herrn Kardinal Barberini überbracht. Wie mir mitgeteilt wurde, hatte ich das Glück, dass ich lediglich der Empfänger war, nicht der Verfasser. Trotzdem, er war voll des Lobes auf meinen ›Dialog‹.

Natürlich ist dies etwas, das die Kurie noch mehr reizt. Auch der häufige Briefwechsel mit den protestantischen Ländern ist den Zensoren höchst verdächtig. Aber sie können mich nicht dafür belangen, außer die Bewachung durch die Inquisition noch gründlicher durchzuführen, was unseren Plan schwieriger macht. Ich habe das Gefühl, dass der Zorn meiner mächtigen Verfolger beständig an Erbitterung zunimmt, sowie meine Gesundheit in eben dieser Bestän-

digkeit abnimmt. Doch mein Forscherwille ist ungebrochen, allein das hält mich noch am Leben.

Ich erinnere Euch daran, Eure Gebete bei dem Gott der Barmherzigkeit fortzusetzen, auf dass er den unversöhnlichen Hass aus den Herzen meiner unglückseligen Verfolger auslöschen möge.

Für Eure Gesundheit bete ich und verabschiede mich mit den besten Wünschen,

Euer G.

Kapitel 7

Wien, Donnerstag, 7. November

Angespannt saß sie im Auto. Sollte sie wirklich alleine hingehen? Sie hatte gerade ihrem Chefredakteur die Illustrationen für das neue ›Stylish‹ abgeliefert und umkreiste das Atelier des Restaurators. Langsam steuerte sie den Sharan durch die Taborstraße und überlegte, ob sie die Dokumentation nicht besser morgen holen sollte, wenn Flora Zeit hatte. Andererseits war sie jetzt schon da.

Im Vorüberfahren betrachtete sie die Schaufenster. Einst die wichtigste Einkaufsmeile des 2. Bezirks, war die Taborstraße jetzt eine Aneinanderreihung von Ramschläden. Viele kleine Geschäfte standen leer und verkamen zusehends. Das Bild einer Geisterstadt entstand in ihrem Kopf: Wind, der zerknitterte Zeitungen und zerbrochene Äste über die Straße weht, ein Fahndungsplakat an der Tür eines Saloons. Dazu die klagende Mundharmonika von Sergio Leone, ›Spiel mir das Lied vom Tod‹. Sehr passend.

Musste sie wirklich ins Atelier? Durfte sie überhaupt? Theresa verhandelte mit sich selbst. Wenn die Werkstatt noch versiegelt war, würde sie wieder gehen. Wenn sie freigegeben war, konnte sie doch schnell ihren Rahmen holen, bevor der auch noch verschwand.

Theresa bog in die nächste Seitengasse, nahm den ersten freien Parkplatz, stieg aus und marschierte schnell zum Antiquitätengeschäft, bevor sie es sich anders überlegen konnte. Sie hatte den Schlüssel und die Erlaubnis der Witwe. Ein Kinderspiel also.

Als Theresa den Eingang erreichte, sah sie, dass sie den Schlüssel gar nicht mehr benötigte. Das Siegel war zerrissen und die Tür nur angelehnt. Was um Himmels willen konnte das bedeuten? War eingebrochen worden und der Eindringling möglicherweise noch da?

Die Mundharmonika jaulte plötzlich wieder in ihrem Kopf. Dann setzten die Trommeln ein, die Geigen, die Glocke. Ach nein, die läutete in der Kirche nebenan. 9 Uhr. Theresa schüttelte den Kopf und versuchte einen klaren Gedanken zu fassen. Das einzig Richtige wäre, Kiesling anzurufen. Sie wühlte in ihrer Tasche. Natürlich hatte sie kein Handy dabei. Das lag im Auto.

Der klassische Zwiespalt zwischen ›wollen‹ und ›sollen‹. Theresa überlegte kurz, fühlte ihren Puls und atmete tief ein. Die Neugier siegte. Langsam schob sie die Tür mit der Schulter auf und rief vorsichtig: »Hallo?«

Wenn sie im Fernsehen einen Krimi anschaute, fragte sie sich bei solchen Situationen immer, wieso diese Idioten hineingingen! Die sollten gefälligst auf die Polizei warten! Aber das hier war etwas anderes, beruhigte sich Theresa, kein Einbrecher würde um diese Uhrzeit hier sein.

Während sie die Tür so weit aufdrückte, dass sie durchschlüpfen konnte, sprach sie sich weiter Mut zu. Außer ihrem leisen Schnaufen war kein Laut zu hören. Ihr Blick glitt über die Tische, Vitrinen und Bilder. Ein Rascheln in der hinteren Ecke des Raums ließ sie erschrocken zusammenzucken. Theresa drückte sich an die Wand und wagte kaum zu atmen. Etwas Schwarzes, Pelziges huschte über ihre Füße. Eine Ratte! Ihr Herz schlug bis zum Hals. Jetzt bitte keinen Anfall! Seit ihrer Kindheit litt sie unter Herzrasen, das zu den unmöglichsten Zeiten auftrat und sich schwer kontrollieren ließ. Theresa hielt die Luft kurz an und blies sie langsam wieder aus. Ihr Puls beruhigte sich. Wenn sie das Leon erzählte, würde er ausflippen. Besser sie erwähnte es nicht.

Angestrengt horchte Theresa, doch alles blieb still. Wer hatte das Polizeisiegel zerrissen? Wollte ein Trittbrettfahrer noch den Rest abstauben?

Sie blickte sich um, aber es schien nichts zu fehlen, das Geschäft sah genauso aus wie bei ihrem ersten Besuch. Was sollte sie jetzt tun? Nach der Dokumentation suchen und den Rahmen holen, zurück zum Auto und von dort den Chefinspektor anrufen. Genau! Die Sachen einzusammeln würde fünf Minuten dauern und so lange konnte Kiesling warten. Sie hatte nach wie vor die Erlaubnis der Witwe, das Atelier zu betreten und …

»Was machen Sie da?«, ertönte plötzlich eine schrille Stimme hinter ihr. Theresa drehte sich ertappt um. Mit einem Besen bewaffnet stand die Hausmeisterin drohend im Türrahmen.

»Sie können do net des Siegel aufbrechen! Ich ruf jetzt die Polizei und Sie bleibm schön stehn!« Aufgeplustert wie ein Huhn rannte sie gackernd hinaus.

Wie peinlich! Jetzt würde Kiesling kommen und sie wieder verdächtigen! Durfte sie sich jetzt eigentlich bewegen oder erlegte die alte Henne sie dann mit der Schrotflinte wie einen räudigen Hund? Doch bis die wieder zurück war, konnte sie schnell ins Atelier huschen, die Dokumentation suchen und in ihrer Tasche verstecken.

Theresa schlich in den hinteren Teil des Raumes zur Treppe und sah zu Boden. Hier ist er also gelegen. Sie zögerte kurz und stieg mit einem großen Schritt über die Markierung. Vorsichtig ging sie die engen Stufen nach oben, öffnete die Tür zum Atelier und schaute ins Zimmer.

Da hing ihr Rahmen und strahlte sie golden an! Erst beim zweiten Blick entdeckte sie die Spuren eines Kampfes: einen umgeworfenen Sessel, Pinsel und Farbtuben, die verstreut auf dem Boden lagen. Der Schauplatz eines Mordes. Kälte kroch ihr den Rücken hoch und stellte die feinen Nackenhärchen auf. Was wollte sie verdammt noch mal hier? Sie konnte keinen klaren Gedanken mehr fassen, alle Systeme waren auf Flucht eingestellt.

Auch die Polizeisirenen signalisierten, dass es Zeit war, von hier abzuhauen.

Langsam stieg sie die Treppe hinunter und betete inständig, dass die Beamten keine übereifrigen Rambo-Typen mit Schussreflex waren. Gerade, als sie wieder im Verkaufsraum angekommen war, wurde die angelehnte Türe aufgetreten.

»Keine Bewegung und Hände hoch!« Zwei Streifenpolizisten stürmten mit gezückten Waffen das Geschäft.

Na, wusste sie es doch. Die Arme über dem Kopf verschränkt, trat sie aus dem Schatten und entdeckte Kiesling, der hinter den beiden ins Zimmer trat.

»Frau Valier? Was zum Teufel …«

»Grüß Gott, ich freue mich, Sie zu sehen.« Der klägliche Versuch eines Lächelns scheiterte, sie legte den Kopf schief und gab dem Rudelführer den Hals zum Biss frei.

»Was machen Sie hier?«, knurrte Kiesling.

»Ich, ich wollte mir …« Theresa überlegte fieberhaft, doch außer der Wahrheit fiel ihr nichts ein. »Informationen über mein gestohlenes Bild besorgen.«

»Und brechen einfach ein? Das Geschäft ist von der Spurensicherung noch nicht freigegeben!« Kiesling Gesicht rötete sich.

»Ich hab das Siegel nicht zerrissen …«

»Na, sicher hot sie!«, ertönte eine Stimme von hinten.

Kiesling drehte sich genervt um. »Ruhe, Frau Rumpolter, ich leite die Vernehmung. Gut, dass Sie uns benachrichtigt haben. Ich komme später zu Ihnen. Auf Wiederschauen.«

Die geschasste Hausmeisterin zog leise grummelnd von dannen und der Chefinspektor wandte sich wieder an Theresa. »Also? Was wollten Sie sagen?«

»Ich habe das Siegel wirklich nicht aufgebrochen. Gut, ich bin vielleicht unbefugt eingetreten, aber ich wollte Sie ohnehin in zehn, nein fünf Minuten anrufen.«

»Und wieso erst in fünf Minuten, und was wollten Sie hier?«

Seufzend erzählte Theresa von Wenz' Anruf am Samstagabend und seiner Nachricht.

»Wann hat er sich bei Ihnen gemeldet?«, unterbrach Kiesling mit strengem Blick ihren Bericht.

Ach richtig, sie hatte vergessen, den Anruf zu melden. Das alles warf kein gutes Licht auf sie. »Um 22 Uhr«, antwortete Theresa schuldbewusst. »Wollen Sie meine Mailbox abhören?«

»Natürlich! Vielleicht war der Täter schon da und man hört etwas im Hintergrund. Wieso in Gottes Namen haben Sie uns nicht *sofort* darüber in Kenntnis gesetzt?« Das Gesicht des Chefinspektors verfärbte sich bedenklich rot.

»Ich dachte, Sie haben die Liste seiner Telefonate sowieso und dann habe ich es vergessen. Ich bin zurzeit etwas überfordert, weil …«

»Jaja, das sind wir alle, aber wenn wichtige Fakten nicht weitergegeben werden, wird der Stress nicht weniger.«

Kiesling drehte sich zu Zipser, der mit dem Handy am Ohr das Geschäft betreten hatte. »Wer bearbeitet die verdammte Telefonliste von Wenz? Überprüf das und tritt ihm in den Arsch!«

Zipser schaute überrascht, doch sein Chef hatte sich bereits wieder an Theresa gewandt. »Also, Ihr Mobiltelefon brauche ich kurz. Und welche Informationen wollten Sie besorgen?«

»Über das Bild.«

»Das weiß ich schon«, sagte er langsam, jede Silbe lang gezogen. »Zeigen Sie sie mir! Wo sind sie?«

»Ich hoffe im Kasten, oben im Atelier«, antwortete Theresa leise.

»Kommen Sie mit!«

Kiesling ging voran. Wieder machte sie sich auf den Weg durch das Geschäft, stieg über die imaginäre Leiche und erklomm die enge Treppe nach oben. Der Chefinspektor blieb in der Mitte des Ateliers stehen und signalisierte Theresa mit einem Kopfnicken, ihm zu zeigen, wo sich die Informationen befanden.

Theresa ging zum Biedermeierschrank. »Da gibt es ein Geheimfach, in dem Wenz die Dokumentationen über seine Restaurationen aufbewahrt hat.«

Kiesling öffnete alle Laden und fand bei einer den doppelten Boden. Das Fach darunter war leer. Er sah Theresa eindringlich an. In seinem Gesicht war zu lesen, dass er sie für eine ausgemachte Lügnerin hielt. »Nun?«

Theresa begann zu schwitzen, gleichzeitig war ihr kalt. Aber Pauls Tante hatte gesagt, dass die Unterlagen hier wären! Theresa startete einen kläglichen Rehabilitierungsversuch. »Vielleicht in einer der anderen …?«

»Alle leer! Das sehen Sie doch!«

»Vielleicht hat die Spurensicherung die Dokumente mitgenommen?«

»Nein, das hätte ich in den Akten gelesen.«

Er pfauchte Zipser an, der gerade den Kopf durch die Tür

steckte: »Ruf den Huber an! Er soll genauer arbeiten. Das Fach war wirklich nicht schwer zu finden.«

»Aber wenn nichts drinnen war? Dann hat er es einfach nicht erwähnt. Wieso auch?«, versuchte Zipser seinen Chef zu beschwichtigen.

»Klär das mit ihm. Ich hoffe, dass nur sein Bericht schlampig war«, befahl Kiesling.

Zipser ging in den hinteren Teil des Ateliers, um zu telefonieren. Theresa konzentrierte sich währenddessen auf ihren Rahmen, der so nah war und gleichzeitig so unerreichbar. Den mieselsüchtigen Chefinspektor brauchte sie gar nicht zu fragen, ob sie ihn mitnehmen dürfte. Ohne schriftlichen Nachweis, dass er ihr gehörte, würde Kiesling ihr vermutlich nicht mal den Staub zugestehen, der darauf lag.

»Nein Chef, er hat kein Geheimfach entdeckt«, meldete Zipser kleinlaut aus einer Ecke des Zimmers.

Kiesling stöhnte. »Na super! Jetzt wissen wir nicht, ob vor Frau Valiers unbefugtem Eindringen etwas in der Lade war oder nicht.«

Er stürmte zu Zipser, riss ihm das Telefon aus der Hand und schrie ein paar Beleidigungen hinein. Theresa schluckte. Danach kam wohl sie dran. Sie fühlte sich unbehaglich, wie damals in der Schule, als sie zur Direktorin musste, weil sie das Klo in Brand gesteckt hatte. Unabsichtlich natürlich.

Während Kiesling und Zipser Hubers Arbeitsmoral diskutierten, wanderte ihr Blick wieder sehnsuchtsvoll zum Rahmen. Er war auch ohne Bild wunderschön. Die Schnitzereien, die Vergoldungen, alles intakt, keine Fehlstellen. Nur innen, wo der Keilrahmen aufgelegen hatte, schien er etwas zerkratzt zu sein. Sie stellte sich auf die Zehenspitzen und reckte den Kopf nach vorne, um ihn besser zu betrachten. Sie glaubte, in den Kratzspuren etwas entziffern zu können. Eine römische Jahreszahl? D, I, M – oder war das ein N? – U, C, C, I … 501 … Nein, das M muss vor das D und U gab es doch …

»Frau Valier!«, donnerte es von hinten, sodass sie ertappt zusammenzuckte und fast das Gleichgewicht verlor. Theresa rollte mit den Augen.

Kiesling schaute sie säuerlich an. »Was mache ich mit Ihnen? Es gibt keinen Beweis, dass jemand anderes vor Ihnen hier eingedrungen ist. Es fehlt, soweit ich feststellen kann, nichts. Der Tatort ist unverändert, ob es Dokumentationen gab oder nicht, kann niemand sagen. Folglich muss ich davon ausgehen, dass Sie das Siegel zerrissen haben, um …« Er sah ihr eindringlich in die Augen, als könnte er dort ihr Schuldbekenntnis finden. »Um etwas zu vertuschen? Ein Beweisstück zu unterschlagen, das wir übersehen haben?« Kiesling blinzelte einen Moment böse zu Zipser, bevor er fortfuhr: »Die Spurensicherung scheint offensichtlich nicht sonderlich gut zu arbeiten. Also nochmals von vorne. Wieso haben Sie sich Zutritt verschafft?«

Theresa wähnte sich im falschen Film. Und daran war nur ihre blöde Neugier schuld! »Bitte rufen Sie Marie Hohenau an. Sie wird Ihnen bestätigen, dass sie mir gestern von den Unterlagen erzählt und mir außerdem den Schlüssel für das Geschäft gegeben hat.«

»Und?« Kiesling klopfte mit seinem Stift auf den Tisch, was Theresa völlig aus dem Konzept brachte.

»Ich hätte die Tür nicht aufbrechen müssen! Schon deshalb bin ich die Falsche.«

»Wer sagt, dass die Tür aufgebrochen war?«

»War sie nicht?«

»Sagen Sie's mir.«

»Wieso sollte ich hier einbrechen, was hätte ich hier tun sollen?«, fragte sie, langsam der Verzweiflung nahe.

»Das will ich von Ihnen wissen«, antwortete Kiesling.

»Glauben Sie wirklich«, bemerkte Theresa spitz, »ich bringe Wenz das Bild, besuche ihn wenige Tages später, um ihn zu töten – aus welchem Grund auch immer –, raube zum Schein mein eigenes Bild, komme dann drauf, dass ich etwas verloren habe, besorge mir von Marie Hohenau den Schlüssel und versuche heute Beweisstücke verschwinden zu lassen?«

»Besser hätte ich es nicht zusammenfassen können«, gab Kiesling trocken zurück.

Theresa starrte ihn sprachlos an. Wollte er sie fertigmachen, weil sie unerlaubt ins Geschäft eingedrungen war?

»Vielleicht hat er Sie mit dem Telefonat in sein Atelier gelockt, ist dort zudringlich geworden und Sie haben in Notwehr den Leuchter genommen und …«

»Das ist nicht Ihr Ernst, Herr Kommissar!«, fiel Theresa Kiesling ins Wort. Wenz ein Vergewaltiger? Hatte er vollkommen den Verstand verloren? Trotz ihres Ärgers musste sie lachen.

»Erik Ode war der Kommissar, ich bin Chefinspektor. Und ja, das ist mein voller Ernst. Sie wissen nicht, womit ich es tagtäglich zu tun habe. Da muss man alles in Erwägung ziehen.«

»Aber doch nicht etwas derartig Absurdes! Schauen Sie mich an. Ich bin eine verheiratete Frau, bekomme die ersten grauen Haare und die Fältchen …«

»He, Chef! Die Tür wurde wahrscheinlich mit einem Dietrich aufgesperrt«, unterbrach Zipser, der die Treppe heraufgekeucht war.

»Sehen Sie, den besitze ich schon mal nicht.« Triumphierend verbuchte Theresa einen Pluspunkt für sich.

»Ruhe!«, pfauchte sie Kiesling an.

»Hallo?« Ein Kopf voller roter und gelber Lockenwickler tauchte hinter Zipser auf. »Gut, dass Sie da sind. Ich wollte Sie sowieso anrufen. Heute in der Früh um fünf, als ich mit meinen Waldi Gassi gegangen bin, wissen Sie, er hat eine schwache Blase, da ist mir aufgefallen, dass die Tür hier zum Geschäft ein bissl offen war.«

»Wer sind Sie und wieso kommen Sie erst jetzt damit? Es ist 10.30 Uhr, wann hätten Sie gedacht, dass es an der Zeit wäre, uns zu informieren?«, zischte Kiesling, der sich nur mehr schwer beherrschen konnte. »Sind denn heute alle durchgedreht? Dieses lässige ›Ich weiß was und irgendwann werde ich es vielleicht der Polizei sagen‹ geht mir auf den Nerv!«

»Na, ein Danke hätte auch gereicht, junger Mann«, monierte sich die alte Dame. Theresa freute sich insgeheim, dass jemand dem Chefinspektor sagte, wie unangemessen sein Verhalten war.

»Ich muss Ihnen meine Beobachtungen ja gar nicht mitteilen. Wiederschauen!«

»Na, dann bleiben Sie halt da und erzählen uns alles.« Kiesling versuchte sie anzulächeln und fügte noch ein gepresstes »Bitte!« hinzu.

»Das war's eh schon. Ich bin mit dem Waldi um 5 Uhr Gassi gegangen und hab die offene Tür gesehen. Punkt. Aus. Und jetzt geh ich, ich muss den Waldi füttern. Außerdem, wenn dieser böse Kater auftaucht …« Vor sich hinmurmelnd begann die alte Dame, mühsam die Stufen hinunterzusteigen.

»Warten Sie!« Zipser sprang ihr hinterher. »Ich müsste Ihre Personalien aufnehmen. Bitte.«

Kiesling atmete tief ein, hielt die Luft an und sagte nach wenigen Sekunden zu Theresa: »Na schön, das hat Sie erst mal freigespielt, außer Sie lungern seit heute Früh hier herum.«

»Bitte, Herr Chefinspektor, für diese Zeit habe ich ein Alibi. Ich war zu Hause bei meinen Mann und meinem Sohn.«

Er überlegte lange und seufzte schließlich. »Gut, Sie können fahren, aber ich brauche Ihr Mobiltelefon wegen des Anrufs.«

»Kann mein Mann vorher alle Nummern vom Chip auf ein anderes Handy überspielen? Ich habe sonst keine Daten. Ich bringe es morgen aufs Präsidium.«

»Sofort!«, presste Kiesling zwischen seinen geschlossenen Zähnen hervor.

Hatte dieser Typ keine Mutter, die ihm ›Bitte‹ und ›Danke‹ beigebracht hat? Vielleicht sollte er Yoga-Bauchatmung versuchen, ihr hatte das immer gutgetan.

»Aber …«

»Frau Valier, treiben Sie es nicht zu weit! Sie können das Telefon gleich wieder mitnehmen, ich muss kurz Daten von Ihrer USIM-Karte notieren, den Rest mache ich mir mit Ihrem Provider aus.« Sein Stift trommelte nun im Stakkato auf dem Tisch.

Durfte er sich einfach an ihren Telefonanbieter wenden? Brauchte er dazu keinen richterlichen Beschluss? Doch das sollte nicht ihre Sorge sein, sie hatte nichts zu verbergen. Nichts Anstößiges oder Unsittliches auf der Mailbox. Floras Ansagen löschte sie immer gleich.

»Ich habe nicht ewig Zeit!«, schnauzte Kiesling und hielt die Hand auf.

Wie ihre Freundin diesen Typen einmal nett finden konnte!

»Ich muss es erst aus dem Auto holen. Einen Moment, bitte.« Ohne den Chefinspektor anzuschauen, eilte sie die Treppen hinunter.

Vor dem Geschäft lungerte immer noch die Zivilstreife in spe herum – Frau Rumpolter. Die Lockenwickler-Dame stand neben ihr und zeigte auf Theresa. »Nein, die war's nicht, ich hab doch schon um 5 in der Früh den Einbruch bemerkt. Vier Stunden vor Ihnen, übrigens. Wissen's, der Waldi …«, hörte Theresa im Vorbeigehen und war dem Dackel für seine schwache Blase unglaublich dankbar.

Fünf Minuten später drückte sie Kiesling wortlos das Telefon in die Hand. Der öffnete es, holte die Speicherkarte heraus, schrieb sich die Nummer auf und wollte ihr gerade den Apparat zurückgeben, als er stockte. Stirnrunzelnd betrachtete er das Innenleben des Geräts nochmals genauer, dann schien er sich sicher.

»Da ist eine Wanze.«

»Die bevölkern gerade wieder den Kindergarten, aber wie kommen sie in mein Handy?« Theresa stöhnte. Doch schlagartig wurde ihr bewusst, dass sie eben etwas verwechselt hatte. Geschockt sah sie Kiesling an.

Sofort nach ihrer Heimkehr rief sie Flora an und erzählte ihr von dem Fund.

»Ich glaub's nicht!«, sagte ihre Freundin.

»Doch, ehrlich.«

»Das war rhetorisch, Thesi. Natürlich glaube ich dir. Ich mache sofort einen Rundruf. Krisensitzung heute Abend bei dir. Werden wir übrigens gerade jetzt auch abgehört?«

»Nein, Kiesling hat Handy samt Kleingetier mitgenommen.«

»Wie telefonierst du jetzt?«

»Dinosauriermäßig übers Festnetz. Wir sehen uns.«

Theresa ging in den Garten und versuchte, auf der Slackline ihr inneres Gleichgewicht wiederzufinden. Ein Fuß vor den anderen. Doch ihre Gedanken kreisten nur um die Wanze. Wer bespitzelt mich? Und wieso?

Abwurf. Noch mal. Theresa versuchte sich zu konzentrieren. Werde eins mit der Aufgabe. Linker Fuß, rechter Fuß … Natürlich wegen des Bildes! Der Geheimbund. Aber die hatten es doch schon … kontrolliert atmen. Was wollen die von mir? Wer sind *die* überhaupt? Abwurf.

»Blödes Ding! Taugt überhaupt nichts!«, schrie Theresa. Soll doch Dino damit spielen. Sie ging ins Haus und begann zu zeichnen. Aus ihrem Stift floss ein bedrohliches Gewitter, mittendrin die Regenbogenmaschine. Blitz, Donner, Absturz. Im letzten Moment fuhren Rettungsfallschirme aus. Als Illustratorin konnte sie leicht ein Happy End zaubern. Und im wirklichen Leben?

Theresa dachte angestrengt nach. Wann hatte sie sich mit den Hunden schlafen gelegt und war mit der Wanze aufgewacht? Sie wollte nicht, dass jemand in ihre Welt eindrang! Kein Beobachter, Stalker oder wer auch immer. War ihre Paranoia also doch berechtigt gewesen? Apropos – gab es im Haus Wanzen oder Kameras? Waren die hier gewesen? Panisch stand sie auf und begann, nach verräterischen Spuren Ausschau zu halten.

»Mama, was machst du da?«, fragte Dino und blickte erstaunt von seiner Formel-1-Rennstrecke auf, an der er selbstvergessen gezeichnet hatte.

»Nichts, mein Schatz. Ich suche nur etwas.«

»Kann ich dir helfen?«

»Ich weiß nicht genau, wonach ich suche, aber danke, das Angebot ist lieb von dir. Ich habe eine bessere Idee, gehen wir zum Spielplatz?«

Da würde ein Fremder sofort auffallen. Da war sie in Sicherheit – nur vor wem?

»Also, wer hört Thesi ab?«, fragte Flora. »Du, Leon?«

»Bist du wahnsinnig?«, antwortete er entrüstet. »Ich bin zwar ein bisschen eifersüchtig, aber zu solchen Mitteln würde ich nie greifen. Wobei mich die Technologie durchaus interessiert.«

Theresa, die durch die offene Küchentür alles gehört hatte, kam mit einem Tablett voller Tramezzini ins Wohnzimmer. »Mehr gibt es heute nicht. Krisenfutter. Leon, bitte keine technischen Ausführungen. Und an alle anderen: Leon würde das niemals tun! Da steckt das Bild dahinter.«

»Ich sag's ja. Die Illuminaten«, murmelte Flora, bevor sie sich ein Schinken-Tramezzino nahm.

»Flora, bitte!«, seufzte Paul.

»Ich muss sie schon wieder verteidigen, ich habe nämlich eine neue Theorie, die uns vielleicht weiterhilft«, ergriff Boris das Wort. Er stand auf und holte, wie vor zwei Tagen, einen Papierstapel. »Habt ihr euch nicht Gedanken darüber gemacht, was Galileo auf dem Gemälde zu suchen hat? Meine Überlegung ist, dass die ›Krönung‹ so etwas wie die ›Schule von Athen‹ sein könnte.«

»Das Fresko von Raffael im Vatikan?«, fragte Flora und strich sich einen Weißbrotkrümel von der Lippe.

»Genau«, Boris deutete auf die erste Abbildung in seinen Unterlagen. »Ich habe, ähm, wieder ein paar Dinge vorbereitet. Hier ist sie, die ›Schule von Athen‹. Und da sind die Lehrer: Platon, Aristoteles, Pythagoras, Diogenes, Sokrates. Sie stehen für die herausragende Philosophie des antiken Griechenlands.«

Er gab jedem eine Mappe und erklärte, dass er bei Theresas Bild eine ähnliche Bedeutung vermutete. »Weshalb sollte Galileo – vorausgesetzt, er ist es wirklich – bei einer Krönung anwesend sein? Bestimmt nur, wenn jemand auf den Thron gehoben wird, der ihm wichtig ist. Beziehungsweise *etwas*. Und das Wichtigste in Galileos Leben war die Wissenschaft. Man könnte das Gemälde folglich als Allegorie verstehen. Die ›Krönung‹ als Gleichnis dafür, dass die Wissenschaft der neue Herrscher der damaligen Welt werden würde.«

»Wow! Was man in so eine Darstellung alles hineininterpretieren kann. Das klingt total illuminatisch!«, sagte Flora.

»Genau. Und der Auftraggeber eines Bildes, das den Triumph des Wissens über den Glauben zeigt, könnte Bonaventura Igowski gewesen sein. Ihr erinnert euch an meine Genealogie? Eine Familie von Gelehrten und Künstlern«, fuhr Boris fort. Alle nickten beeindruckt.

»Und wer sind die anderen Männer deiner Meinung nach?«, fragte Theresa.

»Wenn ich künstlerische Freiheit ins Spiel bringe, dann sehe ich neben Galileo Kepler, Kopernikus, Brahe und Viviani«, antwortete Boris.

Das Gemurmel der Freunde wurde lauter. Leon, der aus dem Kinderzimmer gekommen war, nahm sich schnell einen Ausdruck, während Boris begann, jede einzelne Figur zu erklären.

»Der hier mit dem blauen Mantel, der der Wissenschaft die Krone aufsetzt, ist Kepler. Der Kniende, der die Kette umlegt, hat das gleiche Walrossbärtchen wie Tycho Brahe. Und da ist noch der Mann ganz rechts mit dem roten Umhang, der dem neuen Herrscher ein Zepter in die Hand drückt. Er ist wie Kopernikus bartlos und hat eine ähnliche Nase. Galileo mit der roten Mütze wurde ja bereits von Thesi identifiziert. Neben ihm steht ein hübscher Jüngling, der sein Assistent Vincenzo Viviani sein könnte. Er war 17 Jahre alt, als er für Galileo zu arbeiten begann. Das würde also passen.«

Die anderen waren sprachlos und steckten die Köpfe über den Kopien zusammen. Auch Theresa musste diese Informationen erst einmal verdauen. Sie nahm einen Ausdruck und betrachtete ihn. Die vier alten Gelehrten, der junge Viviani und der König als Personifizierung der Wissenschaft – nur diese sechs Figuren waren sorgfältig ausgearbeitet, die anderen wirkten wie flüchtig skizziert. Vier bedeutende Astronomen, die *ihre* Wissenschaft krönten, mit der Jugend als Nachfolger an der Seite. Diese Zuordnung konnte stimmen!

»Eine schöne Interpretation. Aber wer sind die zwei Priester und wieso sind die Männer im Hintergrund bewaffnet?«, fragte Flora.

»Vielleicht weil die neuen Erkenntnisse gegenüber der reaktionären Kirche mit Waffengewalt durchgesetzt werden müssen?«, überlegte Paul.

»Oder sie sind Mitglieder eines Geheimbunds, der einen Aufstand plant«, warf Flora ein. »Eine Wissenschaftsreformation oder Revolution. Der Orden der Igowskis zieht mit wehenden Fahnen in den Kampf für die Aufklärung. Wissen an die Macht!«

Theresa erinnerte sich an das Begräbnis. Die wehenden Mäntel. Die Kreuzritter am Igowski-Grab. Sie hatte sich damals also nichts eingebildet. Und war vielleicht ihr Vater, der Universalinteressierte, der Flugzeugbauer, der Antiquitätensammler, ein Mitglied dieses Geheimbunds gewesen und der letzte Hüter der ›Krönung‹? Nein, das konnte nicht sein, er hatte mit Ambrosius getauscht. Oder war das alles eine Vertuschungsaktion gewesen?

»Die Kette, die der Wissenschaft umgehängt wird, könnte eine Art Goldenes Vlies sein«, hörte Theresa Paul sagen, der auf die Fotokopie deutete. »Statt des Widders wäre ein kleines Fernrohr als Symbol für die Wissenschaft denkbar.« Alle starrten gebannt auf die Kette, doch der Computerausdruck war zu grobkörnig, um den Anhänger genau zu erkennen.

»Die beiden Priester sind wirklich ein Problem«, sagte Boris. »Was die hier zu suchen haben, weiß ich nicht.«

»Vielleicht dienten die nur der Tarnung«, schlug Flora vor. »Falls Sustermans und Galileo von den Kirchen-Heinis beobachtet wurden.«

»Onkel Oskar hat angedeutet, dass das Gemälde eigentlich alles darstellen könnte. Aber auf die Idee mit der Wissenschaftsallegorie ist er nicht gekommen«, meinte Theresa. Sie hielt eine der Vergrößerungen in der Hand und kniff die Augen zusammen.

»Wir brauchen bessere Ausdrucke, vielleicht können wir irgendwo Planeten oder andere versteckte Hinweise entdecken«, bemerkte Leon. Er hatte seine Brille abgenommen und putzte sie mit der Serviette.

Theresa trank einen Schluck Wein. Sie konnte sich über die Entschlüsselung der Darstellung nicht richtig freuen. »Wir haben das Rätsel um die Ikonografie geklärt, aber alles andere? Denjenigen, der mich verwanzt hat, und den Mörder von Wenz finden wir damit nicht. Und dass das Gemälde und somit ich an seinem Tod schuld sind, ist offensichtlich.«

Flora nahm Theresa in den Arm und drückte sie an sich. »Hör auf damit. Die Zeit der Flagellanten ist lange vorbei.«

»Aber der Mord, danach der Einbruch, bei dem die Dokumentation gestohlen wurde und die Wanze in meinem Handy! Das kann kein Zufall mehr sein. Und wenn es diese Allegorie zeigt, bin ich sogar bereit, an deinen Geheimbund zu glauben. An einen, der versucht, dieses Bild zu finden. Koste es, was es wolle.« Theresa verstummte. Ihr wurde kalt, sie sah Beängstigendes auf sich zukommen.

»Wir müssen methodisch vorgehen«, sagte Boris bestimmt und schlug vor, eine Liste aller Verdächtigen aufzustellen, die Interesse an der ›Krönung‹ haben konnten, zusammen mit einer Liste derer, die wussten, dass sie bei Wenz gewesen war.

Theresa stand auf, durchsuchte ein paar Schubladen und kam schließlich mit Block und Stift bewaffnet zurück. »Fangen wir an«, sagte sie. »Von dem Gemälde wussten erstens der Primar Peck und seine Sekretärin.«

»Wer bitte ist dieser Peck?«, fragte Boris. »Was ist mir da entgangen?«

»Das Land Steiermark hat das Schloss der Fürstin Igowski gekauft und eine Rehaklinik für Suchtkranke dort untergebracht. Ich habe an den Leiter geschrieben und wollte wissen, ob es eventuell in einem versteckten Turmkämmerchen noch vergessene Unterlagen der Fürstin gibt …« Theresa hielt inne, weil sich eine Fliege surrend auf ihrem Tramezzino niederließ. Sie scheuchte das Insekt angeekelt weg.

»Und?« Flora stupste sie an.

Theresa räusperte sich und erzählte weiter, dass nach einer Woche ein netter Brief der Sekretärin des Primars gekommen war. Mit einem Prospekt über die verschiedensten Möglichkeiten, sich im Schloss zu erholen, und der Mitteilung, alles sei topmodernisiert und absolut nichts erinnere mehr an die 70er-Jahre. Mit freundlichen Grüßen und viel Erfolg bei der weiteren Suche.

»Die wollten dich gleich als Kunden gewinnen, was? Wenn sie *so* nett Werbung für ihr Alko-Schlössl machen«, stellte Flora fest und schenkte ihrer Freundin Wein nach.

Boris notierte währenddessen ›Peck und Sekretärin‹ auf seiner Liste. Theresa nahm einen Schluck Chianti. »Außerdem wären da noch alle italienischen Sustermans-Experten, die ich angemailt habe. Scuro, del Rosso, Casagrande und

Bevilaqua. Die Vornamen müsste ich raussuchen. Dann die Leute vom Wien…«

»Nicht so schnell, nicht so schnell! Ich bin das Schreiben mit der Hand nicht mehr gewohnt, sonst tippe ich. Also, Sustermans…ex…per…ten. Gut, weiter.« Auffordernd blickte Boris Theresa an.

»Also, Doktor Brenner vom Wiener Auktionshaus, und natürlich alle, denen er davon erzählt hat, Wenz nicht zu vergessen und die, mit denen er wiederum über Gemälde gesprochen hat.« Sie dachte über Remberts schlechten Ruf nach.

»Es fehlen noch die Personen, die etwas von mir erfahren haben«, warf Flora schuldbewusst ein.

»Wie viele sind das circa? 200 oder gar 300?«, fragte Paul spöttisch.

»Da ich aus offensichtlichen Gründen mehr Freunde habe als du, würde ich sagen, das kommt hin. Deine Eroberungen verstünden sowieso nichts davon«, blaffte Flora zurück.

»Könnt ihr bitte ein Mal Ruhe geben?«, fuhr Boris die beiden an und überflog seine Aufzeichnungen. »Hm … das sind viele, Thesi. Da hättest du gleich ein Inserat aufgeben können.«

»Ich wusste nicht, dass ein Mord geschehen wird. Ich wollte mehr über die ›Krönung‹ rausfinden und habe weit gestreut«, verteidigte sie sich und biss beleidigt in ein Thunfisch-Tramezzino.

»Das war kein Vorwurf, lediglich eine Feststellung. Machen wir weiter! Wer wusste, dass das Bild bei Rembert war?« Boris klopfte mit dem Stift auf den Tisch. Es klang wie bei Kiesling.

Theresa merkte, wie sie sich verkrampfte und antwortete schnell: »Außer euch niemand, nur der Wanzenverstecker. Ich glaube, ich habe es mit Flora am Telefon besprochen.«

»Habt ihr über alles geplaudert? Bedeutet das, der Mörder wusste stets Bescheid? Über den Ermittlungsfortgang, über unsere Forschungen?«, stöhnte Boris.

»Nur weil du nie etwas erzählst, heißt das nicht, dass alle anderen auch mit Infos geizen müssen! Wenn ich gewusst hätte, dass ich abgehört werde, hätte ich selbstverständlich nichts gesagt. Doch wer rechnet damit? Ich bin nicht beim Geheimdienst, nicht politisch tätig oder blöd-prominent! Und ich rede eben gern mit Flora: über Dino, über euch oder die Nachforschungen. Es war recht viel los in letzter Zeit!«, pfauchte Theresa und warf ihr Brot, das sie unschlüssig in der Hand gehalten hatte, zurück auf den Teller.

»Das schreit nach einer Flasche Wein!«, versuchte Leon die Wogen zu glätten.

»Kein Alkohol, wir brauchen einen klaren Kopf. Wir müssen die Liste genau durchgehen und herausfinden, wer ein Motiv haben könnte«, antwortete Boris verbissen.

»Gut, aber wie?« Theresa sah ihre Freunde fragend an. »Ich habe alle nur per Mail kontaktiert.«

»Hat dir Leon niemals von den Gefahren des Internets erzählt? Wer weiß, mit welch fragwürdigen Subjekten du da in Kontakt getreten bist«, sagte Paul unbedacht.

»Du auch noch? Was ist los? Habt ihr euch alle gegen mich verschworen?« Theresa sprang auf und flüchtete mit Tränen in den Augen in die Küche.

Flora blickte vorwurfsvoll in die Runde und folgte ihr. »Komm zurück, sie meinen es nicht böse. Die können ihre Besorgnis nicht anders ausdrücken. Männer eben!«

Widerwillig ließ sich Theresa zurück an den Tisch führen. Schniefend flüsterte sie: »Natürlich habe ich recherchiert und mich über die Personen erkundigt, die ich angeschrieben habe. Den Primar Peck, zum Beispiel, den kennt jeder! Außer Boris vielleicht. Immer wenn man für Fernsehsendungen einen Experten zum Thema Sucht braucht, wird er geholt.«

»Ach, stimmt!«, bemerkte Paul. »Daher kam mir der Name bekannt vor. Ich glaube sogar, dass Rembert ihn einmal erwähnt hat.«

»Da wäre also eine Verbindung«, rief Leon aus der Küche. Trotz Boris' Veto dekantierte er eine Flasche Wein.

»Peck stiehlt ein Bild und begeht dafür einen Mord? Nein, als Primar verdient er sicherlich gut genug.« Paul wischte sich die Finger an einer weißen Serviette ab.

»Stimmt. 150.000 Euro, so viel wie der Sustermans im Wiener Auktionshaus eingebracht hat, wären für ihn ein Tropfen auf dem heißen Stein.« Ausnahmsweise teilte Flora Pauls Meinung.

»Es wurde schon für weniger gemordet«, entgegnete Theresa trotzig.

»Wenn wir niemanden ausschließen können, finden wir nie eine Lösung!« Boris ließ den Stift auf den Tisch fallen und stand auf. »Ich muss mir ein bisschen die Füße vertreten, ich kann nicht klar denken.« Mit verkniffenem Gesichtsausdruck umrundete er zweimal den Tisch und setzte sich wieder.

»Boris, wir werden den Mörder und Spion heute durch reines Kombinieren sowieso nicht enttarnen. Wenn du allerdings unbedingt willst, streichen wir Peck als Verdächtigen«, gab sie entnervt nach.

»Leute, stellt euch folgendes Szenario vor!«, rief Flora, und Theresa erwartete die nächste Verschwörungsgeschichte. »Seine Sekretärin hat gelogen und es gibt noch Aufzeichnungen der Fürstin. Sie und ihr Geliebter Peck haben den Beweis entdeckt, dass das Bild ein echter Rubens ist! Das war ja Thesis erste Theorie. Ich erinnere nur an seinen 70 Millionen Euro schweren ›Bethlehemitischen Kindermord‹.«

»70 Millionen sind ein Argument, Flora. Boris, bitte schreib Peck wieder auf die Liste. Nur wie sollen wir herausfinden, ob es wirklich noch Dokumente gibt? Wir können nicht, wie ...« Leon machte eine Pause und sah Theresa lange an. »Wie meine liebe Frau es tut, irgendwo einbrechen, um Unterlagen zu suchen.«

Theresa hatte bereits den ganzen Abend darauf gewartet, dass Leon ihren unüberlegten Besuch in Atelier kommentieren würde. Heute hatten es wirklich alle auf sie abgesehen! Sie verbiss sich eine Antwort, schluckte ihren Ärger hinunter und sah ihren Mann mit zusammengezogenen Augenbrauen an.

Leon ignorierte den Gewitterblick und fuhr ruhig fort: »Wir sollten Kiesling verständigen und ihm ...«

»Nein! So wie der mich behandelt hat, will ich nie wieder mit ihm zu tun haben. Außerdem würde er uns für verrückt halten!« Theresa begoss mit einem großen Schluck Wein ihren Protest, während Flora ihre Gedanken weiterspann.

»Wir könnten uns in die Klinik einweisen lassen. Das wäre bestimmt lustig: nachts im Schloss schnüffeln und tagsüber in den schönen oststeirischen Hügeln spazieren gehen, beim Mostheurigen einkehren ...«

Ein gellender Schrei aus Dinos Zimmer unterbrach all ihre Überlegungen. Theresas warf ihren Stuhl nach hinten und stürmte hinaus, dicht gefolgt von Leon.

»Mama, da war ein ... Monster am Fenster!«, stammelte Dino, als seine Eltern an seinem Bett angekommen waren.

Seine Augen waren vom Schlaf noch verquollen. Theresa

nahm ihren Sohn in den Arm und wiegte ihn zur Beruhigung sanft hin und her.

»Es war ganz schwarz und hatte Hörner! Und es hatte nur ein riesengroßes Gl*uuu*tschauge.«

Leon drehte sich zu Paul, der hinter ihnen in den Raum getreten war, und flüsterte: »Er meint Glupschauge.«

»Mäuschen, da hast du geträumt, es gibt keine Monster.« Theresa drückte Dino fester an sich.

»Nein! Es war da, mit schwarzem Haar und Hörnern so groß, wohin versteck ich mich bloß?«, widersprach Dino und verzog das Gesicht. Theresa signalisierte den zwei Männern zu gehen, legte Dino wieder ins Bett und kuschelte sich dann zu ihm.

Nachdem Dino eingeschlafen war, ging sie zurück ins Wohnzimmer, wo ihre Freunde in der Zwischenzeit das Geschirr abgeräumt und auf dem Tisch Platz für Laptops und Notizzettel gemacht hatten.

»Wo sind wir stehen geblieben?«, fragte Theresa.

»Bei Peck, der die ›Krönung‹ möglicherweise als einen Rubens enttarnt hat. Falls er das Bild hat, wie sollte er es verkaufen? Ist das nicht bei heißer Ware ziemlich schwierig?«, bemerkte Boris.

»Sie muss nicht offiziell auf den Markt kommen. Es gibt Sammler, die gestohlene Kunstwerke in ihren Kellern ausstellen und sie ausschließlich Freunden zeigen. Mit einem Dokument, das das Gemälde als echten Rubens auswiese – das hätte schon was. Ein cooles Understatement«, sagte Paul. Als er die erstaunten Blicke der anderen sah, räusperte er sich und fügte nach kurzer Pause hinzu: »Wenn es legal wäre.«

»Dann sind es auf keinen Fall die Russen gewesen, die wir bei der Auktion gesehen haben. Die kennen kein Understatement, nur Over-Protzment«, lachte Flora.

»Dafür braucht man als Hehler jedoch Verbindungen. Auf gut Glück ein Bild zu stehlen und dafür einen Mord in Kauf zu nehmen …« Boris schüttelte den Kopf.

»Außerdem war das Verbrechen ungeplant. Es geschah ohne Vorsatz, 70 Millionen abzustauben«, ergänzte Paul.

»Wie kommst du darauf?«, fragte Flora.

»Ich schließe es aus den Indizien, Watson. Der Mörder improvisierte mit dem Mordwerkzeug: ein Kerzenleuchter, der zufällig in der Nähe stand. Der Täter führte keine Waffe bei sich und hatte folglich nichts geplant. Alles geschah im Affekt.«

»Soll ich den Peck jetzt als verdächtig markieren?« Boris sah sich ungeduldig um.

In der Zwischenzeit hatte Theresa aus seiner Liste einen Papierflieger gebastelt, den sie schnell wieder auseinanderfaltete, glatt strich und ihm zurückgab. »Ja, besser einer zu viel als zu wenig«, sagte sie beschwichtigend.

»Gut, wen noch? Und etwas mehr Seriosität bitte, liebste Theresa.« Paul zwinkerte ihr versöhnlich zu und beugte sich über das Blatt, um die Namen entziffern zu können. »Als nächstes lese ich ›Sustermans-Experten‹. Einer davon könnte das Gemälde sofort als echt identifiziert haben. 150.000 Euro sind für einen Kunsthistoriker wiederum viel Geld.«

»Wie wäre das zeitlich abgelaufen? Er hätte sich nach Thesis Mail ins Auto setzen und nach Wien rasen müssen, um das Bild zu stehlen. Um im Anschluss mit heißer Ware abzuhauen. Darüber hinaus passt die Wanze nicht zu dieser Theorie«, überlegte Boris.

»Genau! Kommen wir überhaupt wieder zurück zur ersten Frage. Wieso war dieses Ding in Thesis Handy? Wer hat es wann und wo installiert?«, warf Flora in die Runde. »Das sollten wir zuerst klären.«

Auf eine kurze Denkpause folgten von allen Seiten wilde Spekulationen.

»Jemand wollte über die Ermittlungen auf dem Laufenden gehalten werden. Jemand, der großes Interesse an dem Bild hat. Weil es wertvoll ist.«

»Weil es Nazi-Raubgut ist.«

»Weil die Kirche es in die Hände bekommen will.«

»Wieso?«

»Weiß nicht, ist mir gerade eingefallen.«

»Dann können wir gleich die Mafia ins Spiel bringen.«

Theresa stand auf und hob die Hand. »Nein Kinder, so geht es nicht. Je mehr Mutmaßungen wir anstellen, umso verworrener wird der Fall.«

»Und was, wenn sie schon installiert war?«, fragte Leon kleinlaut. Alle starrten ihn an.

»Du hast Theresa doch abgehört?« Flora klang empört.

»Ich habe das Handy einem Freund abgekauft. Es war gerade einmal drei Tage in seinem Besitz, er wollte etwas testen. Ich dachte, es ginge um Synchronisationskompatibilität mit dem Computernetzwerk seiner Firma, aber vielleicht hat er …«

»Hast du ihn noch nicht angerufen und gefragt?« unterbrach Theresa.

»Natürlich, aber er ist gerade auf Urlaub und ich konnte ihn nicht erreichen.« Leon räusperte sich. »Eigentlich untypisch für ihn, sein Mobiltelefon abzuschalten, allerdings könnte seine Frau darauf bestanden haben. Jedenfalls wäre ihm zuzutrauen, mit Minispionen zu experimentieren. Er ist genauso ein Tüftler wie ich, vielleicht hat er die Wanze einfach vergessen.«

Theresa entspannte sich ein bisschen. »In dem Fall müssten wir uns nur noch um den Raubmord kümmern. Wie weit waren wir mit den Verdächtigen auf der Liste?«

»Bei den Sustermans-Experten«, sagte Flora. »Vielleicht hat einer Galileo und die anderen Gelehrten erkannt, weil er selbst Mitglied dieser geheimen Astronomenbruderschaft ist. Diese Vereinigung hatte das Gemälde bei Sustermans in Auftrag gegeben, irgendwie ging es verloren und nun sucht sie schon Jahrhunderte danach.« Flora nickte zufrieden über ihre Theorie. »Nennen wir sie ›Fratelli delle Stelle‹. Sternenbrüder, die hinter dem Bild her sind, um ein großes Geheimnis zu bewahren.«

»Das erinnert mich an die Suche nach dem Heiligen Gral in ›Indiana Jones und der letzte Kreuzzug‹. Übrigens, waren es letztes Mal nicht die Fratelli Razionali, die Bruderschaft der Igowskis oder die Illuminaten, die eine Wissenschaftsrevolution planten?«, fragte Paul süffisant.

»Ist doch egal, wichtig sind ›Bruderschaft‹ und ›Verschwörung‹.« Floras Wangen glühten.

Theresa kratzte sich an der Stirn. »Ich weiß nicht …«

Boris schob seinen Zettel, der inzwischen mit Kreisen, Pfeilen und Fragezeichen bemalt war, in die Mitte des Tisches. »Ich bin frustriert. Da passt nichts zusammen, damit lässt sich nichts erklären. Als Techniker bin ich es gewohnt, mit Formeln zu arbeiten, aber hier? Seid ihr irgendwie schlauer als vorher?« Er machte eine kurze Pause. Als keiner reagierte, fuhr er fort. »Wenn, wie Flora vermutet, der Geheimbund der Igowskis hinter dem Bild her war, wieso haben es die Mitglieder nach dem Tod der Fürstin nicht sofort in ihren Besitz gebracht? Und wenn es eine Affekttat eines Saufkumpans von Wenz war, wieso hatte Theresa eine Wanze im Telefon? Wenn das Gemälde keine versteckte Bedeutung hatte, wieso wurde dann zum zweiten Mal im Atelier eingebrochen und die Dokumentation gestohlen? Was hat Wenz überhaupt gefunden? *Das* müssten wir erst mal wissen! Ansonsten bin ich ratlos.«

Die anderen nickten nachdenklich. Plötzlich fielen Theresa die Gestalten vom Pöllauer Friedhof wieder ein. »Zu Allerheiligen sind mir am Grab der Fürstin einige Männer aufgefallen, die alle den gleichen Mantel anhatten. Vielleicht gibt es wirklich einen Geheimbund … Und ich habe schon länger das Gefühl, dass ich verfolgt werde. Nichts Konkretes, aber ständig schwirren komische Typen um mich herum, ich sehe Schatten und …«

»Wer ist nun hinter dir her: die Igowski-Bruderschaft vom Friedhof oder die komischen Schattentypen? Du musst dich schon für einen Verfolger entscheiden, beides geht nicht«, sagte Leon.

Theresas Mundwinkel gingen nach unten und sie rief herausfordernd: »Vielleicht sind mehrere Personen hinter dem Bild her! Und du hättest mal sehen sollen, wie mich die vier mit den Kreuzritterkutten angestarrt haben!«

»Thesi, bitte! Männer glotzen eben, wenn sie eine schöne Frau sehen. Das liegt in ihrer Natur, sie können nicht anders. Und ich wette, wir werden eine völlig unspektakuläre Erklärung für alle Ungereimtheiten finden. Warten wir den Rückruf meines Freundes ab.« Leon sah auf die Uhr. »Ihr Lieben, ich gehe jetzt ins Bett. Ich fliege morgen Früh um fünf wegen einer Netzwerkimplementierung nach Hamburg.«

»Musst du wirklich weg?«, fragte Theresa. Sie saß im Bett und zog ihre Decke bis zum Kinn.

»Schatz, ich bin doch Sonntag wieder da. Das Projekt ist lange geplant, da muss ich dabei sein.«

»Aber hier ist so viel los, ich fühle mich nicht sicher.« Sie atmete tief durch. »Irgendjemand hat mein Handy gestohlen und verwanzt. Und wegen meiner ›Krönung‹ wurde ein Mensch ermordet.«

»Thesi, ich bin mir sicher, dass die Wanze schon vorher im Telefon war. Außerdem hat mich Paul überzeugt, dass die Tat im Affekt geschehen ist. Dein Bild kann also nichts damit zu tun haben. Und sei ehrlich, diese leichte Paranoia hast du doch schon länger.«

»Willst du damit sagen, ich bin hysterisch?«

Seine Gabe, ruhig zu analysieren und erst zu handeln, wenn es notwendig war, schätzte Theresa sonst an Leon, aber in diesem Moment war sein Verhalten ein rotes Tuch für sie. Diese Lethargie! Diese Apathie! Konnte er wirklich tatenlos zusehen, wie sie in einem Strudel unerklärlicher Vorfälle versank?

»Ich sagte nicht, dass du hysterisch bist. Ich wollte dich beruhigen, erklären, dass alles ein Zufall ist, und …«

»Ich will mich nicht beruhigen! Ich will, dass du da bleibst!« Theresa sprang aus dem Bett.

»Das geht nicht. Es tut mir leid.« Leon versuchte, sie an sich zu ziehen, doch sie ging ein Stück zur Seite und verschränkte die Arme vor der Brust. »Und wenn Dino heute wirklich jemanden am Fenster gesehen hat?«

»Ein Monster? Bitte bleib realistisch. Und erinnere dich, er hat in Reimen gesprochen: ›groß‹ und ›bloß‹. Er hat aus einem seiner Bücher zitiert.«

»Wie soll er sich sonst ausdrücken? Er benutzt eben die Worte, die er aus den Geschichten kennt. Deshalb lesen wir ihm ja vor! Willst du ihn auch als paranoid hinstellen?«

»Nein, *seine* Vorstellungen ordne ich kindlicher Fantasie zu.« Leon setzte sich aufs Bett und schnaufte.

»Bitte bleib hier. Denk einmal – nur einmal – zuerst an Dino und an mich.«

»Schatz, ich denke immer zuerst an euch, aber der Termin steht seit zwei Monaten.«

»Nein, *immer* ist der Job wichtiger. Alles, alles ist *immer* viel wichtiger!« Theresas Stimme wurde schriller.

Leon, den selten etwas aus der Reserve locken konnte, antwortete verärgert: »Und was soll ich deiner Ansicht nach tun? Das Projekt absagen? Anrufen und ihnen mitteilen: ›Entschuldigt, wir können den Anschluss an das Mutternetzwerk nicht vornehmen, weil meine Frau glaubt, dass die Illuminaten hinter ihr her sind?‹«

»Du bist unfair! Ich spinne nicht!« Theresa ballte ihre Hände zu Fäusten und hätte am liebsten aufgestampft. Wenigstens hatte er nicht gesagt, er müsse fliegen, weil nur *er* das Geld verdiente. Da wäre sie vollends ausgeflippt.

»Außerdem muss einer das Geld …« Leon duckte sich, als die Nachttischlampe über ihn hinwegschoss.

»Ich schlafe im Wohnzimmer. Weck mich nicht auf, wenn du fährst.« Bepackt mit Decke und Dinos Plüschbiber marschierte Theresa hinaus.

Kapitel 8

Wien, Freitag, 8. November

Missmutig wischte sie das Herz aus Frühstücksflocken vom Tisch, als sie am nächsten Morgen verschlafen in die Küche geschlurft kam. »Ja, du mich auch. So einfach geht das nicht, mein lieber Leon«, grummelte Theresa und überlegte, was sie tun sollte. Sie wollte auf keinen Fall alleine bleiben und beschloss, Flora zu bitten, in den nächsten Tagen bei ihr zu schlafen.

Nachdem sie sich für mittags verabredet hatten, machte sich Theresa mit Dino auf den Weg in den Kindergarten. Danach erledigte sie lang aufgeschobene Einkäufe. Kühlschrank und Vorratskammer leerten sich allmählich und die gesamte Garderobe ihres Sohns war wieder einmal zu klein geworden.

Erschöpft kam Theresa kurz nach zwölf mit Dino im Schlepptau wieder nach Hause. Die Post zwischen den Zähnen und die Hände voll mit unzähligen Einkaufstaschen, steckte sie den Schlüssel ins Schloss. Dabei riss eine der Papiertüten. Joghurt, zerbrochene Eier und Haferflocken vermischten sich vor dem Eingang zu einer zähflüssigen Masse. Leise fluchend stieg Theresa darüber und öffnete die Haustür. Sie spuckte die Briefe auf den Tisch in der Garderobe und stutzte.

Irgendwie sah es chaotischer aus als sonst. Sie brauchte eine Zehntelsekunde, um zu begreifen, was passiert war. Nicht sie war, wie sonst, der Verursacher dieses Durcheinanders, hier musste ein Einbrecher am Werk gewesen sein!

Langsam ging sie weiter, Dino folgte ihr, ohne ein Wort zu sagen. Eine Spur der Verwüstung zog sich vom Flur über das Wohnzimmer und die Küche bis ins Schlafzimmer. Jemand hatte wie ein Wildschwein auf Trüffelsuche das Erdgeschoss regelrecht umgepflügt. Die restlichen Einkaufstaschen glitten Theresa aus den Händen. Tränen schossen ihr in die Augen. Sie hob wie in Trance einige Bücher auf, versuchte das offensichtlich Geschehene wieder ungeschehen zu machen. Erst als Dino aufgeregt hin- und herräumte, wachte sie aus ihrer Dämmerzustand auf. Nichts angreifen! Sie musste die Polizei anrufen und diesmal sofort!

Ihr Puls begann zu rasen. Nun war es so weit – ein Anfall! In Theresas Körper pumpte es heftig, bei jedem Herzschlag hoben sich Bauchdecke und Brustkorb, die Halsschlagader schwoll an, als würde sie jeden Moment explodieren. Sie kannte diese Reaktion, wenn auch nicht in diesem Ausmaß. Ein Nerv in ihrem Herzen war fehlgeleitet, nichts Lebensbedrohliches, wenn er jedoch verrücktspielte, wurde sie panisch. Oder bedingte die Panik die Anfälle? Hastig nahm sie einen der Betablocker, die sie immer in ihrer Geldbörse griffbereit aufbewahrte, und würgte ihn ohne Wasser hinunter.

Als sie sich etwas beruhigt hatte, benachrichtigte sie die Polizei. Dann setzte sie sich in die Mitte des Wohnzimmers, drückte Dino fest an sich und wartete.

Es war endgültig Zeit auszusteigen. Aber wie? Diese Geschichte brachte sie und ihre Familie in Gefahr, das war es nicht wert. Wieso nur war jemand hinter ihr her? Und wer waren *die*? Wie weit waren sie schon in ihr Leben eingedrungen? Wie weit würden sie noch gehen? Dabei hatte sie bloß ein Gemälde von der Wand genommen, verdammt noch mal!

Ihre Angst begann in Ärger umzuschlagen. Der ganze Groll, der sich seit dem Streit mit Leon angesammelt hatte, entwickelte sich zu reinster, energiegeladener Wut. Niemand würde sie und ihre Familie angreifen, niemand! Weder die Illuminaten noch die ›Fratelli delle Stelle‹ oder sonst wer! Und hatten sie nicht, was sie wollten? Wenz war tot, die ›Krönung‹ gestohlen, was suchten sie bei ihr?

Theresa streichelte Dino, der eingerollt auf ihrem Schoß lag und ein Bilderbuch mit schwarzen, zotteligen Monstern durchblätterte. Als es an der Tür klingelte, atmete sie erleichtert auf. Flora. Endlich!

Vor der Haustür standen neben Flora, die ihr stumm zunickte, Robert Kiesling und Geza Zipser. Zwei weitere Männer dahinter wiesen sich als Beamte des Einbruchdezernats aus.

»Wir haben gehört, dass Sie ungebetenen Besuch hatten. Wir wollten Sie ohnehin wegen des Mordes nochmals befragen.«

Theresa brachte keine Begrüßung über die Lippen. Sie dachte nur, dass Kiesling auch kein erwünschter Besuch war, und winkte die Polizisten hinein. Der Chefinspektor pfiff durch die Zähne, als er die Verwüstung sah.

»Es tut mir ja so leid, komm her«, sagte Flora. Sie nahm Theresa in den Arm, die sich zusammenreißen musste, um nicht wieder loszuheulen. »Was haben wir da nur losgetreten?«

Während sich die anderen Beamten im Wohnzimmer umsahen, begleitete Kiesling die Frauen und Dino in die Küche. Flora setzte Teewasser auf. Langsam bekam sich Theresa wieder unter Kontrolle. Sie informierte den Chefinspektor darüber, wie lange sie unterwegs gewesen war, und dass sie das Chaos in dem jetzigen Zustand vorgefunden hatte.

Plötzlich funkelte Theresa den Chefinspektor böse an: »Was, wenn die Eindringlinge noch da gewesen wären? Würden Sie jetzt weiße Kreidekreise um unsere Körper ziehen und denken: Blöd, eine Verdächtige weniger? Sie sollten endlich die richtigen Verbrecher suchen und nicht …« Sie sprang abrupt auf. »Ich muss raus hier. Ich bringe Dino weg. Und Sie!«, fuhr Theresa den Chefinspektor noch mal an. »Sie glauben doch sowieso wieder, ich hätte das alles inszeniert, um das Diebesgut verschwinden zu lassen, oder? Ich bin ja immer schuld!« Ihre Stimme überschlug sich.

»Bitte beruhigen Sie sich, Frau Valier«, brummte Kiesling unangenehm berührt. »Wir sind dem Mörder auf der Spur. Heute bekommen wir endlich die DNA-Analyse. Wenn er in der Datenbank gespeichert ist, haben wir ihn. Allerdings wundert mich wirklich, was er hier wollte.«

»Vielleicht war es nicht derselbe Täter, sondern eine der Einbrecherbanden, derer ihr nicht Herr werdet«, antwortete Flora spitz.

Theresa schniefte und holte ihr neues Handy aus der Tasche. Seit der Wanzengeschichte trug sie es stets bei sich. Leon war natürlich nicht zu erreichen. Warum auch, es waren ja nur seine Frau und sein Kind, die in höchster Gefahr schwebten! Sie überlegte, das Telefon aus dem Fenster zu pfeffern.

Flora nahm währenddessen Dino an der Hand und führte ihn aus der Küche. Kiesling, der von Theresa ignoriert wurde, stand unschlüssig herum, goss schließlich das heiße Wasser aus dem dampfenden Kessel in die Teetassen und stellte sie auf den Tisch. Theresa versuchte nochmals vergeblich, Leon zu erreichen. In ihr begann es zu brodeln, diese unbeschreibliche Wut kroch wieder in ihr hoch! Einerseits auf Leon, der sie gerade im Stich ließ, und andererseits auf den unbekannten Eindringling, der sich anmaßte, in ihr Leben zu treten und es auf den Kopf zu stellen. Der sich erdreistete, sie aus ihrem inneren Gleichgewicht zu bringen!

»Ich habe Dino zu Karoline nebenan gebracht.« Flora stand im Türrahmen und wandte sich Kiesling zu. Sie unterhielten sich leise, Flora kicherte und errötete leicht.

Konnte sie sich nicht ein Mal beherrschen?, dachte Theresa und sah die beiden böse an, während sie geräuschvoll in der Teetasse rührte. Ihre Augenbrauen zogen sich zu einem Gewitter bringenden V zusammen.

Der Chefinspektor drehte sich zu Theresa und begann vorsichtig mit der Befragung.

»Wann …«

»Was wann? Wollen Sie schon wieder ein Alibi?«, pfauchte sie.

Reiß dich zusammen, sagte eine innere Stimme, er ist nicht Leon und er ist nicht der Einbrecher, er will dir nur helfen … Er ist ein Trottel, der dich verdächtigt und wie eine Idiotin behandelt hat, meldete sich daraufhin eine andere.

»Nein, bitte beruhigen Sie sich, atmen Sie …«

»Sagen Sie mir nicht, wie ich atmen soll, das kann ich allein, ich bin keine Blondine!«

Theresa blickte zu Zipser, der gerade zur Tür hereinkam. Er strich sich verunsichert durch seine Stoppelfrisur und verschwand sofort wieder.

Flora beobachtete ihre Freundin. Egal, was Kiesling zu Theresa sagen würde, sie würde ihn anschreien. Wenn sie so aufgebracht war, konnte sie sich nicht zügeln. Flora wusste, dass Theresa mindestens eine halbe Stunde brauchte, um sich zu beruhigen. Sie schob Kiesling ins Wohnzimmer, holte aus dem Arzneikasten im Bad Baldriantabletten und legte sie vor Theresa auf den Tisch.

»Ich hab schon einen Betablocker genommen.«

»Egal, Baldrian ist pflanzlich, das kann nicht schaden«, beharrte Flora und drückte ihre Freundin, die aufgestanden war, zurück in den Sessel. Sie hielt Theresas zitternde Hand und sah zu, wie sie die Tabletten widerwillig schluckte. Theresas Körper bebte bei jedem Atemzug und ihr wachsweißes Gesicht zuckte. Flora fühlte sich schuldig, weil es ihre Idee gewesen war, das Bild abzuhängen. Andererseits war das notwendig gewesen, um gute Fotos davon zu machen.

Sie nahm den Teebeutel aus Theresas Tasse, gab drei Zuckerstücke hinein und rührte. Dass der Mörder so nahe an ihre Freundin herankommen würde, hätte sie nie gedacht. Es hatte alles als lustiges Spiel begonnen, wann war es ins Lebensgefährliche gekippt? Sie durfte sie jetzt nicht mehr aus den Augen lassen. Wenn schon Leon nicht da war! Einer musste ja auf die beiden aufpassen.

Die Tür öffnete sich und Zipsers Kopf lugte herein. »Frau Lombardi, könnten Sie kurz kommen?«

Flora blickte zu Theresa, die wortlos nickte.

Arcetri, Juli 1635

Carissimo et illustrissimo mio amico!
Teuerster Freund!

Die Trauer um meine geliebte Tochter liegt noch immer wie ein schwarzer Schleier über meiner Seele. Ich selbst bin oft von tiefster Melancholie befallen und fühle mich von meiner Tochter gerufen.

Auf meine Bitte, um der Gesundheit willen nach Florenz übersiedeln zu dürfen, antwortet mir der Inquisitor von

Florenz Muzzarelli brüsk, ich solle künftig davon absehen, um die Erlaubnis meiner Rückkehr nachsuchen zu lassen, sonst werde man mich nach Rom zurückbringen, und zwar in den Kerker des Heiligen Offiziums. Aus dieser Antwort, scheint mir, kann man den Schluss ziehen, dass aller Wahrscheinlichkeit nach mein gegenwärtiger Kerker nur gegen jenen sehr engen, lang währenden vertauscht werden wird, der uns allen bevorsteht.

Diese Verbannung hier zermürbt mich zusehends. Ich habe schon an Flucht gedacht, nur ich alter Greis von über siebzig Jahren, wie soll ich der Kurie entkommen? Folglich bleibe ich hier, und versuche noch so viel zu schaffen, wie es meine schwachen Augen zulassen. Nur, ich muss vorsichtig zu Werke gehen, denn ich habe das Gefühl, als durchwühlte jemand all meine geheimen Verstecke und suchte nach den neuesten Schriften. Oder sind das schon die Wahnvorstellungen, die alte Menschen des Öfteren befallen?

Gehabt Euch wohl und denkt daran, dass ich an unserer Sache arbeite.

Euer G.

Theresa starrte in die Luft. Langsam, ganz langsam begann ihr Puls ruhiger zu werden. Sie mahnte sich zur Gelassenheit.

»Es gibt für alles eine unspektakuläre Lösung«, hörte sie Leon sagen und wollte ihm so gern glauben. Sie zählte ihren Herzschlag, lehnte sich zurück und nahm noch einen Schluck Tee. Om mani padme hum, alles wird gut.

Plötzlich zerriss ein Knall die Stille. Sie hörte Glas splittern, ein Sirren neben ihrem Ohr und Scherben, die am Fliesenboden zerschellten. Theresa erstarrte eine Sekunde, dann raste ihr Herz schneller als zuvor. In Zeitlupe sah sie einen großen Stein unter den Küchenkasten kullern.

Flora riss die Tür auf und stürmte in die Küche. »Was ist los? Ist dir etwas passiert?«

»Nein, alles in Ordnung«, stammelte Theresa geschockt. Der Tee in ihrer Hand schwappte über, sie hatte das Zucken ihres Armes nicht unter Kontrolle. »Alles in bester Ordnung.«

Gleich würde sie einen hysterischen Anfall bekommen, einen richtigen hysterischen Anfall! Einatmen, ausatmen. »Ich muss mich hinlegen, es geht mir gleich besser. Raus aus der Küche!«

Theresa fegte die Scherben unter den Kasten und legte sich auf den Boden. Shavasana, die Totenstellung, brachte die absolute Entspannung. Wie lange hatte sie schon kein Yoga mehr gemacht … Sie starrte an die Decke. Der nächste Stein würde direkt auf ihrem Kopf landen.

Wer war das gewesen? Hatte sie einen Nachbarn vergrault? Sie war immer freundlich zu allen, bis auf … Nein, die war über 80 … Also doch die Illuminaten oder eine andere Geheimgesellschaft? Nur würden die vor der Tür stehen und Steine werfen, während das Haus voller Polizisten war?

Theresa hörte das Knarren der Eingangstür, Schritte, die auf dem Kiesweg knirschten, und ein paar Minuten später Zipsers Stimme durch die zerbrochene Fensterscheibe. »Nichts, kein Mensch zu sehen. Muss ein Kind gewesen sein, das sich einen Scherz erlaubt hat. Kommt wieder rein Jungs, die Spurensicherung drinnen ist wichtiger.«

Der Einbruch war allerdings kein Scherz. Sie hatte noch gar nicht nachgesehen, was gestohlen worden war. Ihr

Schmuck, die Münzsammlung, die Sparbücher, die Kelche von Papa … Nicht noch ein Erinnerungsstück!

Theresa beschloss nachzusehen, aber sie konnte nicht aufstehen. Die Beine versagten, waren im Shavasana und wollten es offensichtlich auch bleiben. Wenigstens fünf Minuten.

Auf einmal schwebte Kieslings Kopf über ihr. »Geht es wieder, Frau Valier? Soll ich Ihnen aufhelfen? Nur wenn Sie wollen, natürlich.«

Na, kann er doch freundlich sein, der Herr!

»Nein danke, ich schaffe das alleine.«

So elegant wie möglich erhob sich Theresa, zwang ihren Körper zu gehorchen, strich ihren Pullover, an dem einige kleine Glassplitter hingen, glatt und setzte sich kerzengerade an den Küchentisch. »Gut, wir können reden. Ich bin entspannt.«

Die zusammengekniffenen Lippen, die zitternden Hände widersprachen dem ganz offensichtlich, aber Kiesling würde sowieso keine ehrliche Antwort von ihr erwarten.

»Wir haben die meisten Spuren gesichert. Laut Flora fehlt nichts. Es wurde nur ein unbeschreibliches Chaos angerichtet, als hätte der Täter etwas Bestimmtes gesucht.«

»Die Kronjuwelen wahrscheinlich.«

Es fing schon wieder an, sie hatte sich nicht im Griff! Beherrsch dich, Theresa!, rief sie sich zur Räson. Sie atmete tief durch und sagte langsam: »Entschuldigung, beginnen wir von vorne. Sie sagten, dass nichts gestohlen wurde. Schön.«

»Genau. Aber die Laden wurden durchwühlt, die Ordner herausgerissen und durchgeblättert. Was könnten die gesucht haben?« Kiesling sah sie mitfühlend an und zum ersten Mal spürte sie so etwas wie Sympathie für ihn.

»Ich weiß es nicht«, antwortete Theresa.

»Vielleicht die Dokumentation«, warf Flora ein, die in die Küche gekommen war. »Übrigens, als ich Dino vorhin zu Karoline gebracht habe, meinte sie, dass sie ihn am späten Nachmittag zum Laternenumzug in den Kindergarten mitnimmt.«

Der Heilige Martin! Dino freute sich seit Tagen darauf und Theresa hätte es fast verschwitzt. Danke, liebe Nachbarin, jetzt konnte sie bis zum Laternenfest in Ruhe das Durcheinander beseitigen.

»Von einer Dokumentation habe ich doch schon einmal gehört«, drang Kieslings Stimme zu ihr durch.

Alle unfreundlichen Gefühle, die der Chefinspektor in ihr wachgerufen hatte, waren mit einem Schlag wieder da. »Ja, bei Wenz! Wenn Sie mir zugehört und mich nicht wie ein unfolgsames Schulmädchen abgekanzelt hätten, wüssten Sie, dass der Einbruch im Atelier nur deswegen stattgefunden haben muss. Vielleicht glauben Sie es jetzt und verdächtigen mich nicht mehr«, knurrte Theresa.

»Tut mir leid, aber ich muss zuerst das Naheliegendste annehmen, und das stimmt in 95 Prozent aller Fälle«, sagte Kiesling.

»Sehe ich wie eine Einbrecherin und Mörderin aus? Machen wir hier weiter, ich muss aufräumen und in den Kindergarten.«

»Vorher möchte ich alles über die Dokumentation wissen. Würden Sie sich *bitte* noch die Zeit nehmen?«

Theresa und Flora erzählten abwechselnd von den Ereignissen der vergangenen Tage, über ihre Recherchen, Theresas Auftrag an Wenz und die Vermutung, was auf dem Bild dargestellt sein könnte.

Kiesling machte Notizen, stöhnte über der Flut der Informationen und schrieb alles mit, nicht ohne seine Hand hin und wieder auszuschütteln. Theresa überlegte, wohin sein wunderbares Diktiergerät verschwunden war.

»Hätten Sie mir das nicht vorher erzählen können?«

»Und welchen Teil im Speziellen?« Theresa sah ihn eindringlich an. »Es sind doch einige wirre Theorien dabei, Sie hätten mich wahrscheinlich einliefern lassen. Und bei unserem letzten Treffen im Atelier wollte ich ja darüber sprechen, aber wie gesagt, Sie haben mich wie eine durchgeknallte Mörderin behandelt.«

»Es war eben verdächtig, Sie an einem Tatort vorzufinden. Und das zum zweiten Mal«, verteidigte sich Kiesling.

Theresa nickte. Ein Nicken, das genau das Gegenteil einer Zustimmung bedeutete. »Was gedenken Sie nun zu tun?«

»Zuerst schauen wir, ob die Spurensicherung hier etwas entdeckt. Meistens machen Täter Fehler. So wie ich das sehe, ist der Mörder hinter dem Bild und dieser Dokumentation her. Vielleicht hat er im Atelier nicht das gefunden, was er gesucht hat.« Kiesling stand auf und rief nach draußen: »Geh Geza, ruf den Huber an. Der hat die Kamera des Opfers bestimmt noch nicht untersucht. Ich möchte die letzten Fotos sehen, die drauf sind. Er soll mir alle simsen.«

Der Chefinspektor wandte sich wieder an Theresa. »Da er in der Werkstatt erfolglos war, dachte der Täter wahrscheinlich, die Unterlagen seien bei Ihnen. Auf dem Speicherchip der Kamera werden wir bald sehen, worauf Wenz gestoßen ist. Wir haben bis jetzt erst seinen PC samt E-Mail-Verkehr überprüft.« Kiesling ging zum kaputten Fenster und sah hinaus. »Das hier ist mir aber unerklärlich.«

»Wie Sie es darstellen, hat das Ganze Hand und Fuß. Der Täter hat mich abgehört, weil er wissen wollte, wo die ›Krönung‹ ist. So erfuhr er von Wenz und stahl ihm das Bild. Vermutlich hat er am Gemälde nicht das Erhoffte entdeckt.

Dann hörte er von der Dokumentation im Geheimfach. Allerdings fand er im Atelier nichts, weil Wenz alles digital gespeichert hatte. Und zwar auf dem Kamerachip oder dem Computer – beides befindet sich jetzt im Präsidium.«

»Ist das verwirrend … Wieso bricht er bei dir ein?« fragte Flora.

»Anscheinend hat er mich nicht nur abgehört, sondern auch beschattet! Ja, ja, ich und Verfolgungswahn!« Theresa schnaubte, als sie an Leon dachte. »Er muss beobachtet haben, dass ich nach dem Einbruch im Atelier war. Er hat bestimmt gedacht, ich hätte etwas gefunden, was er übersehen hatte.«

»Als Nächstes stiehlt er sicher die Digitalkamera und den Computer aus der Asservatenkammer«, sagte Flora und wandte sich an Kiesling. »Da würde es mich nicht wundern, wenn morgen ein Panzer anrollt und durch die Mauer eures …«

»Einzig der Steinwurf passt nicht hinein«, unterbrach Theresa die Ausführungen ihrer Freundin, die sie stark an einen James-Bond-Film erinnerten, den sie vor Kurzem gesehen hatte. »Außer der Täter ist ein Choleriker und hat sich geärgert, dass er wieder nicht erfolgreich war.« Doch eigentlich glaubte Theresa selbst nicht an ihren Erklärungsversuch.

»Es waren wahrscheinlich Kinder«, versuchte Kiesling zu beruhigen. »Mörder und Einbrecher sind schnell über alle Berge, wenn die Polizei anrückt.«

Das Piepsen von Kieslings Handy signalisierte ihnen, dass Huber seinen Auftrag ausgeführt hatte. Der Chefinspektor betrachtete die Bilder auf seinem Display und seufzte. »Zu klein, um etwas zu erkennen, das muss ich mir im Büro genauer ansehen.«

»Chef, wir sind fertig. Wir haben ein paar Fingerabdrücke gefunden, allerdings brauchen wir noch Vergleichsabdrücke von den Herrn Valier senior und Valier junior.« Zipser hatte leise den Raum betreten. Er sah Theresa vorsichtig an, als erwartete er, jeden Moment von ihr angeschnauzt zu werden. Da nichts geschah, fuhr er fort: »Wir haben herausgefunden, wie der Einbrecher hereingekommen ist. Er hat eines der alten Fenster, hinten bei der Gartenseite, aufgedrückt und ist über das Kinderzimmer eingestiegen.«

»Dino sieht Monster, zitiert Kinderbücher! Ist paranoid wie seine Mutter!« – Leon, du kannst dich auf etwas gefasst machen, wenn du zurückkommst, fuhr es Theresa durch den Kopf. Sie biss sich auf die Unterlippe. Diese verdammten zugigen Fenster würde sie ebenfalls demnächst austauschen lassen.

»Und wir haben das Wurfgeschoss gefunden«, schloss Zipser seinen Bericht. Er hob einen Plastikbeutel hoch, in dem ein faustgroßer Stein lag.

»Gut, ich habe so weit alles, was ich brauche. Die Wanze wird noch untersucht, beim letzten Anruf von Wenz konnten wir keine Nebengeräusche finden, die uns weitergebracht hätten, und die DNA-Auswertung bekommen wir, wie gesagt, heute. Ich rühre mich, wenn es Neuigkeiten gibt. Brauchen Sie noch Hilfe wegen des kaputten Fensters? Ich kenne eine Glaserei in der Nähe.«

Schau, schau, er konnte ja sogar nett und zuvorkommend sein. Theresa versuchte ein Lächeln, das ihr allerdings nicht gelingen wollte. »Nein danke, ich muss jetzt zum Laternenumzug meines Sohnes. Ich weiß nicht, wann der aus ist. Ich klebe das Loch mit Karton zu. Flora bleibt sowieso über Nacht hier und morgen lasse ich es richten.«

»Gut, dann gehen wir jetzt. Auf Wiedersehen, Frau Valier. Ciao Flora.«

Nachdem der Polizeitross abgezogen war, blieben die Freundinnen am Küchentisch sitzen und sahen sich lange an.

Flora brach schließlich die Stille. »Unser Bild, was? Schöne Scheiße.«

Theresa musste unwillkürlich lachen, treffender hätte sie es nicht ausdrücken können. »Was machen wir nun?«

In diesem Moment läutete Floras Handy. »Entschuldige ganz kurz, ich erwarte einen geschäftlichen Anruf.«

»Genehmigt.«

Flora hob ab, sprach jedoch kein Wort. Sie wurde von Minute zu Minute bleicher.

Als sie aufgelegt hatte, sagte sie mit brüchiger Stimme: »Mein Vater. Er hatte einen Autounfall. Er liegt im AKH auf der Intensivstation. Sie wissen nicht, ob er …«

Theresa nahm sie in den Arm. »Du musst zu ihm. Ich rufe dir ein Taxi. Komm, nimm die hier.« Sie drückte Flora die letzten drei Baldriantabletten und ein Glas Wasser in die Hand.

Gemeinsam gingen sie hinaus und warteten stumm vor der Eingangstür, bis Flora abgeholt wurde.

»Ruf mich an, wenn es ihm besser geht. Versprochen?«

»Versprochen.«

Arme Flora. Theresa ging zurück ins Haus, nachdem das Taxi abgefahren war. Sie konnte sich vorstellen, wie sich ihre Freundin jetzt fühlte. Die Gedanken daran ließen sie ihre eigenen Probleme mit etwas Distanz betrachten.

Pragmatisch, wie sie ab und zu sein konnte, überlegte Theresa, was sie mit den Fenstern machen sollte. Sie sah sich zunächst den Schaden in Dinos Zimmer an. Der Einbrecher hatte nur den Zapfen der unteren Verankerung zerbrochen. Wenn sie das Fenster mit einer Querlatte verriegeln konnte, wäre es einigermaßen gesichert, bis morgen ein Tischler kommen würde.

Zurück in der Küche dachte Theresa beim Anblick der zerbrochenen Scheibe, dass diese Reparaturen aufwendiger werden würden. Sie holte Schaufel und Besen, um erst mal die Scherben zusammenzukehren. Zwischen den Glasstücken, die sie unter der Kredenz hervorholte, entdeckte sie einen Stein, der genauso groß war wie der in Zipsers Plastiktüte.

Scheint beim Aufprall wohl auseinandergebrochen zu sein, überlegte sie und hob ihn hoch. Jetzt erst bemerkte Theresa den Zettel, der auf den Stein geklebt war. Sie riss ihn hastig herunter und nestelte das Papier zitternd auseinander.

›ICH WILL DIE INFORMATIONEN ODER DEIN SOHN IST TOT. TREFFPUNKT 18 UHR STEPHANSDOM. INSTRUKTIONEN FOLGEN.‹ Darunter stand eine Telefonnummer.

Erst nachdem sie die Nachricht zum zweiten Mal gelesen hatte, begriff sie den Inhalt. Die Erkenntnis kam einer Explosion in ihrem Kopf gleich. Das Blut in ihren Schläfen begann heftig zu pulsieren. Sie war also noch nicht aus der Gefahrenzone, wie ihr Kiesling weiszumachen versuchte! Im Gegenteil, sie stand mitten in der Schusslinie. Und Dino neben ihr!

Ein Beben ging durch ihren Körper, dann erstarrte sie für einen kurzen Moment. Schließlich rannte sie los, hetzte durch die Vorgärten und hämmerte an Karolines Tür. Durch den Postschlitz hörte sie ihren Sohn mit seinem Freund Georg, dem Nachbarsjungen, lachen. Er war noch da!

»Danke fürs Aufpassen«, keuchte Theresa atemlos, als Karoline öffnete, und rief ins Haus hinein: »Komm, mein Schatz, wir machen uns fertig für den Kindergarten.«

Gut gelaunt hüpfte Dino auf sie zu. Theresa drückte ihren Sohn fest an sich und musste die Tränen zurückhalten. Ihm würde nichts passieren, dafür würde sie sorgen. Ihm nicht!

Mit Dino an der Hand lief sie nach Hause. Sie schloss die Tür zweimal hinter sich ab und versuchte Kiesling zu erreichen. Natürlich, die Mailbox, Scheißhandys! Immer zur Stelle sein müssen, nur nicht, wenn es wirklich wichtig war! Theresa räusperte sich und hinterließ nach dem Signalton eine Nachricht.

Wer konnte ihr jetzt noch helfen? Leon saß in Hamburg bei einem Termin und war nicht erreichbar, Flora hatte andere Probleme, Paul und seine neueste Eroberung turtelten beim Törggelen in Südtirol. Blieb Boris. Doch zuerst brauchte sie einen Plan. Hier bleiben konnte sie auf keinen Fall, zum Stephansdom gehen auch nicht. *Was* hätte sie dem Verfolger auch übergeben können? Nichts! Sie wusste doch nicht, was er wollte! Sie musste weg, weit weg. Nur wohin? Wenn er sie verfolgte, würde sie jeden Helfer in Gefahr bringen. Zu ihrer Mutter konnte sie nicht, die saß wahrscheinlich gerade im Flugzeug nach Chicago. Theresas graue Zellen ratterten auf Hochtouren. Mit wem hatte sie schon länger keinen Kontakt mehr gehabt, mit wem wurde sie nicht sofort in Verbindung gebracht? Natürlich! Rena! Sie würde zu ihr in die Südsteiermark fahren. Keine Spur führte dorthin.

Sie wollte schon ins Schlafzimmer rennen und ihre Sachen zusammensuchen, als sie innehielt. Beschattete er sie jetzt? Vorsichtig sah sie aus dem kaputten Fenster. Da war niemand.

Theresa überlegte, dass sie die zerbrochene Scheibe irgendwie abdichten sollte. Da die Rahmen sowieso erneuert werden mussten, beschloss sie, erst mal alles zuzunageln. Im Keller lagen noch ein paar Latten von Dinos Baumhaus. Die waren perfekt.

»Komm Dino, hilf mir ein bisschen hämmern. Das wird uns beiden guttun. Wir bauen ein paar Fensterläden.«

»Super, dann schauen auch keine Monster mehr rein!«

»Das ist meine Absicht«, flüsterte Theresa.

Nachdem sie gemeinsam die Bretter geholt hatten, nagelten sie sie kreuz und quer auf den Holzrahmen. In der Küche wurde es immer dunkler, bald war kein Glas mehr zu sehen. Leon würde einen Anfall bekommen, wenn er das sah. Sollte er doch! Wenn er da gewesen wäre, hätte er die Reparatur übernehmen und ihnen beistehen können. Nun war sie allein und auf sich gestellt.

Theresa hämmerte sich ihren Frust, ihre Angst und ihre Anspannung von der Seele. Nach einer dreiviertel Stunde sah die Küche hurrikansicher aus und Theresa hatte einen Entschluss gefasst. Sie rief Boris an.

»Hallo Thesi, schön von dir …«

»Boris, ich brauche dringend deine Hilfe.«

»Oh, du klingst nicht gut.«

»Ich erkläre dir alles später. Bitte besorge mir ein Mietauto. Parke es am Hintereingang des Kindergartens. Sofort. Schlüssel, wie in alten Zeiten. Dann ruf Flora an, die braucht dich jetzt! Fahr nachher zu ihr ins AKH. Danke. Ich melde mich, sobald wir in Sicherheit sind.«

»In Sicherheit? Was ist los? Und wieso ist Flora im Krankenhaus?«, fragte Boris alarmiert.

»Erklärt sie dir später, bitte mach jetzt, worum ich dich gebeten habe.«

»Klar. Aber melde dich, ja?«

»Versprochen, danke noch mal.«

Theresa strich Dino, der neben ihr erwartungsvoll seine Laterne schwenkte, über die Haare und überlegte, ob sie Leon auf die Mailbox sprechen sollte. Sie rechnete überhaupt nicht mehr damit, ihn persönlich ans Telefon zu bekommen. Sie beschloss, ihn nicht zu verständigen. Sollte er sich doch mal Sorgen machen, wenn *sie* nicht zu erreichen war …

In ihr stieg wieder Ärger hoch. Trotzdem – durfte sie ihm das antun, ihn bewusst im Unklaren lassen? Wenn er heimkam und das Chaos hier sah? Eine Nachricht sollte sie ihm hierlassen, nur welche? Es musste etwas Verschlüsseltes sein, damit der Verfolger nicht sofort wieder ihre Spur aufnehmen konnte, falls er noch mal einbrach.

Theresa schrieb auf einen großen Zettel »Besprechung im ARena Verlag – nicht vergessen«, hängte ihn auf den Kühlschrank und hoffte, dass Leon begriff. Dann fuhr sie mit ihrem Sohn zum Laternenumzug.

Im Kindergarten lief alles nach Plan: Dinos Freund freute sich über den vorgeschlagenen Jackentausch und auch Karoline zögerte nicht, Theresa den Mantel und die Mütze zu borgen. So verkleidet huschten Theresa und Dino nach dem Laternenumzug unerkannt über den Spiel- und Sportplatz. Am Hinterausgang des Areals stand bereits der Wagen bereit.

Theresa zuckte. Typisch Boris! Ein Fluchtauto sollte unauffällig sein, aber was da stand, war alles andere als unauffällig! Sie stöhnte angesichts seines weißen Porsche Cayman, der in der Dämmerung glitzerte. Hoffentlich konnte sie das Ding überhaupt starten.

Sie ging um den Wagen herum. Der Schlüssel musste wie früher auf dem rechten Hinterreifen liegen, als sie sich für einige Zeit ein Auto zu dritt geteilt hatten. Theresa bückte sich und griff unter den Kotflügel. Schön, dass Wien so sicher war! Sie schüttelte resignierend den Kopf. Wenn das wirklich der Fall wäre, müsste sie jetzt nicht flüchten. Andererseits war das allein ihre Schuld, nicht die der Stadt. Hätte sie nicht begonnen, Nachforschungen anzustellen, ihr Leben würde nicht in diesem Chaos versinken. Chaotisch war es zwar immer gewesen, aber ihr tägliches Durcheinander hatte eine andere Qualität gehabt. Irgendwie positiver.

Theresa schnallte Dino im Kindersitz, den Boris vorne montiert hatte, an. Dann setzte sie sich hinters Lenkrad, atmete tief durch und drückte auf den Startknopf. Als der Motor leise schnurrte, fuhr sie ganz langsam los, um ein Gefühl für das Auto zu bekommen, dabei kontrollierte sie ständig im Rückspiegel, ob ihr verdächtige Fahrzeuge folgten. Dino hatte in der Zwischenzeit einen transportablen DVD-Player mit dem Zeichentrickfilm ›Aristocats‹ entdeckt. Theresa musste an Renoir denken. Der Arme hatte den Mord sicherlich beobachtet und wusste genau, was geschehen war. Leider konnte er es niemandem sagen.

Sie grübelte, wer hinter ihr her sein könnte. Wirklich ein Geheimbund wie Floras ›Fratelli delle Stelle‹? Hatte nicht jemand vor Kurzem zu ihr gesagt, sie solle sich vor den Italienern hüten, weil sie seine Frau ermordet hätten? Richtig – Dreiseitl! Und war nicht er ursprünglich der Besitzer der ›Krönung‹ gewesen? Sie musste herausfinden, was damals passiert war. Oder Boris darauf ansetzen!

Die Landschaft rauschte an ihr vorbei, während die Gedanken unablässig in ihrem Kopf kreisten. Plötzlich überholte sie ein Wagen, fuhr auf ihre Spur und bremste. Auf einer Anzeige blinkte ›Bitte folgen‹.

Zivilstreife! Wieso hatte sie in letzter Zeit dauernd mit der Polizei zu tun? Sie wurde langsamer und blieb am Pannenstreifen stehen. Mürrisch beobachtete sie im Rückspiegel die zwei Beamten, die auf sie zukamen.

»Grüß Gott, sind wir ein bisserl zu schnell gefahren?«, fragte einer der beiden und blickte zu ihr durchs Fenster.

Sie etwa auch, Herr Inspektor? … Reiß dich zusammen Theresa, keine blöde Bemerkung!

Theresa stieg aus und stellte sich neben den Porsche, sodass ihr Gesicht für vorbeifahrende Autos nicht zu erkennen war. »Entschuldigung, ich habe den Wagen gerade erst bekommen und die Geschwindigkeit nicht bemerkt. Bei meinem alten klappert ab 130 alles, da werde ich dann langsamer. Aber der Porsche hier ist so wunderbar leise.«

»Schön für Sie. Trotzdem, Sie sind fast 180 gefahren, das ist zu schnell.«

Theresa war sprachlos. Da hatte sich ihre Nervosität wohl direkt aufs Gaspedal übertragen. Sie verzog den Mund und überlegte, ob sie jetzt den Führerschein los war. Das fehlte ihr gerade noch!

»No, das schaut nicht gut aus«, sage der zweite, kleinere Polizist. Er zückte seinen Block, als ihn das Klingeln von Theresas Handy unterbrach.

»Darf ich kurz rangehen?«, fragte sie und setzte ein falsches Lächeln auf. Sie sah am Display Kieslings Namen und nahm ab. »Hallo, Herr Chefinspektor.«

»Entschuldigen Sie, ich habe Ihre Nachricht erst jetzt abgehört, weil es einen … Krks … Mord gab. Verdammt … Krks, Krks … los in letzter Zeit. Wo sind … Krks … jetzt?«

»Auf der Flucht«, sagte Theresa lauter als notwendig. Die Polizisten zuckten zusammen. Sie konnte in ihren Gesichtern lesen, was die beiden gerade dachten: »Was, die Tussi war auf der Flucht? Porsche gestohlen? Das wird eine ergiebige Amtshandlung werden!«

»Deshalb brauchen Sie keine Bewachung zur Verfügung zu stellen«, fuhr Theresa fort, um die Spannung der Beamten noch zu steigern. »Können Sie mit der Telefonnummer des Steinwerfers etwas anfangen?«

»Das … Krks … Prepaidcard … Krks … schwer etwas auszuforschen«, hörte sie Kiesling bruchstückhaft. »Wohin … Krks … haben …?«

Theresa ahnte, was er fragen wollte und antwortete: »Ich tauche für zwei, drei Tage unter und komme wieder, sobald mein Mann aus Hamburg zurück ist.«

»Dann melden Sie … Krks … bei mir. Übrigens, wir haben den Namen des Mörders … Krks … Katze … Krks …« Theresa war erleichtert. Wenn die Polizei wusste, wer der Täter war, konnte es nicht mehr lange dauern, ihn aufzuspüren.

»Ich brauche Ihre Hilfe«, unterbrach Theresa Kiesling. Sie musste die Zivilstreife unbedingt loswerden und ihren Führerschein behalten. »Bin wohl ein bisschen zu schnell gefahren. Darf ich an Ihre Kollegen weiterreichen?«

Sie gab das Telefon dem Kleinen mit dem Kugelschreiber.

»Jo, servus … Na … Die Dame im Porsche …«

Der Polizist nickte, Theresa merkte, dass er Schwierigkeiten hatte, zu Wort zu kommen.

»Aber mit 180? Ist schon a bissl … Aha … Verstehe … Okay … Gut … Danke … Servus.«

Theresas Grinsen wurde breiter. Es war doch schön, ›Freunde‹ bei der Polizei zu haben.

Der Beamte gab ihr das Telefon zurück. »Gut, Sie dürfen weiterfahren. Aber bitte, nicht mehr so schnell. Auf Wiedersehen.«

Der andere sah ihn perplex an. »Und der Führerschein?«

»Darf sie behalten, komm, die wird von einem Mörder verfolgt …«, brummte der Polizist, während er zurück zu seinem Dienstauto ging. Ein heftiger Windstoß blies ihm die Mütze vom Kopf und zwei schwarze Haarsträhnen kamen zum Vorschein, die wie kleine Hörner in die Höhe standen.

»Das Monster, Mama! Genau so hat es ausgesehen«,

rief Dino aus dem Auto. Theresa deutete ihm, still zu sein. Eine Anzeige wegen Beamtenbeleidigung fehlte ihr gerade noch.

Der Beamte hob seine Kappe auf, klopfte den Staub weg und drehte sich, den Kommentar von Dino geflissentlich überhörend, noch einmal zu Theresa. »Sollen wir Sie eskortieren?«

»Nein, vielen Dank. Chefinspektor Kiesling hat den Mörder so gut wie verhaftet.«

Theresa winkte zum Abschied, stieg ins Auto und fuhr langsam los. Sie war deutlich entspannter als zuvor.

»Fliehen wir eigentlich vor dem Monster, Mama?«

»Nein, wie kommst du darauf?«

»Nur so.«

Theresa legte ihre Hand auf seinen Oberschenkel und beruhigte ihn. »Wir besuchen Rena, weil Papa nicht da ist und Flora keine Zeit hat. Außerdem gibt es keine Monster. Nur Menschen, die ein bisschen danach aussehen. Wie der Polizist eben.« Sie machte eine Pause und fügte im Stillen hinzu: ›Und sich so verhalten.‹ Zu Dino gewandt sagte sie: »Wenn ich bei dir bin, brauchst du vor nichts und niemandem Angst haben. Versprochen.«

Die Spitze des Stephansdoms steckte im Nebel. Suchend sah er sich um. Sie war nicht da. Verärgert kickte er eine leere Dose weg.

Verdammt, spielte sie mit ihm? Er war sich sicher gewesen, dass sie kommen würde, dass sie alles für ihren Sohn getan hätte. Sie wusste etwas, bestimmt sogar, sonst wäre sie nicht noch mal bei Wenz gewesen. Diese idiotische Dokumentation im Geheimfach hatte überhaupt nichts gebracht. Er musste endlich das Bild finden, sicher war der Schlüssel dort versteckt. Was würde sie wohl als nächstes tun? Auch das Gemälde suchen und es vielleicht vor ihm entdecken?

Er musste sofort aufbrechen und etwas dagegen unternehmen.

Theresa und Dino standen vor Renas Haus. Ihre Freundin war vor zwei Jahren in die Südsteiermark gezogen. Zuletzt hatten sie sich vor sieben Monaten hier getroffen. Trotz der Dunkelheit sah Theresa, dass sich alles verändert hatte. Der gepflegte Garten war üppig angewachsen, die Rosenstauden waren voller Hagebutten. Sie verglich es neidvoll mit ihrem verwilderten Urwald hinterm Haus.

Als sie auf den Klingelknopf drückte, hoffte sie inständig, dass Rena zu Hause war. Sie hatte sie vor ihrer Abfahrt telefonisch nicht erreichen können. Und im Dorfgasthaus wollte sie ungern warten. Vor allem, weil sie mit einem Porsche vorfahren müsste. Was würden die dort starren und glotzen. Dafür hatte sie heute keine Nerven mehr. Dino fing gerade an zu quengeln, als sich die Tür öffnete.

»Thesi! Ich kann es nicht glauben, was für eine Überraschung.« Erfreut umarmte Rena erst Theresa, dann Dino.

»Eine schöne hoffe ich«, antwortete Theresa verlegen.

»Natürlich, kommt rein. Kaspar wird erst strahlen, er ist im Keller. Du kannst gleich zu ihm sausen«, sagte Rena lachend und schob Dino ins Haus. Eine Sekunde später war er verschwunden.

»Komm mit in die Küche, ich stelle Teewasser auf. Was verschafft mir die Ehre deines Besuchs? Toll, dich zu sehen. Obwohl ich sagen muss, du siehst nicht gut aus.«

»Mir geht es auch nicht sonderlich.«

Theresa setzte sich an den Küchentisch und erzählte ihre Geschichte. Nachdem sie fertig war, fragte Rena sichtlich mitgenommen: »Reicht Tee oder sollen wir noch etwas anderes trinken?«

»Bitte nur Tee – zur Beruhigung. Darf ich kurz Boris anrufen?«

»Klar«, antwortete Rena und durchsuchte ihre Vorräte.

Boris hob beim ersten Läuten ab. »Kannst du mir jetzt endlich sagen, was los ist?«

»Bei uns wurde eingebrochen und ich musste flüchten. Würdest du mir noch mal helfen? Ich glaube, ich bin da auf eine Spur gestoßen, die vielleicht mit all diesen furchtbaren Ereignissen zusammenhängt.« Theresa bat ihn, die Todesanzeige von Dreiseitls Frau zu suchen. Sie machte eine kurze Pause und dachte nach. 1986 hatte sie mit der Schule begonnen, Ambrosius war damals bereits verwirrt gewesen. Das bedeutete, Frau Dreiseitl musste auf jeden Fall vorher gestorben sein. Als sie Boris sagte, er könne seine Recherche auf die Zeit zwischen 1970 und 1986 eingrenzen, stöhnte er. »Gut, ich werde die Nacht durcharbeiten.«

»Es ist nicht so dringend. Kiesling hat mich informiert, dass sie die DNA von Remberts Mörder haben, also werden sie ihn hoffentlich bald schnappen. Aber danke und bis bald.«

Theresa legte das Handy weg und ging zu Rena, die gerade den Tee aufgoss. »Ich will dir nicht weiter vorjammern, erzähl mir vom idyllischen Landleben. Ich brauche positiven Input.«

»Gerne«, antwortete ihre Freundin und räumte das Geschirr auf den Tisch. »Nur ist es mit der Idylle so eine Sache, ich hatte vergessen, wie es hier wirklich ist. Nach 15 Jahren in Wien dachte ich, alles sei schöner, grüner, gesünder und friedlicher. Aber ich hätte mich an meine Kindheit im Dorf zurückerinnern sollen, um zu wissen, dass der

Mikrokosmos genauso grauslich, grau, ungesund und zänkisch ist.«

»Hm, das klingt nicht aufmunternd«, erwiderte Theresa bedrückt und nahm sich einen Apfel aus dem Weidenkorb neben dem Küchentisch.

»Ich glaube momentan, dass der Umzug der größte Fehler war, den ich seit Langem gemacht habe.«

»Wieso?« Theresa sah aus dem Fenster. Hier war es doch so wunderbar ruhig, seit ihrer Ankunft war noch kein einziges Auto die Straße entlanggefahren. Jeder Verfolger würde hier auffallen, wie ein ... Ja, wie ein weißer Porsche Cayman mit schwarzen Felgen und roten Bremsschreiben.

Erst jetzt kam sie dazu, das Wunderding, das sie unter einer Laterne geparkt hatte, genauer zu begutachten. Boris hatte wirklich ein schnittiges Gefährt.

Rena unterbrach ihre Betrachtungen. »Ich wusste zum Beispiel nicht, dass es die Aufklärung noch nicht bis aufs Land geschafft hat.«

»Was meinst du damit, Sexualkunde oder Epoche der geistigen Entwicklung?«, fragte Theresa schmunzelnd.

»Die Epoche natürlich. Ich habe Kaspar zum großen Ärger des hiesigen Direktors in eine Waldorfschule im Nachbarort gegeben. Seither mobbt er uns, wo er nur kann. Und so einer erzieht unsere Kinder! Ja, ja, Pfarrer und Schulleiter sind die einzigen Instanzen am Land. Jeder, der anders ist oder progressiv denkt, wird auf dem Scheiterhaufen verbrannt. Bildlich gesprochen, natürlich.«

Bei diesen Worten klingelte etwas in Theresa Hirn. Irgendetwas, das sie vergessen hatte, aber Rena sprach weiter und der Gedanke verflüchtigte sich.

»So, ich hole mir jetzt doch ein Glas Wein, bist du sicher, dass du keinen willst?«

»Na, wenn du mich so überredest, gerne.«

Theresa stand auf und schaute ihrer Freundin über die Schulter. Die öffnete einen Küchenkasten, der randvoll mit Einmachgläsern war.

»Was ist das, bitte?« Theresa blieb der Mund offen stehen.

Rena lachte. »Der gute Teil des Landlebens. Ich habe heuer meine erste Ernte eingefahren. Falls du etwas willst, bitte bedien dich. Es ist schon komisch, wie man sich ändert. Vor ein paar Jahren wäre uns Gemüse nur als Olive für den Martini ins Haus gekommen, oder?«, sagte Rena. »Ich habe leider keinen hier, aber der Lambrusco tut's auch.«

Bei einigen Gläsern Wein plauderten die beiden über alte Zeiten und vergaßen darüber die düstere Gegenwart. Kurz nach Mitternacht ging Theresa zu Dino, den sie irgendwann zwischen der zweiten und dritten Flasche im Gästezimmer zu Bett gebracht hatte, und setzte sich neben ihn. Sie betrachtete ihn lange. Schlafende Kinder, Allegorien des Friedens. Ach, alles war so trügerisch.

In ihrem Kopf hämmerte es. Die Gedanken an den Mörder, die sie versucht hatte wegzutrinken, holten sie wieder ein. Wann nur hatte sie sich mit den Hunden ins Bett gelegt? Wissentlich hatte sie nichts Böses gemacht. Sie wollte lediglich klären, wer dieses Bild gemalt hatte. War sie gierig gewesen und erhielt dafür die Rechnung? Doch sie hätte das Erinnerungsstück an ihren Vater niemals verkauft, sie war nur neu*gierig* gewesen. War das, was gerade geschah, die Vergeltung, weil sie mehr wissen wollte? Erlebte sie gerade ihre eigene Version der Vertreibung aus dem Paradies, weil sie in den Apfel der Erkenntnis gebissen hatte? Musste man sich immer selbst für Dinge bestrafen, die nicht strafbar waren? Wieso diese Selbstgeißelungen, dieses mentale Flagellantentum? Erziehung? Kindheit? Würde sie Dino auch verkorksen?

Theresa streichelte ihrem Sohn noch einmal sacht über die Haare und legte sich dann neben ihn.

Arcetri, Mai 1636

Carissimo et illustrissimo mio amico!
Teuerster Freund!

Selbst wenn ich Euch keinerlei Besonderheit zu vermelden habe, so schreibe ich Euch dennoch. Da ich von Euch seit mehr als fünf Monaten keine Nachricht erhalten habe, hege ich große Angst, Euch erzürnt zu haben, weil ich mit dem Manuskript nicht weiterkomme. Aber ich werde so streng überwacht, dass es mir ein Unmögliches ist, unbeobachtet zu schreiben.

Auch kommen mir ständig diese verworrenen Gedanken in den Sinn. Ich will meinem Gott nicht widersprechen, doch was kann ich tun, wenn es die Natur selbst macht? Wenn ich beobachte, dass vieles nicht so ist, wie es in der Bibel steht? Es beunruhigt mein Herz und entfremdet meinen Geist. Kann Gott es wollen, dass ich seine wunderbare Schöpfung falsch beschreibe?

Ein falsches Zeugnis abzulegen, das können nur die Philosophen der Kirche wollen. Die Geistlichen der Inquisition machen es sich leicht, sie verschließen einfach die Augen vor der Wahrheit. Wie gut ist mir in Erinnerung, dass sie sich mit der Hartnäckigkeit einer Schlange geweigert haben, durch mein Fernrohr zu blicken. Sie wollten die Planeten, die Monde nicht sehen. Sogar auf den Universitäten haben sie sich dem Fernrohr verweigert. Erhabener Geist und unabhängige Denkweise, von wegen! Ist das Neue immer der Feind des Alten?

Und ging es bei meinem Prozess überhaupt um die Erkenntnisfrage, welche Stellung die Erde im Weltall einnimmt, oder ging es um den Anspruch der Kirche, alleiniger Bestimmer über Wahrheit und Irrtum zu sein? Das Ganze war doch eine durchschaubare Farce. Althergebrachtes zu hinterfragen, Strukturen verändern zu wollen, ist wie den Herrschenden das Fundament zu entreißen.

Einerseits will ich Gott nicht hinterfragen, aber wie kann ich anders? Wie werden wir weiterhin leben, wenn ein paar wenige glauben, den Anspruch auf die alleinige Wahrheit zu haben und die, die anders denken, als Ketzer verstoßen?

Diese Gedanken ziehen unablässig durch meinen Kopf, scheinen mich verrückt zu machen und einzig mein Sohn Vincenzino und Giusto, der wohlwollenderweise die Erlaubnis bekam, zu mir zu kommen, weil er mein Porträt malt, schaffen es noch, meine trüben Gedanken zu verscheuchen. Giusto, der mir vom edlen Herzog der Toskana geschickt wurde, ist ein wunderbarer Gast; er arbeitet und unterhält zugleich. Doch ständig stehen da zwei Herrn der Kurie im Hintergrund, die alles beobachten, wenn er da ist. Die beiden werden wohl selbst in meiner Todesstunde an meiner Seite sein. Wie Fährmänner zur Hölle.

Und ob Ihr es glaubt oder nicht, verwendet Giusto ein Harz des Juniperus, um seinen Firnis zu mixen. Er hat mir einen Teil davon hiergelassen, damit ich meine Einreibungen nach Eurem Rezept machen kann. Wenn solche Zufälle geschehen, glaube ich wieder, Gott hat ihn mir gesandt. Mit Giusto zu diskutieren, erinnert mich an die alten Zeiten mit Euch.

Oh, wie Ihr mir fehlt, lieber Freund. Und unsere Gespräche. Der Gedanke daran hält mich jung und ich fühle mich um vieles besser.

Bitte schreibt bald, ich bete für Euch und Eure Gesundheit

Untertänigst und immer Euer Diener,

G.

Kapitel 9

Südsteiermark, Samstag, 9. November

Üble Kopfschmerzen weckten Theresa. Dino schnaufte leise neben ihr. Wieso lag er in ihrem Bett? Sie sah sich um. Wo war sie überhaupt? Nur langsam dämmerte ihr, dass sie bei Rena geschlafen und gestern eindeutig zu viel getrunken hatte.

Vor ihrem Fenster ging die Sonne hinter einem der wenigen Hügel der Südsteiermark auf. Es schien ein klarer, wolkenloser Tag zu werden. Sie schlich auf Zehenspitzen in die Küche, um die anderen nicht zu stören, doch Rena war bereits wach und saß eingemummelt in einem warmen Mantel auf der Terrasse. Die Beine mit einem Wollplaid bedeckt, ließ sie sich von der Morgensonne wärmen.

Theresa ging auch hinaus und machte einen tiefen Atemzug. »Wie geht es dir?«, fragte sie und griff sich sofort an den Kopf. Das war zu laut gewesen.

Rena drehte sich um und legte den Zeigefinger an den Mund. Große, schwarze Brillengläser verdeckten ihre Augen.

»Wir vertragen nichts mehr. Einmal wieder jung sein wollen und gleich wirst du bestraft«, flüsterte Theresa und erschrak. Schon wieder das Thema Strafe!

»Willst du Kaffee? Der steht hier. Oder vielleicht Peperoni, süßsauer, eingelegt nach eigenem Rezept. Gut gegen Kater. Die sind in der Küche«, sagte Rena leise.

»Kaffee gerne, den Rest: nein danke. Und bitte schrei nicht so!«

»Noch leiser geht's nicht«, antwortete Rena mit schmerzverzerrtem Gesicht.

»Hoffentlich schlafen die Jungs noch lange.«

Still saßen sie eine Stunde nebeneinander, schlürften bedächtig ihre Muntermacher. Theresa freute sich, dass es Menschen gab, mit denen man gemeinsam schweigen konnte – und das nicht nur wegen der Kopfschmerzen.

»Brauchst du meine Hilfe?«, fragte Rena schließlich.

»Ich glaube, dass es nichts mehr zu tun gibt. Der Spuk ist vorbei«, erwiderte Theresa. »Kann ich trotzdem noch eine Nacht hierbleiben und mich erholen? Leon ist bis Sonntag weg und ich will nicht allein zu Hause sein.«

»Natürlich. Was hat er eigentlich zum Einbruch gesagt? Ist er nicht sofort ins nächste Flugzeug gestiegen?«

»Er weiß es noch nicht. Als ich ihn erreichen wollte, war nur die Mailbox an. Und jetzt gehe ich nicht ans Telefon, wenn er anruft. Soll er sich ruhig sorgen. Weißt du, manchmal bringt mich seine blöde Gelassenheit zur Weißglut. Wenn er gewisse Dinge nicht sehen will …«

»Wie zum Beispiel die Geheimgesellschaften, die dich verfolgen?« Auch Rena schaute skeptisch. »Entschuldige, das klingt selbst in meinen Ohren zu fantastisch.«

»Ich weiß, aber diese vier Männer am Friedhof in Pöllau …«

Theresa stockte kurz. Wieder fühlte sie sich an etwas erinnert, doch ihr fiel partout nicht ein, was sie vergessen haben könnte. Müde lehnte sie sich zurück, versuchte die wärmende Herbstsonne zu genießen und versank im Anblick der Blumen.

Im Haus fing es an zu schnattern. Dino und Kaspar waren aufgewacht. Sie stürmten in die Küche, um sich für den Tag zu stärken. Nach dem Frühstück machten sie sich auf die

Suche nach den letzten Kastanien und bauten einen Staudamm im kleinen Bach neben dem Grundstück. Theresa beobachtete sie von der Terrasse aus. Sie waren selig in ihr Spiel vertieft. Ganz im Hier und Jetzt. Die beiden konnten es noch – sorglos sein. Sie bat Rena um Stift und Block und begann die Kinder zu zeichnen.

Nach einem späten Mittagessen streckte sich Theresa genüsslich, um die eingerosteten Gelenke in Schwung zu bringen. »Ach, war das angenehm, den ganzen Tag herumzusitzen, sich die Sonne auf die Nase scheinen zu lassen und den Kindern zuzusehen. Danke, dass du uns arme Flüchtlinge aufgenommen hast.«

»Gerne. Du kannst ruhig öfter kommen, nur bitte ohne Verfolger. Weißt du was, jetzt mache ich noch eine Flasche Prosecco auf, wir setzen uns auf den Balkon und beobachten die Vögel, die den Abflug nach Ägypten verpasst haben. Wir tun einfach so, als ob die Welt in Ordnung wäre.«

Doch der Anruf von Boris durchkreuzte ihren Plan. Als Theresa das Telefon abnahm, sprudelte er ohne Begrüßung sofort los: »Theresa, du hattest recht! Dreiseitls Frau wurde ermordet und der Täter läuft noch frei herum.«

»Ich hab's geahnt.«

Boris las ihr den Artikel aus der ›Kleinen Zeitung‹ vor. Die hochschwangere Ilse Dreiseitl war am 1. Juli 1980 bei einem Einbruch getötet worden. Sie hatte den Eindringling überrascht, dieser wollte fliehen, stieß sie zur Seite, sie stürzte so unglücklich, dass sie bewusstlos liegen blieb und innerlich verblutete. Als ihr Mann nach Hause kam und sie fand, erwachte sie noch mal kurz, bevor sie in seinen Armen starb.

Theresa fühlte sich elend. Sie bedankte sich mit knappen Worten bei Boris für seine Hilfe und legte auf. Der arme

Dreiseitl hatte Frau und Baby verloren und sie waren immer gemein zu ihm gewesen. Wie grausam Kinder sein konnten. Sie hätte zu seinem Begräbnis gehen sollen, um ihm wenigstens die letzte Ehre zu erweisen.

Plötzlich durchfuhr es sie wie ein Blitz. Begräbnis, Pfarrer, Kirche, Papa! Sie musste zum Gedenkgottesdienst! Heute! Sie hatte es ihrer Mutter versprochen. Das war es gewesen, was ihr nicht einfallen wollte! Die Messe sollte um 17 Uhr beginnen. Theresa blickte auf den Porsche, der geduldig auf der gegenüberliegenden Straßenseite stand. Das könnte sich noch ausgehen.

»Rena, entschuldige, ich stehe unangemeldet vor deiner Tür und breche genauso unvorbereitet wieder auf. Ich habe den Gottesdienst für meinen Vater völlig vergessen. Darf ich Dino in der Zwischenzeit bei dir lassen?«

Fünf Minuten später saß sie in ihrem Boliden und brauste los. Es dämmerte bereits, Nebelschwaden hingen tief und leichter Nieselregen, der die Fahrbahn rutschig machte, setzte ein. Während sie konzentriert auf die A 2 in Richtung Hartberg fuhr, erblickte sie im Rückspiegel einen Sportwagen. Er kam schnell näher und wechselte auf die linke Spur. Als er auf gleicher Höhe war, wurde er langsamer und Theresa spürte, dass der Fahrer herübersah. War das der Mörder? Das konnte nicht sein, wie hatte er sie gefunden? Würde er jetzt eine Pistole ziehen und sie zwingen stehen zu bleiben?

Ihr Herz begann schneller zu schlagen. Sie trat aufs Gaspedal. Das andere Auto tat es ihr gleich und blieb neben ihr. Als sie verlangsamte, drosselte der Fahrer ebenfalls die Geschwindigkeit. Wurde sie verfolgt oder war es einfach ein Trottel, der sich von einem Porsche provoziert fühlte? Für einen Verfolger verhielt er sich zu auffällig, es musste ein Trottel sein.

Sie sah unauffällig hinüber. Der Fahrer machte ein Zeichen, es sah so aus, als ob er mit ihr etwas trinken gehen wollte. Sonst noch was? Und deshalb erschreckte er sie so! Genervt schüttelte sie den Kopf, hob die Hand und deutete auf ihren Ehering. Lieber hätte sie ihm etwas anderes gezeigt.

Der Sportwagenbesitzer zuckte gleichgültig mit den Schultern. Theresa seufzte. Komische Männer, wohin sie sah.

Sie stieg aufs Gas, reizte alle 250 PS aus und verwies ihren Galan elegant auf seinen Platz. Sie hatte jetzt wirklich keine Zeit zum Spielen. Sie musste rechtzeitig nach Pöllau kommen.

Mit quietschenden Reifen parkte sie sich am Hauptplatz ein, hetzte zum Dom, blieb vor dem Eingang kurz stehen, um zu verschnaufen, und blickte nach oben zur imposanten Kuppel. Der Pöllauer Dom, die größte barocke Kirche der Steiermark, war eine kleinere Nachbildung des Petersdoms. Was Theresa als Kind aber weit mehr fasziniert hatte, war die Geschichte, die ihr Vater jeden Sonntag beim Messgang erzählt hatte. Bei der Trauung ihrer Eltern waren ein paar Fliegerkollegen mit einer Sportmaschine zwischen Kuppel und Glockenturm hindurch geflogen. Und der Pfarrer hatte wegen des schrecklichen Lärms mitten in der Zeremonie angefangen zu fluchen. Jaja, die Männer Gottes.

Theresa betrat den Vorraum der Kirche und sog den Geruch von Weihrauch, feuchten Wänden und dampfenden Mänteln ein. Auf Zehenspitzen schlich sie zur ersten Reihe. Vorbei an ein paar Verwandten, die sie strafend anblickten, weil sie ein paar Minuten zu spät gekommen war. Glücklicherweise hatte Cousine Hilda ihr einen Platz frei gehalten. Als sie sich auf die Holzbank gleiten ließ, entspannte sie sich. Geschafft.

Ihr Blick wanderte zum Altar. Sie stutzte. Durfte das wahr

sein? Der Geheimbund vom Friedhof marschierte neben dem Pfarrer auf. Warum in Gottes Namen waren die hier?

Die Männer begannen das ›Kyrie Eleison‹ zu singen und Theresa wäre vor Scham am liebsten im Boden versunken. Der Pöllauer Gesangsverein! Was hatte sie sich da unter tatkräftiger Mithilfe von Flora nur zusammengereimt? Stumm leistete sie Abbitte bei Leon, schwor ihm, dass sie nie mehr überreagieren würde. Dann war die Wanze im Handy doch das Spielzeug seines Technikfreundes gewesen. Dann gab es keine geheime Vereinigung und keine Verfolgung. Dann … Aber der Mord und die Einbrüche? Die Drohung gegen Dino? Das konnte sie nicht wegdiskutieren.

Vom Gottesdienst bekam sie nichts mehr mit, erst als der Chor das ›Agnus Dei‹ anstimmte, fiel ihr ein, warum sie hier war. Sie sah nach oben und entschuldigte sich in Gedanken bei ihrem Vater für ihre Unaufmerksamkeit.

»Ich habe eben deine überbordende Fantasie geerbt und die lässt mich manchmal echt durchdrehen. Außerdem hält uns dein Bild ganz schön in Atem. Wenn du wüsstest, was in letzter Zeit los gewesen ist!«, flüsterte sie, blickte wieder zum Altar und lauschte den letzten Takten des Liedes.

Als der Schlusssegen gesprochen war, zog Hilda sie beiseite und deutete auf die Sänger. »Na, was sagst du? Ich habe ihnen diese Mäntel geschneidert. Fesch, was? Leider waren sie beim Begräbnis deines Vaters verhindert. Aber für den Gedenkgottesdienst heute konnte ich sie engagieren.«

»Danke Hilda, dass du das organisiert hast«, sagte Theresa und bedankte sich insgeheim ein weiteres Mal bei ihrer Cousine, denn ohne sie wären noch immer sämtliche Geheimbünde der Welt hinter ihr her.

Sie traten ins Freie. Der Geruch nach Schnee ließ Theresa frösteln. An der Kirchenmauer hing, schon etwas zerrissen, der Partezettel von Dreiseitls Begräbnis. Hilda zeigte auf das feuchte Papier, von dem Ambrosius sie fröhlich anlächelte. »Der Arme, aber jetzt ist er endlich bei seiner Familie.«

Das schlechte Gewissen kroch mit der Kälte über Theresas Rücken.

»Er hat es sich nie verziehen, dass er an diesem Abend noch kegeln gegangen ist. Wäre er eine Stunde früher zu Hause gewesen, er hätte seine Frau und das ungeborene Kind retten können«, fuhr Hilda fort.

»Was ist eigentlich passiert?«

»Ein Einbrecher hat Ilse die Treppe hinunter gestoßen. Sie stand kurz vor der Geburt und erlitt eine Plazentaablösung. An den inneren Blutungen ist sie gestorben. Als Ambrosius kam, konnte sie noch kurz mit ihm sprechen, beim Eintreffen der Rettung war sie bereits tot. Angeblich hat sie etwas von einem Italiener gesagt. Daraufhin wurden in den nächsten Jahren alle Südländer in Pöllau misstrauisch beäugt, aber der Täter konnte nie gefasst werden. Und das Schlimmste ist, es wurde nicht einmal was gestohlen. Ein absolut sinnloses Verbrechen.« Hilda seufzte und sah zu Boden. »Tragisch.« Sie zog sich zitternd das Wolltuch enger über die Schultern und verabschiedete sich.

Theresa ging über den leeren Innenhof der Kirche in Richtung Hauptplatz. Der Nebel war inzwischen so dicht geworden, dass man trotz Straßenbeleuchtung kaum die Hand vor Augen sah. Ein Bild wollte ihr nicht aus dem Kopf gehen: ein schwarzgelockter Mann, der bedrohlich hinter einer Hochschwangeren stand. Ihre Mutter hatte zu dieser Zeit ebenfalls ein Kind erwartet – nämlich Theresa. Was, wenn der Einbrecher das richtige Haus gefunden hätte? Sie gäbe es nicht, ihr Vater wäre statt Dreiseitl verrückt geworden und ihr Bruder wäre in einem Heim gelandet. Sie zweifelte keine Sekunde daran, dass auch diese Tat mit der ›Krönung‹ zusammenhing. Der Einbrecher hatte nicht wissen können, dass der Schulwart mit ihrem Vater das Bild getauscht hatte.

Theresa atmete die feuchte Luft tief ein und spürte ein Stechen in ihren Lungen. Sie beschleunigte ihre Schritte, um schneller zum Auto zu kommen. Auf einmal legte sich eine schwere Hand auf ihre Schulter. Schreiend sprang sie zur Seite, holte aus und schlug dem Angreifer mit ihrer Faust so fest sie konnte ins Gesicht. Theresa hörte ihre Knöchel knacken, noch bevor sie den Schmerz spürte.

»Verdammt noch mal. Bist du wahnsinnig?«, schimpfte eine vertraute Stimme. Leon tauchte aus dem Nebel auf und hielt eine Hand vor das linke Auge.

»Bist *du* wahnsinnig?«, schrie Theresa hysterisch. »Du kannst dich doch nicht anschleichen! Du hast mich zu Tode erschreckt! Ich bekomm gleich einen Anfall. Was machst du überhaupt hier? Du, du … Ich bin so froh, dass du da bist.« Sie fiel ihrem Mann in die Arme.

Leon stand ungelenk da, ließ es mit sich geschehen und rieb sich sein Gesicht. »Eigentlich wollte ich mich bei dir entschuldigen, aber …«

Sie sah ihn an und der aufgestaute Groll war verflogen. »Nein, Leon. Mir tut es leid. *Ich* muss mich entschuldigen, ich habe überreagiert. Allerdings ist so viel passiert.«

»Ich habe die Bedrohung nicht ernst genug genommen. Karl hat keine Wanze installiert. Das heißt, du wurdest wirklich abgehört. Ich lasse dich jetzt nie mehr allein. Versprochen.« Er drückte sie an sich. »Wo ist eigentlich Dino?«

»Bei Rena. Hast du meine Nachricht gleich verstanden?«

»Welche Nachricht?«, fragte Leon und blies in seine Handinnenflächen.

»Die ich dir geschrieben habe, sonst wüsstest du doch gar nicht, dass ich hier bin und …« Sie verstummte kurz. »Wieso bist du eigentlich hier? Und wieso jetzt schon? Du wolltest erst morgen Früh …« Theresa schwante, dass er nichts vom Einbruch und von den vernagelten Fenstern wusste.

»Wieso ich hier bin?«, fragte Leon überrascht. »Weil ich mir gedacht habe, dass du beim Gedenkgottesdienst sein wirst. Und weil wir vor meiner Abreise gestritten haben und weil ich dich nicht erreichen konnte. Und weil wir früher als erwartet fertig geworden sind, was übrigens ein Wunder ist, wenn man mit Computern arbeitet. Und weil es noch einen Platz im Flugzeug gab.« Er zog sie wieder an sich. »Ich bin gleich nach der Landung hierher gerast, um mich zu entschuldigen.«

Theresa fühlte sich schlecht. Leon hatte die Messe für Papa nicht vergessen, sie schon.

»Du … Da sind ein paar Sachen passiert.« Während sie ihm von den Ereignissen der letzten zwei Tage erzählte, begann er nervös auf und ab zu gehen. Offensichtlich fiel es ihm schwer, das alles zu verdauen.

»Wir sollten Personenschutz anfordern. Was hast du mit Kiesling besprochen?«

»Dass ich mich rühre, wenn Dino und ich zurück in Wien sind. Aber bis dahin hat er den Mörder, hoffe ich.« Sie war zuversichtlich. Die Geheimbünde hatten sich in Luft aufgelöst und der Chefinspektor wusste, wer der Täter war. »Holen wir Dino und fahren nach Hause«, fügte sie hinzu und hakte sich bei Leon unter.

»Gut. Und entschuldige nochmals.« Schuldbewusst sah er sie an.

»Ist okay, sonst liebe ich deine stoische Ruhe. Ja, beneide

dich sogar darum, diesmal war sie allerdings fehl am Platz. Das kann passieren.«

»Wo steht dein Auto, Thesi? Ich habe es nicht gesehen.«

»Hier!« Sie deutete auf den Cayman, der weiß aus dem sich lichtenden Nebel leuchtete.

»Was? Wieso?« Leon sah zuerst sie, dann das Auto ungläubig an.

»Boris.« Sie zuckte mit den Schultern.

»Ich werd verrückt.«

Mit offenem Mund und begehrlichem Blick stand Leon vor dem Porsche. Wann hatte er *sie* zuletzt so angesehen?, dachte Theresa lächelnd. Egal, soll er seinen Spaß haben. Sie schmiss ihm lässig die Schlüssel hinüber. »Ist deiner, wir treffen uns bei Rena.«

Leon öffnete die Tür des Porsches und streichelte glückselig über den Ledersitz. »Du bist ein Schatz.«

»Ich weiß. Denk dran, wenn wir in Wien ankommen.«

Kaspar und Rena winkten traurig, als sie abfuhren. Theresa nahm sich vor, die beiden öfter zu besuchen. Integration am Land schien selbst für Österreicher schwierig zu sein.

Die Fahrt nach Wien verlief ohne Zwischenfälle, doch je näher sie der Stadtgrenze kamen, desto beklommener war Theresa zumute. Wie mochte der Mörder wohl reagiert haben, als sie nicht beim Stephansdom erschienen war? Hatte er ihr Haus noch mal heimgesucht? Ob Kiesling nach ihrem Telefonat eine Bewachung davor postiert hatte? Wieso war noch keine Nachricht von ihm gekommen, hatten sie den Mörder noch nicht geschnappt?

In der Paradisgasse sah alles normal aus. Keine Autos, die dort nicht hingehörten – außer natürlich dem Porsche, den Leon gerade abschloss. Hut ab, er hatte den Wagen nicht ausgereizt – so wie sie! Theresa parkte sich hinter ihm ein.

»Dino erzählte mir etwas von ›lustigem Hämmern‹«, bemerkte Leon stirnrunzelnd.

»Ach, nicht schlimm, lass dich überraschen. Und das Hämmern gehört doch zu diesem Haus, seit wir es bezogen haben, oder?«

Gemeinsam gingen sie hinein und Leon schlug gleich den Weg Richtung Küche ein, Theresa folgte ihm. Beim Anblick des Fensters pfiff er anerkennend durch die Zähne.

»Professionelle Arbeit. Das hätte ich selbst nicht besser machen können«, sagte er, während sie ihm eine Packung gefrorener Erbsen für sein Auge reichte. Tatsächlich sah das verbarrikadierte Fenster im Vergleich zu den durchwühlten Zimmern gar nicht so schlimm aus, dachte Theresa.

»Gut, dann werden wir am Montag den Glaser und den Tischler bestellen. Sonst noch etwas, worauf ich schonend vorbereitet werden muss?«

»Reicht das nicht?« Sie gähnte. »Es ist kurz vor Mitternacht, ich glaube, wir sollten ins Bett und morgen erst mit den Aufräumarbeiten beginnen.«

Die Spuren des Einbruchs zogen sich durch das Haus und wirkten wie ein Menetekel auf Theresa. Die innere Ruhe, die sie noch bei Rena gespürt hatte, war weg. All ihre Bemühungen sich einzureden, dass sie in Sicherheit waren, kamen ihr wie Selbstbetrug vor.

Theresa lehnte sich an ihren Mann und versuchte sich zu entspannen. »Schau dich hier um. So, wie es hier aussieht, fühle ich mich. Irgendwie bröselt mein Leben auseinander.« Sie setzte sich auf den Boden und vergrub den Kopf in den Händen.

»Ich bin da, um dich zu beschützen. Jetzt wenigstens.«

Leon massierte ihren Nacken. »Dein Ritter in der weißen Kutsche – mit den roten Bremsscheiben.« Trotz ihrer momentanen Verzweiflung musste Theresa lächeln.

Als er das Telefongespräch beendet hatte, dachte er zufrieden, dass seine alten Kontakte doch die besten seien. Nun wusste er, wo sich das Bild befand, und konnte die kleine Schwarzhaarige endlich vergessen. Jetzt hatte sie keinen Vorsprung mehr.

Er zündete sich eine Zigarette an und blies den Rauch genüsslich durch die Nase. Herrlich, *das* würde er sich niemals verbieten lassen. Doch keine weitere Sekunde war zu vergeuden. Er warf die halb gerauchte Zigarette zu Boden und trat sie aus. Er hatte Wichtigeres zu erledigen.

Arcetri, August 1636

Carissimo et illustrissimo mio amico!
Teuerster Freund!

Ihr schreibt, Ihr hättet so lange nichts von mir gehört? Dann hat Euch mein letzter Brief nicht erreicht. Der Verlust des Briefes, den ich Euch sandte, verdrießt mich sehr. Wahrscheinlich ist er den Schergen Muzzarellis in die Hände gekommen. Gott sei es gedankt, dass ich nichts Wichtiges in unserer Sache zu Papier gebracht hatte, wissend, dass mit dem Verschwinden meiner Post jederzeit zu rechnen sei.

Ich hatte Euch nur geschrieben, dass mir vor Kurzem eine Sache widerfuhr, die mich sehr an das Geschehen in Rom vor fast vierzig Jahren, als wir beide gemeinsam dort waren, erinnert hat. Ihr wisst noch, die Sache mit dem Sack voller Edelsteine?

Nun, Edelsteine waren bei meiner letzten Beobachtung nicht im Spiel. Es war wieder eine Vollmondnacht und es ging wahrscheinlich um ein paar gestohlene Münzen. Ich sah mit meinem Fernrohr sehnsuchtsvoll nach Florenz, betrachtete Brunelleschis Kuppel, den Campanile und die Kirchtürme im Vollmond, als ich einen Schwenk zum Arnoufer machte, wo mir zwei Männer auffielen. Die zwei, die ich durchaus als Diebsgesindel bezeichnen möchte, saßen zechend dort, die Weinschläuche lagen neben ihnen. Dann plötzlich gab es einen Streit um den Inhalt eines kleinen Beutels, den ich beim besten Willen nicht zu erkennen vermochte. Da zog der größere der beiden ein Messer und erstach den anderen. Mein Freund, ihr könnt Euch sicherlich mein Entsetzen vorstellen, als ich dieses gottlose Tun sah. Das Fernrohr fiel mir fast aus der Hand, so sehr begann ich zu zittern, aber die Neugier siegte und ich beobachtete, was der Mörder als nächstes tun würde. Denn vielleicht hätten meine Beobachtungen bei der Aufklärung des Verbrechens von Nutzen sein können. Was ich dann sah, war Folgendes: Beim Versuch, die Leiche in den Arno zu werfen, stolperte der Mörder und stürzte selbst kopfüber hintennach. Er versank wie ein Stein und tauchte nie mehr auf. So wurde das Verbrechen noch in derselben Nacht gesühnt und ich musste niemandem von dem Geschehen berichten, was mir im Großen und Ganzen auch lieber war.

Das war es, was ich Euch im letzten Brief berichten wollte. An Neuem gibt es zu schreiben, dass Monsù Giusto wieder kommt und wir an Eurem Bilde arbeiten. Den Schergen der Inquisition gefällt es, zeigt es doch in ihren Augen die Krönung Davids. Und sie selbst dürfen als Modell für die beiden Priester dienen. Bald werdet Ihr das Meisterwerk selbst in Händen halten können.

Gott erhalte Eure Gesundheit und möge uns erlauben, uns ein letztes Mal zu sehen.

Euer G.

Kapitel 10

Wien, Sonntag, 10. November

Ein Klingeln riss sie aus dem Schlaf. Erschrocken blickte Theresa auf ihren Wecker. Es war erst 7 Uhr. Wer war gestorben? Keine andere Information konnte so dringend sein, dass sie am Sonntag derart früh überbracht werden musste.

»Floras Vater!« Bestürzt fuhr sie hoch und versuchte das Läuten zu lokalisieren. Draußen tobte ein Gewitter und ein Donner übertönte das nächste Läuten. Als sie das Handy endlich unter dem Bett fand, krachte es erneut ohrenbetäubend, sodass sie nicht sofort verstand, wer dran war.

»Hallo?«, schrie sie ins Telefon und rüttelte Leon, der noch friedlich neben ihr lag.

»Frau Valier? Kiesling hier. Ich dachte, ich versuche es mal.«

Beamte! Sie drehte sich zu Leon und rollte mit den Augen. Er schaute sie verwundert an und malte ein Fragezeichen in die Luft. Theresa schaltete die Freisprechfunktion an.

»Herr Chefinspektor, schön, dass Sie anrufen. Noch dazu so zeitig. Gibt es etwas Neues?«

»Ich weiß, wie spät es ist, aber ich bin gerade an einem Tatort, der Sie interessieren wird.«

»Haben Sie mein Bild gefunden?« Aufgeregt sprang sie auf.

»Mehr oder weniger«, erwiderte Kiesling. »Die DNA-Analyse ergab, dass es sich bei dem Mörder von Wenz um Kilian Schlager handelt, einen alten Stammkunden von uns. Als wir heute mit der Cobra bei ihm angerückt sind, haben wir die Kollegen vom Einbruch angetroffen. Ein Nachbar hatte verdächtige Geräusche gehört. Den Schlager fanden wir leider nur mehr tot. Neben einem Haufen gestohlener Silberleuchter, die aus dem Atelier vom Wenz stammen.«

»Und die ›Krönung‹?«, murmelte Theresa. Den Toten hatte sie sofort in ihrem Unterbewusstsein vergraben. Ermordeter Mörder. Das hatte nichts mehr mit ihr zu tun.

»Bedaure, es war wieder ein Raubmord. Ihr Bild ist nicht da. Scheint aber das Einzige zu sein, was gestohlen wurde. Der Täter hätte sich reichlich bedienen können. Uhren, Schmuck, Münzen – das ist alles noch hier.«

»Wenn nur mein Gemälde fehlt, heißt das … diesmal war die ›Krönung‹ das Motiv?«

»Genau das vermute ich. Daher möchte ich zu Ihnen kommen. Wir sollten uns nochmals unterhalten. Außerdem wollte ich mir den Zettel und den Stein holen, um beides auf Fingerabdrücke untersuchen zu lassen.«

»Ähm … ja gerne«, stotterte sie. »Sie können jederzeit bei uns vorbeischauen, jetzt sind wir schon wach und ein Frühstück werden Sie nicht ausschlagen, oder?«

»Da sage ich nicht Nein. Auf Wiederhören.«

Theresa saß mit dem Handy in der Hand starr auf dem Bett. »Hast du das gehört? Langsam bin ich froh, dass wir das Bild nicht mehr haben. Es scheint jedem, der es besitzt, Unglück zu bringen.«

»Ach Unsinn, es hing über 40 Jahre in eurem Haus. Ist euch je etwas passiert?«

»Nein, aber Ambrosius und seiner Familie! Ich will nicht weiter in diesen Sumpf hinuntergezogen werden: Morde, Wanzen, Einbrüche. Die Angst, die ich um Dino ausgestanden habe – das kann ich nicht noch mal durchmachen.

Immer, wenn ich denke, es ist endlich vorbei, passiert noch etwas Schrecklicheres.«

»Ich verstehe dich, mein Schatz.« Leon strich eine Strähne ihrer widerspenstigen Haare aus Theresas Gesicht.

»Was sollen wir jetzt tun?« Sie stand auf und ging im Zimmer auf und ab.

»Zuerst duschen, damit wir Kiesling nicht im Pyjama empfangen, dann Frühstück herrichten und unsere Liste der Verdächtigen an Kiesling übergeben«, antwortete Leon und überlegte kurz. »Außerdem hat dein Verfolger jetzt das Gemälde und diese ominöse Information, die er unbedingt von dir wollte.«

Leons Worte beruhigten Theresa nicht hundertprozentig, andererseits konnte sie jetzt noch keinen klaren Gedanken fassen. Vielleicht half ihr der erste Kaffee.

»Ich brauche Koffein. Komm mit.« Theresa schlurfte in die Küche. Bedeuteten die Vorfälle, dass zwei Gruppen hinter dem Bild her waren? Steckte doch ein Geheimbund dahinter? Sie schüttelte den Kopf. Nein, das waren ja die Pöllauer Sänger gewesen. War wirklich alles vorbei? Waren sie nun in Sicherheit?

Die Maschine mahlte scheppernd die Bohnen, dann lief der Kaffee in ihre Tasse. Wäre es nicht schön, wenn es mit den Gedanken genauso wäre – zuerst eine Zeit lang rattern, um ein fertiges, verständliches und noch dazu anregendes Produkt ausspucken? Sie starrte auf das zugenagelte Fenster.

»Da wirst du nichts sehen. Geh duschen, ich bereite alles vor, bevor Dino und Kiesling aufkreuzen.«

Als der Tisch gedeckt war, kam der erste Frühstücksgast. Dino rieb sich die Augen und war ungehalten, weil sein Sonntagmorgenritual ausgefallen war. »Mami, Papi, wo seid ihr? Kommt sofort kuscheln!«

»Schätzchen, heute geht es leider nicht, die Polizei wird gleich da sein, weil unser …«

»Bringen sie endlich Pistolen mit?«, unterbrach Dino freudestrahlend. Nach dem Einbruch war er von den Ermittlern etwas enttäuscht gewesen.

Theresa und Leon sahen sich schulterzuckend an. »Keine Ahnung, aber du kannst den Inspektor fragen.«

Wie aufs Stichwort klingelte es. Theresa eilte zur Haustür, um Kiesling hereinzulassen.

»Treten Sie ein, den Weg kennen Sie ja. Passen Sie auf, ich bin nicht dazu gekommen, das Chaos zu beseitigen«, sagte Theresa.

Leon flüsterte, dass es Kiesling noch hören konnte: »Seit circa zehn Jahren nicht.« Er grinste seine Frau breit an.

Theresa stieß ihn in die Seite. »Ruhe, oder willst du noch eines?«

»Oh, Sie waren das?«, fragte Kiesling und deutete auf Leons blaues Auge.

»Kleiner Unfall«, murmelte Theresa und schob Dino in Richtung Inspektor. »Meinen Sohn haben Sie ja schon vorgestern gesehen. Dino, das ist der nette Polizist, der uns das Bild wiederbeschafft.«

Kiesling nickte Dino freundlich zu.

»Haben Sie eine Pistole? Haben Sie den Einbrecher gefunden?«

»Nein, mein kleiner Freund, zu Frage eins, ich habe keine Schusswaffe dabei, und zu Frage zwei: Wir stecken mitten in den Ermittlungen.«

Sie setzten sich gemeinsam zu Tisch und Kiesling holte einen Stapel Fotografien aus seiner Tasche. »Das hier hat die Spurensicherung auf der Kamera von Wenz entdeckt.«

Dino streckte als erster seine Finger danach aus. Da alle

gleichzeitig »Nein!« schrien, stopfte er sich den Rest seines Croissants in den Mund und verzog sich schmollend ins Kinderzimmer.

»Also, was sagen Sie zu den Aufnahmen? Ich kann nichts damit anfangen.« Kiesling gab einen Teil der Fotos an Leon weiter, der die Augen zusammenkniff. »Hm, hier scheinen ein paar Untermalungen zu sein. Da, bei der Figur mit dem blauen Mantel, die Buchstaben K, E, P, L …«

»Kepler«, schrie Theresa, sprang auf und riss Leon das Foto aus der Hand. »Lass sehen. Dann stimmt die Theorie von Boris, dass alle wichtigen historischen Astronomen versammelt sind. Ich sehe es auch nicht deutlich. Kannst du weiterlesen?«

Leon holte seine Lupe und entzifferte ›Koperni‹, ›Brahe‹ und ›Galilei‹.

»Und was bedeutet das?«, fragte Kiesling.

»Genau wissen wir es nicht. Ein Freund glaubt, dass es eine Allegorie der Astronomie ist. Dass das Bild eine Krönung der Wissenschaft darstellt – was hiermit bewiesen wäre. Was das allerdings mit den Morden zu tun haben soll? Ich habe keine Ahnung«, antwortete Theresa. Nun hatte sich ihre Vermutung als richtig herausgestellt, doch diese Erkenntnis brachte sie keinen Schritt weiter.

»Könnten Sie uns jetzt, da Dino weg ist, mehr über den Mörder von Wenz erzählen?«, fragte Leon.

»Er hieß Kilian Schlager und hatte etliche Vorstrafen: Körperverletzung, Einbruch, Diebstahl, unerlaubtes Glückspiel. Letzteres wird auch die Verbindung zu Wenz gewesen sein. Wahrscheinlich wollte er Schulden eintreiben und Wenz hatte nicht genug Geld im Haus. Es kam vermutlich zum Streit und Schlager schlug mit dem Erstbesten zu, was er in die Finger bekam.«

Ob Schlager wegen seines Namens ein Verbrecher geworden war?, überlegte Theresa, konzentrierte sich aber gleich wieder auf Kieslings Bericht. Die DNA hatten sie auf den Krallen des Katers gefunden. Theresa nickte, deshalb hatte Kiesling ihre Unterarme sehen wollen, er war auf der Suche nach Kratzspuren gewesen. Wahrscheinlich hatte Renoir Schlager angegriffen. Also doch ein Wachhund! Er hatte sein Herrchen zwar nicht retten können, jedoch die entscheidende Spur zu seinem Mörder gelegt.

»Wissen Sie schon etwas über die Wanze, könnte die zu Thesis Verfolger führen?«, fragte Leon.

»Das Gerät ist ein Massenprodukt aus China. Kann man überall im Internet bestellen, bringt uns demnach nicht weiter. Jedenfalls nicht zum zweiten Mörder.«

»Vielleicht wurde Schlager von einem Komplizen ermordet.« Theresa dachte wieder an die Hundeflöhe. Wer sich in solchen Kreisen schlafen legt, steht nicht mehr auf.

»Nein, ein gewöhnlicher Ganove hätte mehr gestohlen. Ich bin mir sicher, dass Schlagers Mörder und Ihr Verfolger ein und dieselbe Person sind.« Kiesling biss in eines der Croissants, die Leon gerade auf den Tisch gestellt hatte und fuhr mit vollem Mund fort: »Der Fall wird immer komplizierter.«

»Wahrscheinlich ist das Bild der Schlüssel. Über die ›Krönung‹ finden wir den Mörder«, überlegte Theresa. Aber das hatte sie schon einmal gedacht und es war ein Irrtum gewesen. Den Mörder von Rembert Wenz hätten sie eher anhand von Pokerkarten gefunden.

Sie stand auf und suchte unter einem Stapel von Zeitungen nach der zerknitterten Liste der Verdächtigen. »Am Freitag nach dem Einbruch habe ich Ihnen bereits Einiges erzählt. Ich vergaß, Ihnen diese Notizen zu geben. Wir haben aufgeschrieben, wer als Täter infrage kommt und wieso.«

Kiesling griff nach dem Zettel, strich ihn glatt und überflog die Namen. »Oh, der Peck, den kenn ich, netter Kerl. Kein Problem den zu befragen ... Die Wiener Auktionshausleute, auch kein Problem ... Hm, viele Italiener, ich werde wohl Commissario Cattani anrufen.«

Theresa sah ihn groß an. »Corrado Cattani, ›Allein gegen die Mafia‹?«

»Ein Spitzname. Eigentlich heißt er Renzo Rubini und ist unser Verbindungsmann in Florenz. Weil er Michele Placido so ähnlich sieht, nennen wir ihn Cattani. Außerdem schmeichelt es ihm. Das bringt bessere und schnellere Ergebnisse.« Kiesling machte Anstalten aufzustehen. »Gut, ich werde gleich mit der Arbeit beginnen.«

»Was glauben Sie? Wie passt alles zusammen?«, fragte Leon.

»Ich vermute, der Täter ist durch die Suche Ihrer Frau auf das Bild aufmerksam geworden. Allerdings wurde es ihm immer vor der Nase weggeschnappt. Könnte sein, dass er schon vor rund zwei Wochen hier im Haus war, zu Beginn Ihrer Nachforschungen, doch da hatten Sie es bereits zu Wenz gebracht. Dieser Einbruch könnte unbemerkt geschehen sein, er suchte ja nur ein Gemälde an der Wand.«

Theresa fiel die Kinnlade hinunter.

»Das ist aber unwahrscheinlich«, sprach Kiesling weiter. »Außerdem wäre es aufgefallen.«

Nicht unbedingt, dachte Theresa, so genau nahm sie es nicht mit dem Zusperren nicht. Wenn sie es eilig hatte, ließ sie die Haustür lediglich ins Schloss fallen. Selbst Dino könnte sie dann mit einem Drahtstück öffnen. Und an die alten Fensterrahmen wollte sie gar nicht denken ...

»Oder er hat Sie gleich zu Beginn verwanzt, um zu erfahren, wo das Bild ist.« Kiesling nahm sich das letzte Croissant.

»Die sind übrigens ausgezeichnet, so gute habe ich zuletzt in Italien bei Corrado, äh Renzo, gegessen. Wo war ich stehen geblieben? Ach ja, über die Telefongespräche kommt er zu Wenz, aber zu spät, weil Schlager vor ihm da war. Dann erfährt er, wiederum durch Sie, von der Dokumentation und bricht erneut ins Atelier ein.«

Theresa lächelte schuldbewusst und zuckte mit den Schultern. Wozu waren Handys denn da?

Kiesling fuhr fort: »Bei Wenz findet er nichts und hofft, dass er bei Ihnen mehr Glück hat. Doch hier entdeckt er wieder keine Spur, wird nervös und wirft den Stein durch Ihr Küchenfenster. In der Hoffnung, dass Sie ihm sofort alles über das Bild sagen.«

»Und genau das hätte ich getan«, gab Theresa zu. »Aber ich wusste nicht, welche Informationen er wollte.«

»Ich würde Ihnen deswegen auch niemals einen Vorwurf machen«, sagte Kiesling sanft. Theresa musste an das Foto mit den zwei Kindern auf seinem Schreibtisch denken.

»Dann macht er Schlager ausfindig. Wie, ist mir ein Rätsel. Auf jeden Fall ist er vor uns dort und holt sich das Gemälde«, schloss Kiesling seine Ausführung.

»Aber nun hat der Spuk ein Ende. Der Mörder hat, was er will, und lässt uns in Ruhe«, brachte es Leon auf den Punkt. »Dass Sie ihn finden, darauf können wir uns doch verlassen?«

Kiesling nickte. »Ich bin mir sicher.«

Theresa atmete erleichtert durch. Alles war gut!

Der Chefinspektor stand auf und verabschiedete sich. Als er seinen Mantel überwarf, rief Leon: »Halt, Sie haben uns noch gar nicht gesagt, wie Schlager ermordet wurde.«

»Er wurde erschossen. Die Kugel traf ihn mitten ins Gesicht. Wir konnten ihn nur anhand eines Tattoos am Oberarm identifizieren.«

Alles war gut? Theresa begann zu zittern. Ständig diese Berg- und Talfahrt der Gefühle! Glücklicherweise besaß der Mörder jetzt das Gemälde und würde nie mehr ihren Weg kreuzen. Nie mehr! Genauso wenig wie die Illuminaten, die ›Fratelli delle Stelle‹ oder wie sie sonst alle hießen.

An der Tür drückte Kiesling Theresa die Hand. »Liebe Grüße von den Kollegen der Zivilstreife. In Zukunft ein bisschen langsamer, gell?« Dann blickte er Leon mitleidig ins lädierte Gesicht und verließ das Haus.

»Du bist wieder in Wien?« Boris klang erfreut.

»Ja. Komm vorbei und hör dir die Neuigkeiten an«, erwiderte Theresa mit schlechtem Gewissen, weil sie sich nicht gleich bei ihm gemeldet hatte. »Du kannst auch deinen Boliden wieder mitnehmen. Vielen Dank übrigens für das absolut unauffälligste Fluchtauto, das ich jemals hatte. Was hast du dir dabei gedacht?«

»Dass du jeden Verfolger abhängen und eine Menge Spaß haben wirst. Außerdem hatte ich keine Zeit, um zu einem Autoverleih zu fahren. Ich hab mir in der Zwischenzeit einen Aston Martin gegönnt. Der Mietvertrag läuft noch sechs Tage, weil ich nicht wusste, wie lange du weg sein würdest. Falls ihr Lust habt, könnt ihr den Porsche weiterbenutzen.«

Das durfte Leon nicht erfahren. Er würde, ohne eine Zehntelsekunde liegen zu lassen, für eine Woche verschwunden sein. Sie überging das Thema und fragte ansatzlos: »Hast du was von Flora gehört?«

»Ja, gestern. Ihr Vater liegt noch im künstlichen Tiefschlaf. Die Ärzte wissen noch nicht, ob er Gehirnverletzungen davongetragen hat.«

»Ich versuche sie gleich anzurufen. Nachher können wir ausführlich darüber reden.«

Gerade als sie Floras Nummer wählen wollte, klingelte das Telefon erneut.

»Zurück vom Törggelen grüße ich dich, ma chère. Außerdem möchte ich wissen, wie es euch geht«, sagte Paul gut gelaunt.

»Setz dich ins Auto und komm her. Dann erhältst du ein Update, nur …«, Theresa warf einen Blick auf den Esstisch. »Die Croissants sind aus. Hat Kiesling alle gefuttert. Aber es gibt Kaffee und viele Neuigkeiten.«

»Der Inspecteur war bei euch? Ich fliege, ähm, eile.«

Bald waren sie vollzählig, dachte Theresa, außer Flora. Wieder griff sie zum Handy, als es an der Tür Sturm läutete, begleitet von einem lauten Donnerschlag.

Leon öffnete und Flora stürmte grußlos in die Küche. Dort holte sie eine Flasche Wein aus dem Kühlschrank, sah sich suchend um und stutzte beim Anblick des vernagelten Fensters: »Wow, gibt es eine Taifun-Warnung? So schlimm wird das Wetter doch gar nicht. Ach egal, hast du ein Glas für mich?«

»Es … es ist noch nicht mal 9 Uhr«, sage Theresa vorsichtig.

»Na und? Dieser elende Schmierenkomödiant!«, schimpfte Flora und schenkte Theresas leeren Kaffeebecher voll. Dann nahm sie einen großen Schluck. »Ist seit heute Früh wach und stellt sich weiter todkrank, nur um zu hören, was wir über ihn reden. Ich hasse ihn! Wieso falle ich immer wieder auf ihn rein? Wie alle seine Frauen!« Sie roch an der Tasse und verzog angewidert das Gesicht. »Und ich lasse dich allein, in deiner schwierigsten Stunde. Es tut mir leid. Männer, die sind wirklich das …« Sie unterbrach ihren Redeschwall, setzte sich und betrachtete noch mal das zugenagelte Küchenfenster. »Die Handwerker würde ich verklagen. Wie sieht das denn aus?« Floras Blick wanderte zu Leon, der stumm in die Küche gekommen war. Sie deutete auf sein blaues Auge. »Ehekrach?«

»Nein, Wiedersehensfreude«, antwortete er. »Tut nicht mehr weh.«

»Meine Aggressionen habe ich vorher an den Fenstern ausgelassen«, sagte Theresa. »Nachdem ich die Morddrohung gegen Dino gefunden hatte.« Langsam konnte sie die Sache in Worte fassen.

Flora sprang vom Sessel. »Was? Und ich war nicht da, um dir beizustehen. Entschuldige. Lass dich drücken!«

»Du konntest doch nicht ahnen, was passiert. An deiner Stelle wären wir alle ins Krankenhaus gefahren.« Sie holte ihrer Freundin ein frisches Glas. »Und ehrlich gesagt, bin ich froh, dass du stinkwütend bist und nicht trauern musst.«

Bevor Flora etwas erwidern konnte, läutete die Türklingel.

»Sehr gut, jetzt muss ich die Geschichte nur einmal erzählen.«

»Mon dieu!«, resümierte Paul. »Da war ein Mörder hinter dir her, der möglicherweise zweimal bei dir eingebrochen, Dino bedroht und dich verwanzt hat. Und ich fahre stupid nach Südtirol, um Kastanien zu essen!«

»Was soll ich erst sagen? Ich bin nach Hamburg geflogen.« Schuldbewusst senkte Leon den Kopf.

»Und ich saß am Sterbebett des größten Tragöden unseres Landes«, sagte Flora.

»Einer ist glücklicherweise immer da, der hilft. Macht euch keine Vorwürfe. Es ist vorbei.« Theresa schaute in die Runde. Keiner sprach ein Wort.

Schließlich stand Boris auf, holte seine Laptoptasche und

zog ein paar Ausdrucke heraus, die er über den Tisch schob. »Hier, Zeitungsberichte aus den 80er-Jahren: ein Artikel über den Mord an Ilse Dreiseitl und verdächtig viele Nachrichten über Einbrüche bei Antiquitätenhändlern rund um Pöllau, hauptsächlich in Graz. Über zwei, drei Monate hinweg brach jemand in zwölf Geschäfte ein, wobei in den seltensten Fällen etwas gestohlen wurde. Die Polizei ging von Vandalismus beziehungsweise von Mutproben Halbstarker aus. Nachdem die Vorfälle ein Ende genommen hatten, verliefen die Ermittlungen im Sand.«

Nichts gestohlen – wie bei Ilse Dreiseitl. Theresa wiegte den Kopf hin und her. Und wie bei ihr, bei Schlager sowie beim zweiten Einbruch im Atelier. Es war immer nur um die ›Krönung‹ gegangen. Was war ihr Geheimnis? Weshalb wurde sie seit über 30 Jahren gesucht? Weshalb wurde dafür gemordet?

Leon sprach aus, was Theresa dachte: »Wieso will jemand dieses Gemälde um jeden Preis? Dass ein paar Astronomen darauf dargestellt sind, kann nicht der Grund sein. Ist es vielleicht doch ein echter Rubens?«

Boris zuckte mit den Schultern. »Hätten da nicht die Kunsthistoriker, die Theresa angeschrieben hat, einen Verdacht geäußert? Die müssten das erkennen.«

»Experten sind auch fehlbar«, antwortete Theresa. »Aber ich will mir darüber nicht mehr den Kopf zerbrechen.« Sie stand auf und ging in die Küche. »Irgendwer Hunger? Ich mache ein paar Brote. Sonst endet unser Frühschoppen in einem Besäufnis.«

»Wir müssen auf jeden Fall Kiesling von den Einbrüchen unterrichten«, sagte Leon. »Vielleicht gibt es von den alten Ermittlungen noch Akten. Wurden damals schon Fingerabdrücke gesichert? DNA-Spuren?«

»Hören wir mit der Mördersuche auf«, rief Theresa aus der Küche.

»Ich will lediglich Kiesling informieren. Er muss den Rest erledigen«, erwiderte Leon lautstark.

»Wollt ihr nicht das Rätsel um das Bild lösen?«, fragte Boris vorsichtig.

Theresa knallte die Kühlschranktür zu. »Nein, lasst mich damit bloß in Ruhe!«

»Schatz, es ist vorbei! Dir und Dino kann nichts mehr passieren – außer du fährst zu schnell Auto. Apropos, haben wir euch schon erzählt, wie Kiesling Thesi vor der Zivilstreife gerettet hat?«

Arcetri, Oktober 1636

Carissimo et illustrissimo mio amico!
Teuerster Freund!

Wie erfreut war ich nach dem Erhalt Eures Briefes. Natürlich hat mich die Nachricht, dass es Euch gesundheitlich schlecht ging, betrüblich gestimmt, aber dass Ihr mir nicht gram seid, wie ich ursprünglich vermutet hatte, hat mein Herz erleichtert. Ich hätte den Verlust Eurer Freundschaft nicht verkraftet.

Heute habe ich eine wunderbare Nachricht, die ich Euch als Erstem mitteilen muss. Da ich immer gebrechlicher werde, meine Korrespondenz abnimmt und so die Zensoren wenig zu tun haben, und ich um nichts mehr ersuche, scheint die Kirche anzunehmen, ich hätte klein beigegeben, und gewährte meinem einstigen Schüler, dem Grafen von Noailles, mich zu besuchen. Er hatte sicher Dutzende Male bei Audienzen des Papstes für mich vorgesprochen und sich für mich eingesetzt. Nun – nach vier Jahren erhielt er die Erlaubnis zu einem Treffen. Am sechzehnten dieses Oktobers fanden wir uns beide etwas außerhalb von Arcetri ein. Und bei dieser Gelegenheit gelang es mir, dem Grafen heimlich ein Manuskript der ›Discorsi‹ zu übergeben, damit mein Werk nicht mit mir begraben, sondern verlegt werde, um es vielen Fachkennern zugänglich zu machen.

Ich fasse mich heute kurz, denn nach diesem erfolgreichen Treffen bin ich so positiv gestimmt, dass ich sofort weiterarbeiten muss.

Ach, und unser Bild wird wunderschön, ich fühle mich sehr gut getroffen.

Ich bete für Eure Gesundheit und dafür, dass es uns vielleicht doch noch einmal gelingt, uns von Angesicht zu Angesicht zu sehen.

Euer G.

Kapitel 11

Wien, Montag, 11. November

Endlich hatte er es! Jetzt musste er so schnell wie möglich nach Hause, er konnte es nicht erwarten, das Bild zu untersuchen, sein Geheimnis zu lüften. Er legte den fünften Gang ein und trat aufs Gas.

Dieser idiotische Schlager! Hätte er ihm das Bild nicht zu seinem Preis geben können? Nein, er wollte verhandeln, ihn nochmals treffen, andere Interessenten kontaktieren – ohne über den wahren Wert informiert zu sein. Als er Schlager mit der Pistole gedroht und eine weitere Verhandlung abgelehnt hatte, hatte er nur gelacht. Ein dummer Mann, der nicht wusste, wann es genug war. Dieses Blut überall … Er hasste Blut.

Wieso waren die Menschen derart töricht? Auch die schwangere Frau damals. Niemals würde er den Anblick vergessen, wie sie dalag und endlich den Mund schloss. Dabei hatte der Tag damals gut begonnen. Nie hätte er sich träumen lassen, die Aufzeichnungen des alten Gutsverwalters zu entdecken. In einem Nebengebäude des Schlosses Schwarzbergen, dem Marstall, war er am Dachboden fündig geworden. Ganze Kisten voller Dokumente! Nächtelang hatte er sie durchsucht – bis er die Liste der Käufer in den Händen hielt. Sofort war er zu diesem Dreiseitl gefahren, um endlich sein Bild zu holen. Und dann brüllte sie so … Brüllte so ohrenbetäubend laut.

»Wir wären wegen der Fenster hier.«

Theresa führte die zwei Arbeiter in die Küche, setzte sich und sah zu, wie sie die Bretter abnahmen, das restliche Glas entfernten und den Rahmen ausmaßen. Sie rührte gedankenverloren in ihrem Kaffee, blendete die hämmernden Männer aus und freute sich über das Licht, das in die Küche fiel.

Als die Handwerker weg waren, holte sie ihre Yogamatte. Seit Langem verspürte sie wieder Lust, ein paar Übungen zu machen. Sie war endgültig aus diesem bösen Traum erwacht. Der Mord an Wenz war geklärt und ihr Bild war an seinem Tod nicht schuld gewesen. Das ließ die Gewissensbisse, die sie geplagt hatten, verschwinden. Und Trauer um Schlager? Nein, wenn er Wenz nicht getötet hätte, wäre er selbst nie zum Verfolgten geworden.

Draußen verzogen sich die letzten Wolken. Nach ein paar Asanas und dem abschließenden Gruß an die Sonne war sie so entspannt, dass sie sich sogar auf die Slackline wagte. Und zum ersten Mal wurde sie nicht abgeworfen! Ein herrlicher Tag, sie hatte ihre innere Ruhe und Ausgeglichenheit wiedergefunden. Noch dazu war heute Faschingsbeginn. Das schrie nach Farbe.

Theresa ging ins Wohnzimmer, kramte alle Buntstifte hervor und begann, ihre Illustrationen zu kolorieren. Die Regenbogenmaschine färbte mit ihrer Wunderspritze den Himmel bunt. Genauso fühlte sie sich jetzt – voller Regenbogen. Sie lächelte und überlegte, wieso man eigentlich fröhlich war, wenn man die farbigen Streifen sah, bedeuteten sie doch, dass es irgendwo regnen musste.

Sie steckte die fertigen Zeichnungen in ein großes Kartonkuvert, um sie an ihre Freundin zu schicken. An der Verlagspräsentation konnte sie selbst leider nicht teilnehmen, weil sie noch in Florenz sein würde. Das fand sie zwar schade, doch die Freude, endlich wieder ein Projekt zu Ende gebracht zu haben und vor allem endlich wieder in Italien zu sein, wog alles auf. Theresa beseitigte das Morgenchaos, steckte sich einen halben Muffin in den Mund und bemerkte, dass er schimmelig war. Verflucht – zwei davon hatte sie Dino in den Kindergarten mitgegeben. Sie sah auf die Uhr, die Pause war längst vorbei. Armer Dino, hoffentlich würde er nicht krank werden. So kurz vor der Italienreise. Sie beschloss, ihn gleich zu holen.

Theresa verließ das Haus und stieg in ihren Sharan. Leon war mit dem Porsche zur Arbeit gefahren, was ihr insgeheim auch lieber war, denn richtig bequem fand sie den Flitzer nicht. Als sie den Kindergarten erreichte, riss sich Dino, der mit der Gruppe gerade von einem Spaziergang zurückkam, freudig von der Hand der Erzieherin los und rannte zum Wagen.

»Hallo Mama, du bist schon da?«, rief er durch das Fenster.

»Geht es dir gut?« Theresa suchte in seinem Gesicht nach Zeichen einer Lebensmittelvergiftung.

»Alles super.«

»Auch im Bauch?«

»Ja, wieso?«

»Nur so.« Theresa war erleichtert. »Was willst du heute tun? Ich bin mit meiner Arbeit fertig, jetzt gehöre ich allein dir.«

»Basteln wir ein Faschingskostüm? Ich will mich als Skelett verkleiden.«

Roboter oder Astronaut wären Theresa nach all den Toten zwar lieber gewesen, aber da es Dinos Wunsch war und er nach ihrem Muffin-Fauxpas etwas gut hatte, widersprach sie nicht.

Zu Hause machten sich beide mit einem schwarzen T-Shirt von Leon, einem Anatomiebuch und weißer Farbe an die Arbeit. Als Theresa schließlich den Pinsel weglegte, meinte Dino: »Da fehlt noch was!«

»Was denn?«, fragte sie und zählte verunsichert die Rippen nach.

»Na, der Knochen hier unten.« Dino deutete auf das Becken.

Grinsend antwortete Theresa: »Nein, da gibt es keinen.«

»Doch, was hab ich denn da sonst?«

»Keinen Knochen.«

»Doch, doch, doch! Und den will ich auch am Kostüm!«

Wie war es schön, sich über solch banale Dinge den Kopf zu zerbrechen. Endlich war wieder Normalität in ihr Leben eingekehrt. Theresa überlegte, ob sie nachgeben sollte. Wenn Dino allerdings mit *dem* Skelett-T-Shirt auf ein Faschingsfest in der Nachbarschaft ginge, würde sie sich zu Tode genieren. Nein, kein Penisknochen!

»Weißt du was, ruf Papa an!« Das musste unter Männern ausgemacht werden.

Während Dino mit Leon, der plötzlich immer erreichbar war, sprach, beobachtete Theresa ihren unbeschwerten Sohn. Glücklicherweise hatte er sich von den Aufregungen der letzten Tage nicht sonderlich aus der Ruhe bringen lassen. Am ehesten noch von dem Monster, aber nur ein bisschen. Er war ein stoischer kleiner Kerl, genau wie sein Vater. Und Leon konnte seinen Sohn sicherlich überzeugen, der Wissenschaft keine neuen Erkenntnisse zu schenken.

Arcetri, Dezember 1637

Carissimo et illustrissimo mio amico!
Teuerster Freund!

Euer letzter Brief hat mich sehr erheitert, vielen Dank dafür. Denn Aufmunterung brauche ich hier, in meinem Kerker in Arcetri. Ja, jetzt beginnt wieder diese triste, kalte Zeit, wo ich selbst meine schöne Villa nicht als Heim betrachte, wo die Dunkelheit der Tage auch meine Seele verfinstert. Ich bin kein Kind des Winters, welches das Weiß des Schnees freudig begrüßt, nein, in mir regt sich genau das Gegenteil von Glück, wenn es so wie heute Nacht zu schneien beginnt. Der Schnee reicht nun eine gute Spanne hoch, und er fällt weiter. Ich spüre schon, wie auch die Kälte meine Knochen hochkriecht. Das Heizen strengt mich schon zu sehr an, ich werde das Heilige Offizium bitten, mir einen Gehilfen zu bewilligen, doch Ihr wisst ja, wie widerwillig sie auf all meine untertänigst vorgetragenen Anfragen reagiert haben. Daher setze ich keine allzu große Hoffnung darauf.

Das größte Glück für mich wäre es, wenn der Winter nur eine Woche dauern würde und die Sonne dann wieder mein Haus erwärmte. Doch ich als Wissenschaftler weiß am besten, dass die Gesetze der Natur unumstößlich sind. Wir haben eben keine Möglichkeit, die Welt etwas wärmer werden zu lassen, so sehr ich es mir wünschen würde. Aber sobald ich aufgehört habe zu zittern, also in drei Monaten, werde ich an unserem Werk weiterarbeiten.

Monsù Giusto besucht mich regelmäßig und unser Bild wächst vor meinen Augen. Er ist wahrlich ein vortrefflicher Künstler. Ich markierte ihm, wo die großen Drei stehen sollen und er versucht nun, ihre Antlitze nach meiner mageren Beschreibung zu malen. Und der Eitelkeit meiner Bewacher schmeichelt er auch. Nie werden sie die wahren Hintergründe des Bildes erfahren.

Der Schmuggel der ›Discorsi‹ wurde bis dato nicht entdeckt. Ein Zwiespalt macht mir etwas zu schaffen. Auf der einen Seite sehne ich herbei, dass mein Manuskript alsbald verlegt werden möchte. Doch dann wird der Kirche schwanen, dass ich etwas Verbotenes getan habe. Andrerseits hoffe ich, dass es nicht zu bald geschehe, um nicht einer noch strengeren Bewachung zu unterstehen, welche unsere Arbeit gefährden könnte.

Lassen wir Gott entscheiden, was Ihm am genehmsten ist. In jeder Hinsicht.

Euer G.

Kapitel 12

Wien, Dienstag, 12. November

Theresa sah in die dienstägliche Chianti-Runde und hob ihr Glas. »Kinder, mir geht es gut.«

»Gleich wird es dir noch besser gehen.« Boris zog ein paar Umschläge aus seiner Jacke und fächerte sie auf dem Tisch auf.

»Unsere Flüge nach Florenz. Wir starten morgen um 18 Uhr.«

»Aber ... Ich dachte, wir fahren mit dem Auto, wie kommst du dazu?« fragte Paul hastig und fuhr sich mit der Hand über die Stirn.

»Bitte, lasst mich ein einziges Mal für euch bezahlen. Außerdem habe ich nur Flugmeilen eingelöst, war also gratis. Jetzt können wir zusammen reisen. Sonst wären wir stundenlang in drei Autos dahingetuckert.« Mit leuchtenden Augen verteilte er die Tickets.

Flora warf einen Blick darauf. »Oh, erste Klasse! Ich freu mich auf den Champagner.«

»Boris, du bist ein Schatz. Danke«, sagte Theresa. »Dein toller Preis ist in der Aufregung total untergegangen.«

»Ach, ist doch egal.«

»Sei nicht immer so verdammt bescheiden.« Flora stand auf und ging in die Küche, aus der es verdächtig zu qualmen begonnen hatte. »Leute, es tut mir leid, ich glaube, meine Quiche ist hinüber.«

»Das kann nicht dein Ernst sein! Endlich mal was Französisches und dann ... Ich komme und schaue, ob sie zu retten ist.« Paul sprang auf und rannte Flora hinterher. Er kam mit einem Stück geschwärzten Speckkuchens zurück, biss hinein und rief über die Schulter: »Sei froh, dass du dein Geld mit dem Fotografieren von Essen verdienst und nicht mit dem Kochen. Du würdest verhungern, ma chère.«

»Wir heute auch?«, fragte Leon.

»Ach was! Paul, wenn du schon stehst, bitte rufe den Japaner an und bestelle eine Runde Sushi«, sagte Theresa. »Und ab morgen gibt es jeden Tag wunderbares italienisches Essen. Ach, ich freu mich! Weg von allem hier, weg von Mördern, Einbrechern und Verfolgern. Weg von den Gedanken an dieses unglückselige Bild.«

»Wirst du wegen der ›Krönung‹ wirklich nichts mehr unternehmen? Wir haben doch bereits so viel herausgefunden«, bemerkte Boris enttäuscht.

»Nein, die Polizei soll sich darum kümmern. Ich will nur noch nach Florenz fliegen, ein paar Museen besuchen und deine Auszeichnung feiern.« Theresa drückte ihm einen Kuss auf die Wange.

Arcetri, Februar 1639

Carissimo et illustrissimo mio amico!
Teuerster Freund!

Mit Freuden habe ich Euer letztes Schreiben gelesen. Auch von mir gibt es vieles zu berichten. Seit etwas mehr als einem Monat habe ich einen neuen Gehilfen. Meine Sehkraft ist inzwischen so schwach, dass ich jemanden brauche, der mir bei der Korrespondenz hilft. Es ist der junge Vincenzo Viviani. Seine jugendliche Lebensfreude, sein Enthusiasmus, seine Neugierde sind so überschwänglich, dass ich – davon angesteckt – mit meiner Arbeit besser als je vorankomme.

Vincenzo ist zwar erst siebzehn Jahre alt, aber von so großer und schneller Auffassungsgabe, dass ich ihn als meinen Meisterschüler betrachten und ihn in all dem unterrichten werde, was der Klerus verbietet. Er ist der legitime Nachfolger eines Galileo Galilei und wird das Wissen um den Mittelpunkt des Universums weitertragen, mein Lebenswerk zu Ende führen. Die Arbeit mit ihm ist wie ein Jungbrunnen. Giusto verewigt ihn schon auf unserem Bild.

Ich wünschte, Ihr hättet auch einen Helfer, der Eure Lebensgeister wieder so erwecken kann.

Ich werde mich bald wieder melden, den nun übernimmt mein guter Vincenzo das Schreiben für mich.

Lebt wohl und bewahrt mir Eure Zuneigung!

Euer G.

Kapitel 13

Florenz, Mittwoch, 13. November

Nichts! Wieder nichts! Ärgerlich warf er das Gemälde zur Seite und starrte auf den Tisch, wo ein Brief seines Arztes lag. Nur noch drei Monate. Er hatte sich mehr Aufschub erhofft, nun drängte die Zeit. Er musste es finden. Jetzt. Gleich.

Er zündete sich eine Zigarette an und setzte sich. Den Tod fürchtete er nicht mehr, dass er sterben musste, wusste er schon lange und hatte sich damit abgefunden. Sollte es wider Erwarten einen Gott geben, würde er ihn sicherlich nicht zu Gesicht bekommen und ob man in der Hölle schmorte oder in einem Sarg verrottete, machte in seinen Augen wenig Unterschied.

Die Entdeckung würde ihn jedoch unsterblich machen. Er würde aufsteigen in die Riege eines Heinrich Schliemanns oder Howard Carters. Er durfte lediglich nicht vorher …

Heiße Glut fiel auf seinen Ärmel und brannte ein Loch in den Jackenstoff. Fluchend schüttelte er seine Hand. Wie sollte er weiter vorgehen? Erst musste er warten, bis sie da wäre. Dann würde er sich die Information von ihr holen – und er wusste auch schon wie.

Sein Plan gab ihm neuen Mut. Siegessicher hob er das Bild auf und sah Galileo an. Er würde sein Rätsel lösen!

Dino starrte angestrengt aus dem Flugzeugfenster. Theresa strich ihm eine Haarsträhne hinter sein Ohr und streichelte seine Wange.

»Gefällt es dir?«

»Ja, aber ich kann Opa nirgends sehen. Er ist doch im Himmel, oder?«

Sie seufzte. Wie erklärte man einen Fünfjährigen, was nach dem Tod passiert, wenn man es selbst nicht wusste? Theresa hatte ihm die Version erzählt, die sie in ihrer Kindheit gehört hatte. Und jetzt saß Dino hier, drückte seine Nase am Fenster platt und suchte seinen Großvater in den Wolken.

Sie gab ihm zur Ablenkung den I-Pod, auf dem ein paar Märchen gespeichert waren, und fragte die anderen: »Was würdet ihr euren Kindern erzählen? Was passiert nach dem Tod?«

»Hm, difficile. Als Erstes fällt jedem der Himmel ein – so haben wir es im Religionsunterricht gelernt. Ist nicht schlecht, weil es die Angst nimmt. Uns und den Kindern«, antwortete Paul, der sich nach drei Gläsern Whisky am Flughafen gerade ein viertes einschenken ließ. »Und bitte, müssen wir jetzt unbedingt über den Tod reden?«

»Ich wusste ja gar nicht, dass du solche Flugangst hast«, sagte Theresa mitfühlend. »Und wir reden eigentlich nicht über den Tod, sondern über Religion.«

»Wie auch immer ...« Paul setzt sich einen Kopfhörer auf und klinkte sich aus.

»Geht es nicht in jedem Glauben darum, die Angst vor dem Tod zu nehmen?«, überlegte Boris.

»Na ja, in meinen Augen versuchen Kirchen vorrangig, ihre Schäfchen unter Kontrolle zu haben und sie nach ihrem Willen zu manipulieren«, knurrte Flora, die eine strikte Gegnerin jeglicher Religion war, weil sie, wie Theresa wusste, den überzogenen Katholizismus ihrer Mutter für die gescheiterte Ehe ihrer Eltern verantwortlich machte.

»Manipulation mag stimmen, aber …« Theresa zögerte. Das Argument, dass Religion auch ein Gemeinschaftsgefühl und Sicherheit vermittelte, verbiss sie sich, weil in Floras Familie genau das Gegenteil passiert war.

Welche Religion sollte sie Dino näherbringen? Wie sollte sie ihm Ethik erklären? Sie beneidete Menschen, die es schafften, in Gebeten und im Gedanken an Gott Geborgenheit zu finden. Sie war vor Jahren aus der Kirche ausgetreten, weil ihre Zweifel zu stark gewesen waren. Dino sollte später selbst entscheiden, was er glauben wollte. Nur – war sie eine schlechte Mutter, weil sie ihm jetzt den Eintritt in eine Religions- und Glaubensgemeinschaft verwehrte?

»Ach, Paul hat recht, reden wir über etwas anderes«, riss Flora sie aus den Gedanken. Sie bestellte noch ein Glas Champagner und nahm Paul den Kopfhörer ab. »Neues Thema. Was ist euer größter Wunsch und wie können wir gemeinsam daran arbeiten, ihn zu verwirklichen?« Mit einem Seitenblick auf Boris fuhr sie fort: »Ohne dass man dafür tief in die Tasche greifen muss.«

»Das ist gemein, niemals darf ich …«

»Mais oui, natürlich darfst du! Du darfst mir den nächsten Drink spendieren«, lallte Paul und hob sein leeres Glas in die Höhe. »Das ist mein größter Wunsch zurzeit.« Er deutete nach vorne. »Habt ihr den Kapitän gesehen? Der hat die Kontrolle über mein Leben und ist noch keine 25.«

Leon rechnete nach. »Schule, Ausbildung, die Anfangszeit als Co-Pilot – ja, da könnte man in dem Alter schon fliegen.«

»Mon dieu! Ein junger Bub! Mit 25 war ich noch in meiner Sturm-und-Drang-Zeit … und …« Paul überlegte.

»Niemals nüchtern? Bist du jetzt auch nicht«, sagte Flora und klopfte ihm auf die Schulter. »Keine Angst, falls die

Zwei im Cockpit betrunken sind, gibt es noch immer den Autopiloten.« Sie tätschelte weiter.

»Flora!« Theresa sah sie vorwurfsvoll. »Bitte, mach keine Witze! Wir müssen ihm gut zureden. Und versuchen, ihn zu beruhigen.« So hatte sie ihren überkorrekten Freund noch nie erlebt.

»Schau Paul, was gäbe es Schöneres, als mit mir gemeinsam zu sterben?«, lachte Flora und nahm einen Schluck von seinem Whisky.

Na ja, sie versuchte es wenigstens, dachte Theresa, und kuschelte sich an Dino.

In der Ankunftshalle wurden sie von einer kleinen, quirligen Italienerin begrüßt.

»Das ist Adriana Noni«, stellte Boris die Frau vor. »Sie ist meine Assistentin bei allen Angelegenheiten in Italien.« Er gab ihr die Hand und hielt sie etwas länger als notwendig. Theresa registrierte es sofort, zwinkerte Flora zu und beschloss wachsam zu sein.

»Ich habe sie gebeten, uns heute abzuholen, damit Dino sie kennenlernt. Morgen Abend, wenn wir auf der Gala sind, wird sie auf ihn aufpassen.«

Adriana überreichte Dino ein großes Känguru, dessen Beutel mit Süßigkeiten gefüllt war. »Ciao bello. Weißt du was? Wir werden einen Italienischkurs machen. Das hier sind ›dolci‹. Und nun gehen wir zur ›macchina‹,« sagte sie in nahezu akzentfreiem Deutsch.

Sie nahm Dino an der Hand und die anderen folgten ihnen zum Ausgang, wo ein geräumiger Van stand.

Als sie sich von Adriana verabschiedet und ihre Plätze eingenommen hatten, programmierte Boris das Navigationsgerät und fuhr los. »Ich habe ein besonderes Hotel ausgesucht. Wenn wir schon in einer Stadt mit Geschichte sind, und uns diese Geschichte in letzter Zeit so beschäftigt hat, sollten wir auch in einem richtigen Palazzo wohnen. Ich hab das Hotel Lorenzo de' Medici ausgewählt.«

»Toller Name, ich bin gespannt.« Flora holte ihre Kamera aus der Tasche und begann aus dem fahrenden Auto zu fotografieren. »Ich wette, da finde ich einiges, was ich für meine Ausstellung verwenden kann.«

»Und ob, für dich ist das Hotel besonders interessant! Es hat im 19. Jahrhundert den Fratelli Alinari gehört.«

»Wirklich? Hoffentlich hängen noch ein paar Bilder dort«, rief Flora begeistert.

»Da muss ich gleich wieder an eure Verschwörungstheorien denken. Wer waren die Fratelli Alinari?«, fragte Leon neugierig und versuchte Paul wegzudrücken. Dessen Kopf lag schwer auf seiner Schulter, während er selig vor sich hin schlummerte.

»Die Brüder sind so etwas wie die Begründer der modernen Fotografie«, antwortete Flora und machte eine Aufnahme vom schlafenden Paul. »Oh, damit werde ich ihn wunderbar erpressen können.«

Sie beugte sich vor und drückte Boris einen Kuss auf die Wange. »Danke, dass du dieses Hotel ausgewählt hast, du denkst wirklich immer an andere. Dafür werden wir morgen Abend nur für dich da sein.«

»Das ist lieb von dir. Das Lorenzo de' Medici hat aber noch einen anderen Vorteil: Es ist nicht weit vom Palazzo Pitti entfernt, wo die Gala stattfindet. Ich ...«

Boris wurde durch das Klingeln von Theresas Handy unterbrochen. Sie nahm ab und lauschte ihrem Gesprächspartner. Sie schaute ungläubig in die Runde und sagte nach kurzer Zeit: »Es tut mir leid, ich bin eben Florenz gelandet und muss Ihnen sagen, dass das Bild gestohlen wurde. Ja, leider ... Aber danke für den Anruf. Auf Wiederhören.«

»Wer war das?«, fragte Boris.

Paul, der vom Klingeln geweckt worden war, blinzelte mit einem Auge.

»Ihr werdet es nicht glauben. Einer der Sustermans-Experten, die ich wegen der ›Krönung‹ angeschrieben habe. Domenico Casagrande. Er ist auf dem Weg nach Wien und wollte morgen das Gemälde ansehen.«

»Tja, zu spät. Aber woher hat er deine neue Nummer?«, fragte Flora.

»Keine Ahnung.«

»Wenn ich das aufklären dürfte«, mischte sich Leon ein. »Als Thesis persönlicher Handy-Verantwortlicher habe ich eine Nachricht auf die Mailbox der alten Nummer gesprochen. So bleibst du erreichbar, Schatz.«

»Irgendwie verfolgt mich das Bild. Und ich bin mir nicht sicher, ob ich das will«, sagte Theresa.

»Nein, es verfolgt dich nicht. Das war lediglich eine Art Nachbeben. Die Menschen, die du kontaktiert hast, wissen eben nicht, was passiert ist«, versuchte Leon sie zu beruhigen.

»Jetzt sind wir in Giustos Wahlheimat und hätten noch so viel über ihn herausfinden können«, seufzte Flora. »Wir könnten uns morgen die ganzen Medici-Porträts ansehen.«

»Nein, die sind erstens, wie du selbst gesagt hast, nicht hübsch, und zweitens möchte ich die ganze Sustermans-Geschichte ausblenden. Ich habe das Bild nicht mehr und werde es auch nicht wieder bekommen. Außerdem gehört dieser wunderbare Kurzurlaub Boris. Ich würde viel lieber morgen die Villa ansehen, die er gekauft hat.« Theresa sah ihr Telefon an und überlegte, wieso sie es überhaupt eingepackt hatte. Alle Menschen, die ihr wichtig waren, saßen hier im Auto oder waren am anderen Ende der Welt und sowieso nicht erreichbar.

»Gut, dann fahren wir nach dem Frühstück zur Villa und später ziehen wir von einem Café zum anderen und vertreiben uns die Zeit mit philosophischen Gesprächen über Glück, Geld und Religion.« Boris drehte sich kurz zu Theresa um. »Aber nicht über Beziehungen, gut?«

»Wenn du beim Autofahren endlich wieder nach vorne sehen würdest, verspreche ich dir alles.«

»Das ist ein Wort! Darauf trinken wir noch einen«, sagte Paul, begann ›Buona Domenica‹ von Antonello Venditti zu summen und wollte aufstehen. »Oh, hier schaukelt's aber.«

Flora drückte ihn sanft in den Autositz zurück.

Arcetri, Mai 1639

Carissimo et illustrissimo mio amico!
Teuerster Freund!

Vielen Dank für Eure schnelle Antwort. Ja, wir werden eine Lösung für die Übermittlung finden. Ich habe mit Monsù Giusto in den letzten Wochen, in den Augenblicken, wo wir unbeobachtet waren, viel darüber geredet. Heute kommt er wieder den unwegsamen Pfad von Florenz herauf, um an dem Gemälde weiterzuarbeiten.

Ach Florenz! Wie vermisse ich diese wunderbare Stadt. Die Verbannung in mein kleines Landhaus, das nur eine Meile von Florenz entfernt liegt, mit der strengen Auflage, nicht nach der Stadt zu gehen, ist schwer zu ertragen.

Der Klerus hat noch immer Angst, ich würde sofort wieder lehren und über den Gang der Sonne referieren, sobald ich einen Schritt in die Stadt machte. Dabei würde ich nur durch die belebten Straßen schlendern, alte Freunde begrüßen, die wunderbaren Kirchen, allen voran Santa Croce besuchen oder auf der Piazza Signoria im Materialienladen des Benedetto Castelli ein paar neue Arzneien kaufen, denn einen Arzt wollen sie noch immer nicht zu mir lassen.

Vor Kurzem hat mich der Großherzog der Toskana wieder hier in der Verbannung besucht. Bedeutet meine Verurteilung doch eine blamable Demütigung für ihn, weil sie seine Ohnmacht der Kirche gegenüber offenbart. Ja, der Klerus hat ihn auf seinen Platz verwiesen und demonstriert, wer der Hüter der einzigen Wahrheit ist. Doch der Großherzog setzt Zeichen, die zeigen sollen, dass er nicht gewillt ist, sich ganz zu unterwerfen. Er versicherte mir, dass mein Gemälde in seiner Sammlung berühmter Männer in den Uffizien nicht weggeschafft werden wird.

Wenigstens mein Abbild sieht noch die Schönheit von Florenz und der Florentinerinnen. Denn hier, wann sehe ich hier das weibliche Geschlecht noch? Niemals. Meine gute Maddalena, mit ihren fast achtzig Jahren, sieht schon fast aus wie ein Manne. Wenn sie alle paar Wochen kommt, um mir das Haus zu säubern, habe ich nicht das Gefühl, eine Frau wäre zu Gast. Aber da sie für uns beide unendlich wichtig ist, werde ich kein böses Wort über sie verlieren.

Seid achtsam mit Eurer Gesundheit, ich bete wie immer für Euer Wohlergehen, denn wir alten Männer haben noch viel vor!

In inniger Verbundenheit und Dankbarkeit,

Euer G.

Kapitel 14

Florenz, Donnerstag, 14. November

Die wärmenden Sonnenstrahlen streichelten Theresas Gesicht, als sie den Vorhang zurückzog und das Fenster öffnete. Endlich entspannen, endlich den ganzen Wahnsinn der letzten Tage und den tristen November in Österreich vergessen. Ihr Blick wanderte über den prachtvollen Garten des Hotels. Hanfpalmen, Yuccas, blühende Strelitzien so weit das Auge reichte. Der Spätherbst tauchte die Laubbäume in die schönsten Rottöne.

Theresa atmete tief durch und der Duft von Zitronenblüten stieg in ihre Nase. Endlich wieder Florenz. Wie lange war ihr erster Besuch her! Sie war gerade 18 geworden und alleine verreist, ohne Eltern oder Freunde. Eine Reise, die ihr die Augen für die Schönheit der Kunst geöffnet hatte. All die Gemälde, Skulpturen und Bauwerke, die sie in der Renaissancevorlesung auf der Uni durchgenommen hatten, waren in Florenz lebendig geworden. Sie lächelte, als sie an das überschwängliche Tagebuch dachte, das sie damals geschrieben hatte. Es strotzte nur so von Übertreibungen, Verklärungen und Peinlichkeiten – sie war so jung gewesen. Ob sie den Weg, den sie vor so langer Zeit durch die Stadt gegangen war, wiederfinden würde?

Sie drehte sich um, als sie ein Geräusch hörte. Im Bett rekelte sich Leon, kurz darauf schlug auch Dino seine Augen auf. Theresas Mundwinkel gingen unwillkürlich nach oben. Guten Morgen, mein Leben!

»Wer fährt mit mir zur Villa?«, fragte Boris, nachdem die letzten Croissants verzehrt und die leeren Kaffeetassen abserviert worden waren.

Natürlich wollten alle sein neuestes Projekt sehen, und kurz darauf lenkte er den Van durch die engen Gässchen von Florenz, bis sie etwas außerhalb des Stadtkerns in eine große Allee bogen, an deren Ende ein mächtiges schmiedeeisernes Tor stand. Als Boris auf eine Fernbedienung drückte, öffnete es sich leise surrend. Sie fuhren weiter, vorbei an zwei Springbrunnen und vielen Sandsteinfiguren, die mit kleinen Moospolstern bewachsen waren und grünlich schimmerten.

Adriana erwartete sie bereits vor der Eingangstür und winkte. Als der Wagen zum Stehen kam, zwängte sich Dino an Leon vorbei, hüpfte als Erster hinaus, schnappte sich Adriana und ging mit ihr zu den Skulpturen, um sich alle erklären zu lassen. Die Putten, bestückt mit Weingläsern, Musikinstrumenten oder Pfeil und Bogen, hatten seine Größe. Er kletterte auf den Figuren herum, während die Freunde zum Eingang marschierten.

Aufgrund von Boris' Beschreibungen hatte Theresa ein renovierungsbedürftiges Landhaus erwartet, die Villa entpuppte sich jedoch als Renaissancepalazzo, der früher als Internat genutzt worden war und seit fünf Jahren leer stand. Einige Fensterscheiben waren zerbrochen, der Putz blätterte ab und der Garten war verwildert, aber mit etwas Hilfe war diese Villa in ein paar Wochen auf Hochglanz poliert und einsatzbereit. Auch innen war das Gebäude gut erhalten.

Boris erklärte, was er plante. »Ich möchte es zum einen als Waisenhaus und zum anderen als Ferienheim für die SOS-Kinderdörfer der ganzen Welt nutzen. So gibt es einen Kulturaustausch zwischen den Kleinen. Das genaue Konzept arbeitet Adriana aus. Wo ist sie eigentlich?«

Theresa schaute aus dem Fenster und beobachtete, wie Adriana einen pudelnassen Dino aus einem der Springbrunnen zog. »Ich glaube, wir müssen zurück ins Hotel.« Sie merkte, mit welch schelmischem Blick Dino zu ihr hinaufschaute, und wusste, dass Absicht hinter dem Ausrutscher steckte. Aus Versehen würde ihm so etwas nicht passieren, dazu konnte er zu gut balancieren.

Nach dem Kleiderwechsel und einem zweiten Frühstück versuchten die anderen, Theresa zu überreden, doch mit ihnen in die Uffizien zu kommen. Sie dachte an ihren ersten Besuch in Florenz, an ihren ersten Besuch in diesem einzigartigen Museum, sah Leons bittenden Blick und gab sich schließlich geschlagen.

Die Warteschlange am Eingang war überschaubar, nach nur zehn Minuten Wartezeit konnten sie eintreten. Theresa blätterte ihren Führer durch.

»Wohin willst du?«, fragte Leon.

»Dreimal darfst du raten, ich suche Galileo Galilei. Wenn wir nun schon mal da sind.«

Während sie durch die Gänge und Säle schlenderten, erzählte Theresa ihren Freunden über die zwei Porträts des Astronomen, die Sustermans gemalt hatte. Eines hing im Palazzo Pitti und war von den Medici in Auftrag gegeben worden. Das andere hatte der Anwalt Elia Diodati im Jahr 1636 geordert. Er war ein großer Bewunderer Galileos gewesen, zwischen den beiden Männern hatte ein reger Briefwechsel geherrscht. Dieses zweite Gemälde war im August 1637 von Sustermans fertiggestellt und zu Diodati nach Frankreich geschickt worden.

»Das ist merkwürdig«, unterbrach Flora. »Wer ordert das Porträt eines Wissenschaftlers? Das wäre ja so, als ob ich mir ein Foto von Stephen Hawking ins Wohnzimmer hängen würde. Gut, ich pflege keine Korrespondenz mit ihm, aber trotzdem. Ich sage nur *Geheimgesellschaft.*«

»Ach Flora, es muss nicht immer ein Geheimbund sein. Vielleicht war es der Astronomen-Gesangsverein«, witzelte Paul.

Theresa Augenbrauen zuckten kurz, bevor sie unbeirrt fortfuhr: »Laut einem Brief von Galileos Assistenten Vincenzo Viviani schenkte Diodati es 30 Jahre später den Medici. Der Großherzog erkannte sofort, dass das Gemälde von Monsù Giusto gemalt worden war, da er es mit dem anderen Werk von Sustermans im Palazzo Pitti verglich. Auf einer Inventurliste der Medici von 1663 wurden zwei Porträts von Galileo Galilei aufgeführt – eines mit einem vergoldeten Rahmen und eines ohne. Das mit dem Rahmen wurde 1677 an die Uffizien weitergegeben.«

»Schaut mal hier«, rief Paul und deutete auf ein Gemälde.

Es zeigte den Astronomen im Alter von ungefähr sechzig oder siebzig Jahren mit einem Fernrohr in der Hand. In großen goldenen Lettern stand sein Name über seinem Kopf.

»Das sieht anders aus als die von Sustermans«, sagte Boris. »Er hat nie den Namen so demonstrativ aufgepinselt.«

»Ja, das ist, um euch gänzlich zu verwirren, ein drittes Bild von Galileo. Filippo Baldinucci, der übrigens der erste Kurator der Uffizien war, erwähnte es irgendwo. Es ist Teil der ›Gioviana Serie‹. Die Reihe ist nach dem italienischen Historiker Paolo Giovio benannt, der um 1530 begann, Kupferstichporträts berühmter Männer zu sammeln und damit eine Frühform des Museums realisiert hatte …«

Flora gähnte hinter vorgehaltener Hand und Dino trollte

sich zu einer Bank in einigen Meter Entfernung. Theresa verstummte. Nach einem kurzen Zögern sagte sie: »Ich will euch aber nicht langweilen.«

»Nein, erzähl weiter. Es ist bewundernswert, wie viel du dir gemerkt hast. Wann hast du das alles recherchiert?«, fragte Paul interessiert.

»Nachdem ich erkannt hatte, dass Galileo auf meinem Bild dargestellt ist. Das hat mich ziemlich fasziniert.«

»Er wurde von der Inquisition verurteilt und trotzdem hing sein Porträt hier – bei Herrschern, Päpsten und Künstlern?«, wunderte sich Boris. »Nahmen die Medici den Bann der Kirche nicht ernst? Oder hatte Galileo eine Sonderstellung, die ihn quasi unangreifbar machte?«

»Ich habe entdeckt, wo der Galileo von Sustermans hängt! Saal 41, bei meinem Freund Rubens«, unterbrach Leon und zeigte in seinem Führer auf das Foto. »Wollen wir uns den ansehen?«

»Ja, aber schnell, ich will ein Eis. Mir ist fad, ich hab schon alles Spannende gesehen«, brummte Dino, der von seinem Sitzplatz aus die Wand- und Deckenfresken betrachtet hatte. Teufelchen mit Pfeil und Bogen, Fantasietiere und musizierende Engelchen – Theresa war bei ihrem ersten Besuch auch davon gebannt gewesen. Sie verstand Dino, das war eine märchenhafte Welt, die nicht so öde war wie die Porträts alter Männer.

»Gut, mein Schatz, nur das eine Bild noch, dann gibt es ein großes ›gelato‹«, sagte sie und Dino lächelte glückselig.

Nach dem Mittagessen rekelten sie sich faul in den weichen Polstersesseln einer gemütlichen Trattoria nahe dem Palazzo Strozzi. Dino schleckte sein Eis und Theresa beobachtete ihn, damit er nicht kleckerte.

»Es ist schön, bedient zu werden und nicht selber kochen zu müssen«, sagte Paul und biss in das letzte Grissino.

»Was heißt das? Du musst doch nicht jedes Mal bei unseren Treffen kochen«, entgegnete Flora.

»Wenn du an der Reihe bist, wäre es allerdings besser, wenn ich es täte.«

»Von mir aus gerne, liebster Paul. Du darfst ab sofort immer meine Hauptspeisen übernehmen«, antwortete Flora. »Unter der Bedingung, dass alles so gut schmeckt wie diese göttlichen Calamari hier.«

»Ich will aber Spaghetti, nicht mehr diese Gummidinger«, rief Dino dazwischen.

Theresa folgte der Unterhaltung halbherzig. Sie legte die klebrige Serviette weg, beobachtete die flanierenden Italiener, sah das Schaufenster einer kleinen Galerie gegenüber und bekam plötzlich Lust, diese kleine Gasse beim Dom zu suchen, die sie vor vielen Jahren entlanggeschlendert war. Vorbei an Dutzenden winzigen Antiquitätengeschäften, in denen ein Restaurator neben dem anderen gearbeitet hatte. Aus den Fenstern und Türen war ein wunderbarer Geruch nach altem Holz geströmt, und Fragmente beschädigter Heiligenfiguren waren in den kleinen Räumen wie auf Seziertischen der Geschichte aufgereiht gelegen. Damit könnte sie auch Wenz die letzte Ehre erweisen. Wann war eigentlich sein Begräbnis? War er noch in der Gerichtsmedizin? Sie musste sich nach ihrer Rückkehr gleich bei Marie erkundigen.

»Wisst ihr was? Ich mache einen Spaziergang.«

Unvermittelt sprang Theresa auf. Alle starrten sie an, doch bevor sie etwas sagen konnten, hatte sie ihre Tasche umgehängt und verabschiedete sich: »Seid mir nicht böse, ich brauch das jetzt. Ich muss ein bisschen meine Jugend suchen. Wir treffen uns in zwei Stunden im Hotel, dann ist noch genug Zeit, uns fürs Dinner chic zu machen, oder?«

Sehr gut, endlich tat sich was. Sie ging alleine los? Noch besser. Er brauchte ihr lediglich unauffällig zu folgen. Sie musste etwas wissen, wieso sollte sie sonst mit ihren Freunden nach Florenz geflogen sein!

Wo und wie sie wohl auf das Geheimnis gestoßen war? Er hatte mit niemandem über die Briefe gesprochen, wie könnte sie also davon erfahren haben? Vielleicht hatte ihr Vater den Namen entdeckt und sie hatte schließlich die richtigen Schlüsse gezogen.

Er würde es bald wissen, wenn sie ihn ans Ziel geführt hatte.

Theresa bahnte sich den Weg zur Kathedrale Santa Maria del Fiore, wo sie die bronzene Paradiesestür von Lorenzo Ghiberti am Baptisterium bewunderte, ließ sich mit dem Menschenstrom weitertreiben, über die Ponte Vecchio, bis sie vor dem Palazzo Pitti stand. *Ihre* Gasse fand sie jedoch nicht. Und langsam wurde sie der Touristenmassen überdrüssig.

Auf der Suche nach Abgeschiedenheit entdeckte sie am Ende der Boboli Gärten einen Weg, der zum Forte di Belvedere führen mussten. Hier war sie doch schon einmal gewesen! Lächelnd folgte sie der menschenleeren Gasse, die steil bergauf verlief. Auf einer Anhöhe erblickte sie die vertrauten Ruinen und Rasenflächen, die ein paar Italiener nutzten, um die letzten Sonnenstrahlen vor einem langen Winter einzufangen. Theresa lehnte sich an die Mauer, die das Belvedere umgab, spürte die Kälte der Steine und den leichten Wind, der die Wärme vertrieb. Florenz lag zu ihren Füßen. Die majestätische Domkuppel Brunelleschis erhob sich aus dem Häusermeer, flankiert vom Campanile. Westlich erhob sich die Kirche San Lorenzo, östlich die Basilika Santa Croce, und mittendrin glitzerte das grüne Band des Arnos. Genau hier war sie vor 15 Jahren auch gestanden. Wie schnell die Zeit verging!

Seufzend trat sie den Rückweg an, um wieder ins *Jetzt* zurückzukehren. Nachdem sie einige Zeit dahingeschlendert war, bemerkte sie, dass sie die falsche Richtung eingeschlagen hatte, denn sie fand sich auf einem anderen Hügel der Stadt wieder. Irrwege konnten auch ans Ziel führen, selbst wenn man das Ziel vorher nicht kannte, dachte sie, als sie vor der verträumtesten romanischen Kirche stand, die sie jemals gesehen hatte. Lautlos betrat sie die Basilika San Miniato al Monte. Im Presbyterium, dem hinteren Altarraum, versammelten sich gerade ein Dutzend Mönche. Nach einer Minute leisen Raschelns begannen sie zu singen, und Theresa fühlte sich sogleich in ein anderes Jahrhundert versetzt. Glockenhelle Töne durchdrangen das Kirchenschiff. Theresa stellte sich vor, dass sie wie Federn in die Höhe zu *Ihm* schwebten. Verzaubert setzte sie sich in eine der Holzbänke und lauschte – fern von Zeit und Raum und doch im Hier und Jetzt. Sie schaffte es, alle Gedanken auszublenden – Yoga in seiner höchsten Form. Plötzlich einsetzende Stille riss sie aus ihrer Versunkenheit. Die Chorprobe war zu Ende und die Mönche verließen die Kirche. Auch sie musste sich nun sputen.

Nach einem halbstündigen Marsch erreichte sie das brodelnde Zentrum von Florenz und stand vor der Basilika Santa Croce. Da sie schon mehr als zwei Stunden unterwegs war, wollte sie eigentlich zügig weitergehen, doch irgendetwas hielt sie zurück. Sie folgte ihrer inneren Stimme und betrat die Kirche. Langsam schlenderte sie durch das Gotteshaus und stand mit einem Mal vor Galileos Grabmal. Er hatte sie also hereingezogen!

»Ich hatte ein Bild, für das du Modell gesessen bist«, flüsterte sie ins Dunkel. Der Gedanke, dasselbe Gemälde in Händen gehalten zu haben wie vor Jahrhunderten Galileo Galilei, jagte ihr einen Schauer über den Rücken. Wieder fühlte sie sich an die Ereignisse der letzten Tage erinnert. Sie seufzte und war froh, dass sie Geschichte waren.

»Jetzt muss ich wirklich zurück, Dino wartet bestimmt schon«, sagte sie leise zu sich selbst und eilte aus der Kirche. Ein Lächeln huschte über ihr Gesicht, als sie sich auf den Weg zum Hotel machte.

Will sie mich verspotten? Hetzt mich durch ganz Florenz, um was zu tun – Sightseeing? Ich habe für diese Spielchen wirklich keine Zeit mehr, sie zerrinnt mir zwischen den Fingern! Aber heute Nacht wirst du alles erzählen, so viel ist sicher.

»Wann kommt Boris an die Reihe?« Theresa zappelte nervös mit den Beinen unter dem festlich gedeckten Tisch.

»In circa 15 Minuten«, antwortete Leon und legte seine Hand auf ihren Arm.

»Kein Grund zur Aufregung und eigentlich sollte ich nervös sein, oder?«, fragte Boris.

»Stimmt, trotzdem. Eine Viertelstunde? Dann habe ich noch Zeit, schnell … ähm, mein Make-up aufzufrischen. Kommst du mit Flora?« Theresa suchte ihre Tasche, die zu Boden gefallen war.

»Nein, ich möchte mir den nächsten Preisträger ansehen, das ist der Dalai Lama«, erwiderte Flora und deutete auf das Programmheft.

»Gut, ich muss aber. Bin gleich wieder da.«

Auf dem Weg nach draußen genoss Theresa noch mal den Anblick des Festsaals – elegante italienische Renaissancearchitektur, sanft beleuchtet mit Hunderten von Kerzen, die in schimmernden, silbernen Leuchtern steckten. Dazu passte der üppige Blumenschmuck. Kunstvolle Gestecke aus weißen und rosa Lilien, die einen betörenden Duft verströmten. Wie ein Märchen aus ›Tausendundeiner Nacht‹, dachte Theresa und war Boris unendlich dankbar, dass er sie hierher eingeladen hatte.

Kurz bevor sie bei den Toiletten ankam, vibrierte ihr Handy. Ob das Adriana war? Dino sollte doch längst schlafen.

Sie hob ab und lauschte. Was sie hörte, brachte ihren Puls zum Rasen. Sie begann zu laufen. Als sie mit dem Telefon am Ohr vor die Tür des Palazzo Pitti trat, wehte ihr ein Windstoß die Haare ins Gesicht. Sie wischte sie nervös weg, sah sich um, hastete den schrägen Vorplatz hinunter und stieg in das wartende Auto.

Der Dalai Lama verließ das Podium und Boris sah sich ungeduldig um. »Ich bin jetzt dran. Wo Theresa nur bleibt?«

Sein Name wurde aufgerufen, er erhob sich und ging langsam zur Bühne.

Leons Blicke wanderten durch den Saal auf der Suche nach seiner Frau. Sie war nirgendwo zu sehen. »Flora, würdest du bitte schnell in den Waschräumen nachschauen?«

»Entschuldige«, antwortete sie mit einem Seitenblick auf Boris. »Ich kann jetzt unmöglich weggehen. Nicht, wenn er den Preis bekommt.«

Leon verstand ihre Reaktion, Theresa würde Boris' Auszeichnung auch nicht versäumen wollen, niemals. Eine unerklärliche Unruhe ergriff ihn. »Dann geh ich selbst.«

So unauffällig wie möglich schlich er sich durch die Tischreihen. Vor dem Saal begann er zu rennen und hetzte zur Damentoilette. Er klopfte und riss gleichzeitig die Tür auf. Ein paar Frauen kreischten ihn auf Italienisch an.

»Scusi, ich suche meine Frau. Ist da jemand in den Kabinen, könnten Sie nachsehen?«

Alles leer. Panisch jagte Leon durch den Palazzo. Die Sorge um Theresa schnürte ihm den Hals zu. Er öffnete die große Eingangstür, der Wind riss sie ihm aus der Hand und knallte sie gegen die Mauer. Suchend sah er sich um – nichts! … Halt, da unten auf der Straße lag ein Handy!

Er rannte hin und hob es auf. Es war Theresas! Doch sonst gab es keine Spur von ihr. Versteinert blieb er stehen, bis Flora hinter ihm auftauchte.

»Wo ist Thesi? Was ist los?«

»Ich weiß es nicht«, sagte Leon leise und zeigte auf Theresas Mobiltelefon. Das Display war zerbrochen und der Akku fehlte. Jemand musste es mit aller Wucht auf den Boden geschmettert haben. »Das lag hier. Es ist noch nicht vorbei …« Seine Stimme erstarb.

»Wir müssen sofort Kiesling anrufen!«, schrie Flora.

»Der ist in Wien! Was soll er tun?«

»Er wird Commissario Cattani informieren.« Flora begann zu fluchen, während sie hektisch Kieslings Nummer in ihrem Handy suchte.

Leon erwachte aus seiner Trance, holte sein Telefon aus der Tasche und wählte. Als sich endlich jemand am anderen Ende der Leitung meldete, erklärte er auf Englisch, dass er Theresas Mann sei und dringend Hilfe brauchte. Die italienische Polizei musste verständigt werden und zwar so, dass sie es ernst nahm, es ginge um Leben und Tod.

In diesem Moment kamen Paul und Boris aus dem

Gebäude gelaufen. »He, das ist aber nicht nett, ihr lasst uns allein, nur um zu telefonieren …«

Leon steckte sein Telefon ein und schrie die beiden an: »Theresa ist verschwunden, hier sind die Überreste ihres Handys!« Ihn beschlich ein furchtbarer Gedanke. »Ich muss sofort zu Dino!«

»Ich komme mit dir«, rief Boris.

Leon wandte sich an Flora und Paul. »Ihr wartet hier auf die Polizei!«

Er wollte gerade losstürmen, als ihm Boris das kaputte Telefon aus der Hand riss und es Paul überreichte.

»Thesis Handy. Gib es der Polizei. Irgendjemand muss sie angerufen haben.«

Boris und Leon stürzten davon. Paul blieb hilflos zurück und blickte fragend zu Flora, die noch immer telefonierte. Nach zwei Minuten ließ sie das Telefon sinken und sagte: »Robert leitet alles in die Wege und nimmt das nächste Flugzeug nach Florenz. Er informiert Rubini, der sollte in den nächsten Minuten hier auftauchen. Wir können jetzt nichts tun, außer warten.«

Flora drehte sich zu einem vorbeigehenden Passanten, hielt ihn auf und fragte: »Scusi, hätten Sie eine Zigarette für mich?«

»Bitte für mich auch eine!« Paul sank auf den Bordstein, klopfte sich auf die Stirn und murmelte: »Jemand muss sie angerufen haben. Alors, kleine graue Zellen. Da war doch etwas, was ich gestern gehört habe …«

Flora setzte sich neben ihn und gab ihm seine Zigarette. Er steckte sie geistesabwesend hinters Ohr, starrte auf das Handy und wiederholte: »Jemand muss sie angerufen haben.«

Flora sprang auf. »Ja, genau! Gestern im Auto, als wir angekommen sind! Das war er!« Sie schüttelte Paul und schrie ihn an: »Theresa hat seinen Namen gesagt, denk nach.« Sie sprang auf und begann sich im Kreis zu drehen. »Verdammt, verdammt, wieso fällt mir das jetzt nicht ein? Sonst merke ich mir jeden Scheiß!«

»Ich überlege schon die ganze Zeit, wer es war, aber wenn du dich wie ein Derwisch aufführst, kann ich mich nicht konzentrieren. Setz dich und halt den Mund!«

Flora gehorchte und lehnte sich an seine Schulter.

»Schöner Sonntag … Buona Domenica«, murmelte Paul und rief dann plötzlich: »Domenico! Der Mann hieß Domenico! Aber der Nachname fällt mir nicht mehr ein.«

»Du bist der größte Schatz, den es gibt!« Flora küsste ihn, drückte gleichzeitig auf Wiederwahl und rief ins Telefon: »Es ist der Sustermans-Experte, dessen Vorname Domenico ist, er muss auf der Liste stehen. Beeilt euch!«

Sie lehnte sich wieder an Paul und fragte: »Hast du Feuer?«

»Ich bin Nichtraucher, das weißt du doch.«

Arcetri, Januar 1640

Carissimo et illustrissimo mio amico!
Teuerster Freund!

Mein treuer Vincenzo schreibt diesen Brief geheim für mich und wird, da die gute Maddalena vorigen Monat für immer zum Herrn gegangen ist, auch für den unbemerkten Versand sorgen, so kann ich Euch nun den Ablauf erklären.

Vincenzo hat meine neuen Schriften in eine Bibel einge-

bunden. Ich weiß, es ist Blasphemie, die Bibel als Transportmittel zu benutzen, aber hat mich nicht die Kurie dazu genötigt? Würde sie die Wissenschaft nicht verfolgen, ich hätte Gottes Wort niemals entweiht. Als denn, die Bibel ging gestern mit einem Boten an den Adressaten. Da ich den Empfänger nicht in allerhöchste Gefahr bringen will, werde ich ihn hier nicht nennen. Wobei der Empfänger nicht ahnt, was er erhält. Die Bibel wird ihm von mir als Geschenk übermittelt und wenn er sich nicht das gesamte Alte und Neue Testament innerhalb zweier Tage durchliest, wird er nie erfahren, was in dieser Bibel transportiert wurde.

Heute wird die wunderbare Allegorie von Monsù Giusto an Euch geschickt werden und mit dem Bild auch der Hinweis, wo die Bibel zu finden ist. Wie die Heilige Schrift in Euren Besitz kommt, damit Ihr das Manuskript entnehmen könnt, überlasse ich Eurer Gabe, Freunde um einen Gefallen zu bitten. Versucht, Euch die Bibel auszuleihen, wenn er Euch eine andere als die von mir geben will, sagt, Ihr hättet gerne die meine, weil Ihr so lange mit mir befreundet seid, mich aber so lange nicht mehr gesehen hättet, und Euch mit diesem Buch in der Hand für kurze Zeit mir ganz nahe fühlen könntet.

Was Ihr dann mit dem Manuskript machen werdet, entscheidet Ihr, ob die Veröffentlichung in einem freisinnigeren Land möglich ist, und wie Ihr es aus Italien schmuggelt. Aber seid vorsichtig, die Inquisition beobachtet Euch sicher auch, denn ein Freund von Galilei ist ein Feind der Kirche.

Mein größter Wunsch ist, dass nach meinem Tode nichts der Kurie in die Hände fällt, was der Welt zugedacht war. Langsam fühle ich mich immer schwächer. Ich glaube, dies war das letzte Manuskript, das ich aus der Verbannung schmuggeln konnte.

Auch Euer Gesundheitszustand beunruhigt mich zutiefst, ich bitte Euch, seht zu, dass Ihr genesen möget. Ich weiß nun gar nicht, ob ich Euch den Plan noch zumuten kann. Doch ist es eine Aufgabe, die Euch zwingt am Leben zu bleiben. Bevor sie nicht erledigt ist, dürft Ihr nicht gehen, versprecht es mir!

Ich schicke Euch meine besten Wünsche, umarme und küsse Euch!

Euer G.

Kapitel 15

Florenz, Donnerstagnacht, 14. November

Eine Windböe rüttelte am Auto, Theresa saß zitternd auf der Rückbank. Dino lag neben ihr. Sie zog ihn zu sich, er schnaufte leise, wachte aber nicht auf. Hauptsache er lebte! Als der Anrufer sie mit seinen Drohungen gezwungen hatte, ins Auto einzusteigen, dachte sie schon, er wäre tot.

Sie sah im Rückspiegel ein dunkles Paar Augen, das sie beobachtete. Angestrengt dachte sie nach. War sie ihm nicht schon einmal begegnet? War das nicht …? Natürlich! Sie hatte sie ihn flüchtig bei Wenz gesehen, am Tag nach dem Mord in der Menschenmenge, und später wieder im Wiener Auktionshaus! Deshalb war er ihr bei der Versteigerung bekannt vorgekommen!

Sie wagte nicht zu sprechen. Stumm fuhren sie weiter, bis er in der Nähe der Uffizien parkte. Theresa versuchte die Tür von innen zu öffnen, doch sie war verschlossen. Keine Möglichkeit zur Flucht. Aber wie könnte sie auch den betäubten Dino mitnehmen?

Unfähig, einen klaren Gedanken zu fassen, ließ sie den Griff los. Der Entführer riss die Tür von außen auf und zischte: »Steig aus und komm mit! Ich trage deinen Sohn und habe dabei immer eine Waffe auf ihn gerichtet. Also denk nicht mal daran zu fliehen.«

Selbst wenn sie gewollt hätte, es wäre unmöglich gewesen. Sie war in Lähmung erstarrt. Nur langsam schaffte sie es, aus dem Wagen zu klettern. Sie gingen zu einem Hintereingang und Theresa überlegte fieberhaft, welcher der Sustermans-Experten hier in den Uffizien arbeitete. Dass er einer der Italiener sein musste, die sie angemailt hatte, war ihr inzwischen klar. Auch wenn er fast akzentfrei deutsch sprach. In ihrem Gehirn begann es zu rattern.

Mit Dino in der einen und der Pistole in der anderen Hand signalisierte er ihr, den Schlüssel aus seiner Tasche zu holen und aufzusperren. Da fünf am Bund befestigt waren, sah sie ihn fragend an.

»Der silberne. Schnell, beeil dich!«

Als sie die Tür hinter sich verschlossen hatte, befahl er ihr, die Schlüssel wieder in seine Hose zu stecken und scheuchte sie durch die langen Gänge. Diesmal hatte sie keinen Blick für die prachtvollen Wandmalereien. Ihr einziger Gedanke war, dass sie sich den Weg einprägen musste – Treppen hoch, Korridore entlang, links, rechts, links. Dann stieß er sie in eines der Zimmer, legte Dino auf ein Sofa und zischte: »Setz dich auf den Sessel!« Mit einem Seil, das er aus seiner Jackentasche zog, fesselte er sie. Ihre Hände waren hinter dem Rückenteil verschränkt und sie konnte nur noch den Kopf bewegen. Aber das Wichtigste war, dass sie gegenüber von Dino saß. Verzweifelt bemerkte sie, dass er noch immer nicht wach war.

»Was wollen Sie von uns?« Ihr gesamter Körper zitterte, sie bekam kaum Luft.

»Keine Angst, wenn du kooperierst, werde ich euch laufen lassen.«

»Natürlich werde ich kooperieren, ich bin doch sofort nach Ihrem Anruf rausgekommen.« Sie deutete mit dem Kinn zu Dino. »Was haben Sie mit meinem Sohn gemacht?«

»Der schläft ein bisschen. Marzipan mit etwas Valium. Hat ihm gut geschmeckt. Und jetzt rede!«

»Was …« Sie stockte, kämpfte gegen ihre Tränen an. Dann

sprach sie leise weiter: »Was wollen Sie wissen? Wer sind Sie überhaupt?«

»Du kennst mich nicht? Obwohl du mir geschrieben hast?« Er sah sie abschätzend an. »Ich bin Dottore Casagrande. Und ich will endlich die Information!«

Schon wieder! Angestrengt versuchte sie, ihr Gehirn auf Touren zu bringen, konnte jedoch nur daran denken, dass sie sich in einem Raum mit einem Mörder befand. Einem, der Menschen ins Gesicht schoss. Schweiß lief Theresa über die Stirn und den Rücken hinunter. Die Information hatte sie doch längst abgehakt! Er besaß das Bild, die Dokumentation, was wollte er noch? Sie musste Zeit gewinnen.

»Aber ich habe keine Informationen. Was kann ich Ihnen sagen, ich weiß nichts!«

Sie konnte die Tränen nicht mehr zurückhalten und spürte, wie ihr Puls zu rasen begann. Oh nein, jetzt *nicht!* Zu spät – Theresa zitterte, mit jedem Herzschlag hob und senkte sich ihr gesamter Oberkörper. Das Rauschen des Blutes dröhnte in ihren Ohren. Sie musste sich nach vorne lehnen, damit es aufhörte, doch sie war zu straff an den Sessel gefesselt. Sie brauchte einen der Betablocker aus ihrer Geldbörse, aber sie wagte nicht, Casagrande danach zu fragen. Stattdessen schluchzte sie: »Was wollen Sie nur von uns?«

»Ich will wissen, wer der Empfänger ist!«, schrie er, donnerte mit der Faust auf den Tisch, den er zwischen Theresa und Dino gestellt hatte, und sprang auf. Theresa zuckte erschrocken zurück und schlug dabei mit dem Kopf gegen die Stuhllehne. Ihr Herz schlug ihr nun bis zum Hals.

»Ich brauche eine Tablette aus meiner Handtasche, sonst beruhigt sich mein Puls nicht«, flehte sie ihn an.

Er betrachtete kurz ihren zitternden Körper und fragte: »Wo sind sie? Bevor du nicht mehr reden kannst!«

»In der … der Geldbörse«, stammelte sie und dachte, dass sie gleich in Ohnmacht fallen würde.

Casagrande holte den Betablocker und schob ihn ihr in den Mund. Wie bei einem Placeboeffekt fühlte sie sofort eine leichte Entspannung.

Sie musste sich beruhigen – und ihn, dachte Theresa und schloss die Augen. Er hatte ihr gerade geholfen, also war er nicht durch und durch ein schlechter Mensch. Vielleicht konnte sie ihn in ein Gespräch verwickeln.

Sie atmete tief ein und genauso lange wieder aus. Nur wer richtig atmete, konnte auch vernünftig denken. Allmählich begann sich ihr Herzschlag zu normalisieren, das Rauschen in ihren Ohren wurde leiser, die Halsschlagader schwoll nicht mehr an. Trotzdem zitterte sie noch vor Aufregung.

Casagrande stellte sich ganz nahe vor sie hin und beugte sich zu ihrem Ohr. Sein Sakko öffnete sich und Theresa sah den Revolver, der in seinem Hosenbund steckte.

»Noch mal«, sagte er langsam und Theresa spürte Tröpfchen seines Speichels auf ihrer Wange. »Ich will wissen, wer der Empfänger ist.« Er betonte jede Silbe.

»Welcher Empfänger? Wovon sprechen Sie?«, schluchzte sie und ihre Stimme überschlug sich. Sie war ratlos und gleichzeitig panisch, weil sie ständig diese Pistole anstarren musste. Ihr Herz begann wieder zu rebellieren.

»Hör auf zu lügen! Du weißt genau, was ich suche! Ich bin dir gestern durch Florenz gefolgt.«

Gestern? Da war sie den Spuren ihrer Jugend gefolgt! Aber das durfte sie Casagrande nicht sagen, er würde noch mehr ausrasten. »Ich weiß wirklich nicht, wovon Sie sprechen!«, schluchzte sie.

»Stell dich nicht dumm, ich suche natürlich den Empfänger des Manuskripts!«

Er holte einen Sessel und setzte sich ihr gegenüber hin. Theresa bemerkte, dass sein blauer Anzug zerknittert war und Schmutz seine braunen Schuhe bedeckte. Die Garderobe hatte er auch schon in Wien getragen! Sie schüttelte den Kopf. Woran dachte sie nun wieder? Andererseits halfen ihr diese Banalitäten, den Revolver zu vergessen und sich in den Griff zu bekommen. Sie durfte jetzt nicht ausflippen, das würde Dino und sie das Leben kosten.

Theresa schluckte den letzten Rest Spucke, den sie noch im Mund hatte, und fragte Casagrande so ruhig wie möglich: »Ich weiß nicht, welches Manuskript Sie meinen. Bitte erklären Sie mir, worum es hier geht.«

Sie musste Zeit gewinnen. Aber wofür? Keiner wusste wo sie war. Das Handy, über das sie hätte geortet werden können, hatte er vor dem Palazzo aus dem Autofenster geworfen. Sie war die Einzige, die sich und Dino aus dieser Situation retten konnte. Nur war Dino betäubt und sie gefesselt! Theresa brauchte einen Plan, einen wirklich guten Plan! Er sollte reden, damit sie ihre Fluchtmöglichkeiten überdenken konnte.

»Ich habe Briefe von Galileo Galilei an Bonaventura Igowski gefunden«, sagte ihr Entführer.

Jetzt verstand Theresa. »Oh, mein Gott«, murmelte sie. »Flora hatte recht, ein Geheimbund.«

»Kein Geheimbund! Ich – ich alleine suche dieses Bild, seit ich 17 bin.«

Theresa sah ihn überrascht an. »Wieso?«

Casagrande sah sie lange schweigend an. Schließlich entschloss er sich zu erzählen. »Vor 45 Jahren habe ich Briefe entdeckt. Sehr alte Briefe. In einem Möbelstück vom Sperrmüll, damals konnte ich mir nichts Besseres leisten. Aber das ist eine andere Geschichte.« Er lachte kurz auf. »13 Briefe, fein säuberlich in einer Ledertasche verpackt, sodass sie die Zeit fast unbeschadet überstanden haben. Ich ahnte sofort, dass Galilei sie geschrieben hatte. Sie allein wären ein Vermögen wert gewesen. Aber in den Briefen erzählte er von einem Manuskript, das er an der Inquisition vorbeigeschmuggelt hat. Ein Manuskript, das bis heute noch nicht gefunden wurde, hundertmal so wertvoll wie die Briefe und eine absolute Sensation. Ich wäre auf einen Schlag berühmt gewesen!«

Casagrande verstummte. Er sah sich wieder bei diesem riesigen Gerümpelhaufen stehen, auf der Suche nach etwas Brauchbarem. Seine Mutter hatte ihn aus dem Haus geworfen, sein Vater saß bereits eine Ewigkeit im Gefängnis. Er kam bei einem Freund unter, der ihm einen kleinen Kellerraum zur Verfügung stellte – ein Loch, aus dem er so bald wie möglich verschwinden wollte. Dann hielt er diese Briefe in den Händen und wusste, sie waren seine einzige Chance, dem ganzen Dreck zu entfliehen. Er verließ seinen vorgezeichneten Weg, der über Drogenhandel, Diebstahl und Körperverletzung direkt in die Nachbarzelle seines Vaters geführt hätte, und konzentrierte sich nur noch darauf, mehr über das Manuskript zu erfahren. Er schuftete nachts in Lagerhallen, um tagsüber zu studieren. Natürlich war es nicht immer ohne die Hilfe seiner alten Freunde und einiger Diebstähle gegangen, aber schließlich hatte er den Ausstieg geschafft und war *Dottore* Casagrande geworden – der Dottore mit den besten Verbindungen zu Dieben und Hehlern. Er erinnerte sich an das unglaublich erhebende Gefühl, als er sein Abschlussdiplom überreicht bekommen hatte.

Casagrande wandte sich wieder an Theresa und berichtete weiter, wie er kurz nach dem Studium endlich entdeckt hatte, dass der Adressat Bonaventura Igowski sein musste.

Galileo hatte es zuvor zweimal geschafft, Schriften aus Arcetri zu schmuggeln: Einmal sorgte der Anwalt Elia Diodati dafür, dass der ›Dialog‹ in Holland verlegt wurde, später übergab Galileo ein weiteres Werk an den Grafen von Noailles. Dies alles war belegt, aber das dritte Manuskript, von dem er in den Briefen geschrieben hatte, war bis heute nicht aufgetaucht.

Casagrande machte eine kurze Pause, weil Dino murmelte und sich auf der Bank wälzte.

Theresa wusste nicht, ob sie sich wünschen sollte, dass ihr Sohn endlich aufwachte oder weiterschlief. Mit einem schlafenden Kind war es unmöglich, an Flucht zu denken, aber sie wollte auch nicht, dass er seine Mutter gefesselt sehen musste.

»Leider verschwieg Galileo in seinen Briefen, an wen er das Manuskript geschickt hatte«, fuhr Casagrande fort und hatte wieder Theresas volle Aufmerksamkeit. »Er erwähnte jedoch, dass ein versteckter Hinweis mit dem Gemälde, das Sustermans gemalt hatte, an Bonaventura übermittelt wurde. Diese Vorsichtsmaßnahme hatte er getroffen, weil immer wieder Briefe von der Inquisition abgefangen worden waren. Meist schmuggelte seine Putzfrau Maddalena die Briefe aus dem Haus, denn die Herren der Inquisition griffen einer fast 80-Jährigen nicht mehr unter die Röcke.«

Theresas Kopf schmerzte. Die Aufregung, der Betablocker und nun diese Flut an Informationen. Unglaublich, dass sie die ganze Zeit einer Originalhandschrift von Galileo Galilei auf der Spur gewesen waren!

»Als Igowski das Bild erhielt, war er bereits schwer krank. Er konnte das Manuskript nicht mehr abholen und veröffentlichen lassen. Galileos Briefe hatte er aus Angst vor der

Inquisition gut versteckt. So wurde das Gemälde, von dessen wirklichem Wert die Kinder nichts wussten, durch die Generationen weitervererbt.«

Bis die letzte Fürstin Igowski ohne Nachkommen gestorben war und Ambrosius es unglückseligerweise gekauft hatte, dachte Theresa. Boris hatte mit seiner Theorie recht gehabt. Die ›Krönung‹ war seit Jahrhunderten im Familienbesitz gewesen. Nur bei der Bedeutung des Werkes hatten sie sich getäuscht. Darüber zu sinnieren, war jetzt jedoch nicht die Zeit. Sie betrachtete Dino. Ihr wollte einfach kein Fluchtplan einfallen.

Casagrande, der die Geschichte vermutlich jahrzehntelang mit sich herumgetragen hatte, war nicht zu stoppen. Er stand auf, ging zum Fenster und betrachtete den Vollmond.

»Du verstehst, dass diese Briefe seither mein Leben bestimmt haben. Ich folgte den Spuren Sustermans' und den Spuren der Igowskis. In Österreich verlor ich sie, weil ich erst zehn Jahre nach dem Tod der letzten Fürstin nach Pöllau gekommen bin. Dort konnte ich das Bild nicht mehr finden.«

Und er war bei der Suche nicht gerade zimperlich vorgegangen, dachte Theresa. Sie sah wieder das unscharfe Zeitungsfoto der Ilse Dreiseitl vor sich.

»Ich begann, den Kunstmarkt in Österreich zu beobachten, lernte Deutsch, um einen Händler nach dem anderen zu befragen. Ende der 90er-Jahre gab ich auf. Es war zu frustrierend, immer wieder in eine Sackgasse zu laufen. Und plötzlich …« Er lachte, drehte sich zu Theresa und stellte sich so nah vor sie, sodass sie die hellbraunen Sprenkel in seinen fast schwarzen Augen erkennen konnte. »Plötzlich wird mir mit deiner Mail das Bild auf dem Silbertablett serviert. Ich bin noch am selben Tag nach Wien gefahren.«

Dino schnaufte laut, begann sich zu strecken, schlief aber weiter. Theresa schloss die Augen und versuchte, endlich an einem Fluchtplan zu arbeiten, doch Casagrande stellte sich hinter sie, nahm die Lehne und kippte den Sessel – eine bedrohliche Geste, die ihr den Atem verschlug.

»Aus den Briefen geht hervor«, zischte er in ihr Ohr, »dass der Empfänger aus der Darstellung ersichtlich wird. Hast du etwas entfernt oder übermalt?«

»Nein, ganz sicher nicht.« Theresa schüttelte den Kopf und versuchte, sich zu ihm umzudrehen. Würde er ihr glauben, dass sie nicht wusste, wer der Empfänger war?

Casagrande wurde ungehalten, ließ den Sessel los, der mit einem lauten Knall vorne aufsetzte, und ging zu Dino. »Jetzt stehe ich kurz vor der Lösung und du willst nicht reden! Ich habe keine Zeit mehr!« Er griff in seinen Hosenbund und holte den Revolver hervor. »Wenn du mir nicht sofort die Wahrheit sagst, erschieße ich ihn!«

Theresa schrie auf, als er die Pistole an Dinos Kopf hielt.

»Nein bitte, ich weiß es nicht! Ich weiß nicht, welche Information Sie von mir wollen. Tun Sie ihm nichts! Vielleicht wurde das, was Sie suchen, von den Restauratoren in den letzten Jahrhunderten wegretuschiert oder übermalt.«

Tränen rannen unkontrolliert über ihr Gesicht, sie zermarterte sich das Hirn, was sie ihm noch sagen könnte. Ihr fiel ein, dass Paul erzählt hatte, bei der ›Mona Lisa‹ seien Augenbrauen und Wimpern verschwunden. Vielleicht waren auch bei Sustermans die Pigmente am Verbleichen der Information schuld. Würden schlechte Farben Dino und sie das Leben kosten?

»Haben Sie es mit einer Spektralkamera versucht, da werden Untermalungen sichtbar«, keuchte sie.

»Dazu hätte ich das Bild nach Paris bringen müssen, das

war mir zu gefährlich. Und dann bist du mir ohnehin mit deiner Florenzreise entgegengekommen.«

»Woher wussten Sie davon?« Wieder ging ihr der Gedanke durch den Kopf, dass es notwendig war, Casagrande in ein Gespräch zu verwickeln. Sie musste ihn dazu bringen, die Pistole wegzustecken.

»Stupida!« Abschätzend betrachtete er sie, nahm die Pistole von Dinos Kopf und zielte auf Theresa. »Das hast du alles bei deinen Telefonaten erzählt.« Er schnaubte. »Du kannst dir ja denken, dass ich es war, der dich verwanzt hat. Auch da hast du es mir leicht gemacht – immerhin lag dein Handy tagelang unbeachtet auf dem Rücksitz deines Autos. Es wäre so einfach gewesen, das Bild beim Restaurator zu stehlen! Dass mir dieser Stronzo Schlager dazwischenkam, hat mich eine ganze Woche gekostet! Bis ich endlich seinen Namen herausgefunden hatte! Gut, dass ich viele Hehler in Wien kenne – es war nicht schwer, einen Sustermans zu finden, der auf den Markt sollte. Dieser Idiot hatte den Namen auf der Rückseite entdeckt und sofort Gott und die Welt angerufen.«

Er hatte schneller als die Polizei ermittelt, dachte Theresa. Sie bemerkte, wie Casagrande immer zorniger wurde. Südländisches Temperament oder schon Wahnsinn? Er sah sie lange an, hustete und richtete die Pistole wieder auf Dino. »Also, Amore, rette dein Bambino.«

»Da waren Namen im UV-Licht zu erkennen …«, stammelte Theresa.

»Natürlich, *diese* Information habe ich in der Dokumentation des Restaurators gefunden. Aber sollen etwa Kepler, Kopernikus oder Brahe die Empfänger sein? Ich bin doch nicht blöd, die waren längst tot, als das Gemälde fertiggestellt wurde! Und das wird dein Bambino auch bald sein, wenn du nicht mit der Sprache herausrückst.«

»Nein, ich meine nicht Kepler oder Brahe als Individuen, sondern als Gemeinschaft, vielleicht ist das Manuskript in einem …«, sie schluchzte, ihr fielen vor lauter Aufregung die Worte nicht mehr ein, »in einem … Helfen Sie mir, wo beobachtet man die Sterne?« In ihrer Verzweiflung ratterten die Regenbogenmaschine und ein Astrolabium durch ihren Kopf, sie konnte nicht mehr klar denken. Astronomen, Sterne, Planeten …

»Planetarium!«, schrie sie. »Vielleicht hat er das Buch an eine Gruppe von Astronomen in Florenz geschickt. Und es ist noch immer dort … Ich weiß es doch nicht.«

»Unsinn! Diese Namen bringen rein gar nichts. Ich habe alles abgewogen! Und es existierte damals in Florenz kein Observatorium. Nein, nein, da muss es noch jemanden geben.«

Theresa suchte verzweifelt nach einer anderen Lösung. Ihr Blut begann wieder durch ihre Adern zu schießen, mühsam presste sie hervor: »Das Bild ist doubliert, vielleicht steht auf der Rückseite der Originalleinwand der Empfänger?«

»Das wäre im UV-Licht erschienen. Ich habe den Keilrahmen untersucht, die Leinwand vom Holz abgenommen, das Innere überprüft – nichts. Und jetzt reicht es langsam! Sprich oder dein Sohn lebt nicht mehr lange!« Casagrande sah den Jungen an und legte den Kopf schief »Dino – so ein schöner italienischer Name und jetzt muss er sterben.«

Er fuhr mit dem Lauf über Dinos Schläfe, als wolle er ihn streicheln, und spannte die Pistole. Das Geräusch des klickenden Hebels entfachte ein Feuerwerk in Theresas Gehirn. Informationen rasten durch die Nervenbahnen, blitzten, knackten, veränderten die Farbe, Bilder erschienen. Alle Recherchen der letzten Tage leuchteten in Sekundenschnelle in ihrem Kopf auf, einige heller, andere dunkler: Sie sah Flora die ›Krönung‹ von der Wand holen, den

Zettel auf der Bildrückseite. Internetseiten liefen vor ihrem inneren Auge ab, sie wusste, nur die richtige Antwort würde Dino jetzt noch retten. Auf einmal sah sie ihn vor sich – mit flammenden Buchstaben erstrahlte ein Name. Und er war nicht auf dem Gemälde gestanden!

»Dimucci!«, schrie sie – so laut und ansatzlos, dass Casagrande erschrak.

»Dimucci?«

»Ja!« Sie verschluckte sich fast an ihren Tränen. »Auf dem Bilderrahmen, den der Einbrecher im Atelier zurückgelassen hatte, habe ich eingeritzte Zeichen bemerkt. Anfangs dachte ich, es sei eine römische Jahreszahl, es ist aber bestimmt der Name des Empfängers.«

Er musste es sein! Bitte lass mich recht haben, bitte lass mich Dino gerettet haben! Theresa sah zu ihrem Sohn und hoffte, dass der Wahnsinnige das Valium nicht überdosiert hatte.

Casagrande nahm die Pistole von Dinos Kopf und überlegte kurz. »Der Rahmen … Daran hätte ich auch denken können! Allerdings gab es keinen Dimucci. Ich kenne die Namen aller Florentiner aus dieser Zeit.« Er starrte Theresa an. »Sonst nichts?«

»Nein, aber ich konnte die Einkerbungen nicht genau untersuchen, weil die Polizei anwesend war. Vielleicht stand dahinter oder davor noch etwas. Es könnte auch ›Dinucci‹ sein. Ob N oder M war nicht zu erkennen …«

Casagrande hob unwirsch den Arm. »Ruhig. Ich muss denken. Di Nucci, Dinucci, Dino Ucci …« Er stockte. »*Baldinucci*! Es kann nur Baldinucci sein!« Ein Strahlen ging über sein Gesicht. »Filippo Baldinucci, der Kurator der Uffizien! Dem alten Jesuiten hat Galileo also die Bibel mit dem Manuskript geschickt! Aber wo …«

Theresa konnte nicht anders und fragte: »Ich dachte, Baldinucci war verheiratet und hatte Kinder?«

Casagrande sah sie verwundert an. »Du kennst dich aus?«

»Wir haben in den letzten Tagen viel recherchiert. Aber nur, um zu erfahren, wer das Bild gemalt hat«, antwortete Theresa zitternd.

»Baldinucci wollte ursprünglich Jesuit werden, entschied sich dann jedoch anders. Drei seiner Kinder wurden Geistliche.« Casagrande stand wieder auf, legte seine Pistole auf den Tisch und sah aus dem Fenster. »Also gut, wenn der gläubige Baldinucci eine Bibel geschenkt bekommt, was macht er damit?«

»Vielleicht ...«

»Ruhe! Dich habe ich nicht gefragt, ich denke nur laut.«

Theresa verstummte und versuchte verzweifelt, an ihrem Fluchtplan zu arbeiten, allerdings versagte ihr Hirn noch immer seinen Dienst.

Casagrande verschränkte die Hände hinter dem Rücken und ging durchs Zimmer. »Sie ist wahrscheinlich in der Bibliothek der Uffizien, bei der religiösen Literatur. Nein, bei den Inkunabeln«, stöhnte er. »Aber das habe ich bereits alles untersucht. Jede Bibel in jeder italienischen Bibliothek habe ich durchgesehen, jede Bibel ersteigert, die es am Markt gab. Baldinucci, wohin hast du Gottes und Galileos Wort gegeben?« Er drehte sich zu Theresa. »Stand sonst nichts auf dem Rahmen?«

»Nein, ich konnte nur ›Dinucci‹ erkennen. Ich schwöre.«

»Ohne Bibel brauche ich keinen Schwur.« Er ging weiter im Zimmer auf und ab. Schließlich setzte er sich auf seinen Sessel und blickte stumm ins Leere.

Dino streckte einen Arm von sich und rekelte sich schlaftrunken. Endlich!

»Ich hab's!« Casagrande sprang vom Sessel. »Der Nachlass von Filippo Baldinucci wurde auf die Söhne verteilt. Bestimmt erhielt einer der Priester die Bibel. Genau dort muss ich suchen!«

Theresa sah ihn zum ersten Mal lächeln. Sie atmete erleichtert auf.

»Darf ich was sagen? Wenn Baldinucci so gläubig war, hat er die Bibel doch sicherlich gelesen, oder?«

Casagrande erstarrte.

›Halte den Mund, du blöde Kuh!‹, dachte sie sich im selben Moment, aber es war zu spät. Verflucht, wieso konnte sie nie still sein? Wie Flora!

»Dann hat er das Manuskript gefunden. Was macht ein gläubiger Christ damit?«, überlegte Casagrande.

»Der Inquisition übergeben?«, wagte Theresa zu flüstern und versuchte ihre klammen, abgeschnürten Finger zu bewegen. Wenn nicht bald etwas passierte, würden sie absterben, dachte sie.

»Der Inquisition?«, donnerte Casagrande. »Um Galileo und sich selbst den Henkern auszuliefern? Niemals! Eher hätte er alles zerstört.«

Theresa beobachtete, wie er unter der Last dieser Vorstellung förmlich implodierte und sein Körper erbebte.

»Nein, das kann nicht sein. Baldinucci hat es sicher nicht vernichtet.« Theresa überlegte angestrengt, wie sie argumentieren sollte, bevor sie fortfuhr: »Jeder Mensch würde eine Handschrift von Galileo hüten wie einen Schatz.«

Sie versuchte wieder ihre Fesseln zu lockern und stöhnte laut auf, weil sie sich wund gescheuert hatte. In diesem Augenblick öffnete Dino seine Augen und starrte Theresa verwirrt an. Sie signalisierte ihm, so gut sie es ohne Hände konnte, still zu sein. Ein nervendes Kind hätte Casagrande noch mehr in Rage gebracht. Glücklicherweise nickte ihr Sohn und drehte sich zur Wand.

»Ja, heute würden wir es hüten! Aber vor 350 Jahren? Als der Scheiterhaufen drohte? Wie konnte Galileo das Manuskript nur an Baldinucci schicken, dieser Idiot. Idiota!« Er schlug sich auf die Stirn und seine dunklen Augen funkelten Theresa zornig an.

Wenn er jetzt durchdreht, sind wir tot, schoss es ihr durch den Kopf. Was hatte er noch zu verlieren? Zwei Morde hatte er schon begangen. Ohne uns würde er vielleicht ungeschoren davonkommen. Sie musste ihn wieder auf eine Fährte bringen, seinen Glauben an das Manuskript stärken.

Theresa begann, um ihr Leben zu reden: »Baldinucci war zwar ein frommer Mann, aber viel mehr war er ein Erneuerer! Er war Kurator der Medici, er hatte Ehrfurcht vor den Künstlern! Er musste auch Ehrfurcht vor Forschern gehabt haben. Galileo war trotz Kirchenbann ein gefeierter, berühmter Mann. Nicht umsonst hing sein Porträt in den Uffizien«, keuchte sie. »Niemals hätte Baldinucci das Werk eines dieser Männer, dieser uomini famosi, zerstört. Er glaubte an die göttliche Inspiration. Keine Erkenntnis der Wissenschaft ist ohne göttliche Inspiration möglich. Er hätte die Bibel nicht zerstört. Niemals! Nein!«

In ihrem Gehirn hämmerte es. Er musste überzeugt werden, musste mit ihr auf die Suche nach diesem Manuskript gehen, damit sie Zeit gewann. Sollte sie Italienisch sprechen? Vielleicht beruhigte ihn das.

Er sah sie durchdringend an. Sie spürte, dass er ihr glaubte, dass er ihr glauben wollte. Seine Gesichtszüge entspannten sich.

Theresa setzte erneut an »Io … io credo …«

Ja, was glaubte sie? Göttliche Inspiration – wo war sie,

wenn man sie brauchte! »Io credo che …«, stammelte Theresa und verstummte.

»Si, dimmi! Sag's mir!«, rief Casagrande so laut, dass Dino zusammenzuckte.

Er rührte sich jedoch nicht und sagte kein Wort. Kluger kleiner Kerl. Theresa zermarterte sich ihr Hirn. Wohin konnte sie Casagrande schicken? Ihr fiel nichts ein. Das bedeutete Dinos und ihren Tod! Sie sah Leon vor einem ausgehobenen großen Grab stehen, aus dem Grab stiegen Planeten, sie begannen um Leons Kopf zu kreisen … Planeten – natürlich, Galileos Grab!

»Credo che troveremo il manoscritto nella Chiesa Santa Croce.«

»In der Kirche? Santa Croce?«, fragte Casagrande überrascht. Doch ihm schien etwas zu dämmern. Er grinste, sah ihr tief in die Augen und zog sein Lid mit dem Finger nach unten. »Sei furba! Du bist schlau.«

Theresa entspannte sich. Zum Glück war ihr das Grab eingefallen! Galileo war schon ziemlich alt gewesen, als Sustermans das Porträt von ihm gemalt hatte. Der Briefwechsel und der Versand der Bibel an Baldinucci mussten also kurz vor seinem Tod stattgefunden haben. Und was hätte jemand getan, der das geistige Schaffen eines Mannes zwar hoch schätzte, aber nicht Gefahr laufen wollte, in die Fänge der Inquisition zu geraten? Er hätte es zurückgegeben – zurück an Galileo.

»Gut, wir sehen nach.«

Fast euphorisch begann Casagrande, Theresas Fesseln aufzuschneiden. Als sie spürte, wie das Blut wieder in ihre Fingerspitzen strömte, atmete sie auf. War sie jetzt in seinen Augen eine Komplizin, weil sie ihn auf diese Spur gebracht hatte? Umso besser, damit gewann sie Zeit.

Casagrande zog Dino vom Sofa hoch und schob ihn zu Theresa. »Sag ihm, er soll ruhig sein und uns folgen, dann passiert ihm nichts.«

Theresa ergriff Dino an den Oberarmen, hockte sich zu ihm und versuchte so gelassen wie möglich zu wirken. Ihre Nervosität würde sofort auf ihn überspringen. Doch inzwischen hatte der Betablocker seine Wirkung getan und die Aussicht, hier rauszukommen, beruhigte sie. »Du hast verstanden?«, sagte sie leise und eindringlich. »Wir sind auf Schatzsuche und machen genau das, was der Herr sagt.«

»Okay«, antwortete Dino noch etwas verschlafen und nahm die Hand seiner Mutter. Die Wärme seiner Finger schmerzte sie, verlieh ihr aber auch Kraft. Was sollten sie jetzt tun? Am besten das, was Casagrande verlangte. Der Weg zu Santa Croce war weit, da konnte viel geschehen. Sie musste weiter daran arbeiten, dass er ihr vertraute – und nicht zu früh einen Fluchtversuch starten.

Casagrande schob sie aus dem Raum und deutete ihnen, bis zum Ende des Flurs zu gehen. In diesem Moment hörten sie die Polizeisirenen.

»Ma, che cazzo!« Casagrande stürmte zurück, um aus dem Fenster zu sehen.

Theresa hatte eine Zehntelsekunde Zeit, eine Entscheidung zu treffen. Sie packte Dino und rannte den Gang entlang. Als sie Casagrande hinter sich schreien hörte, lief sie in das nächste Zimmer und versperrte die Tür. Schnaufend blickte sie sich um – Sackgasse! Sie hastete zum Fenster und öffnete es. Zweiter Stock! In einiger Entfernung war am Wandvorsprung ein dickes Seil für ein Transparent zum gegenüberliegenden Balkon gespannt. Ein Gedanke blitzte auf.

Casagrande hämmerte von draußen gegen die Tür. Theresa hoffte, dass das Schloss zu massiv war, um es mit einem

Schuss zu zerstören. In diesem Moment entdeckte sie einen weiteren kleinen Eingang an der Seite, der sich nicht verschließen ließ. Keuchend schob sie gemeinsam mit Dino einen Tisch und einen kleinen Schrank davor. Wenn er sich in diesen Räumen auskannte, und das nahm sie an, wäre er bald hier. Ihre Barrikade würde Casagrande höchstens fünf Minuten aufhalten. Es half nichts, sie mussten hinaus.

Der starke Wind hatte sich gelegt, sodass das Seil wenigstens nicht schwankte. Der kleine Balkon auf der anderen Seite war aus massivem Stein, hinter seiner Balustrade waren sie vor Schüssen geschützt – wenn sie es bis dorthin schaffen würden.

»Dino, mein Schatz, bist du schon ganz wach?«

Er nickte und lächelte sie an. Ihr Herz krampfte sich zusammen. Dieses Vertrauen in seinen Augen. Er würde alles tun, was sie sagte. Theresa wusste, dass er diesen Balanceakt unter normalen Umständen schaffen würde. Aber jetzt? Sie hoffte, dass das Valium schon so weit abgebaut war, dass es seiner Konzentration nicht mehr schadete. Aber er schien hellwach zu sein.

»Erinnerst du dich an die Übungen auf der Slackline? Genau das machen wir jetzt! Vorsichtig!«

Wieder nickte er.

Würde sie ihn in den Tod schicken? Doch es gab keinen anderen Ausweg. Sie hatte die Wahl zwischen dem Seil oder einem zerschossenen Kopf.

Sie bemerkte ihre zitternde Hand und stöhnte leise. Dann stieg sie auf den Fenstersims, zog Dino nach und drückte ihn fest an sich. Sie küsste ihn auf die Wange. »Wir müssen da hinüber. Du kannst das.«

»Ich weiß. Wenn du da bist, habe ich keine Angst. Du hast mir versprochen, dass mir nichts passieren wird«, erwiderte Dino und machte vertrauensvoll den ersten Schritt auf das Seil.

Tränen schossen in Theresas Augen. Was war sie nur für eine Lügnerin! Sie hatte versagt, sie hätte ihn beschützen müssen. Es war ihre Schuld, dass er in dieser Situation steckte! Verstohlen wischte sie sich über die Augen, um ihren Sohn nicht zu verunsichern.

Langsam setzte Dino einen Fuß vor den anderen – tapfer, unerschrocken. Seine unbekümmerte Art, etwas anzugehen, ohne an die möglichen Konsequenzen zu denken, beruhigte sie. Er ging seinen Weg. Wie sie dieses Kind liebte!

Nun stand sie allein auf dem Sims und schaute in die Tiefe. Sie hatte die Uffizien nicht so hoch in Erinnerung. Das Adrenalin pochte in ihren Schläfen. Wie viel Zeit blieb ihr noch? Hörte sie da bereits seine Schritte im Zimmer nebenan?

Sie sah auf die andere Seite. Dino würde es schaffen, er war kurz davor anzukommen. Tief einatmen, ausatmen – sie brauchte inneres und äußeres Gleichgewicht. Jetzt wäre Shavasana optimal. Aber dafür hatte sie weder Platz noch Zeit. Zudem war die Totenstellung das Letzte, woran sie gerade denken wollte.

Theresa hörte ihn näher kommen und begann zu balancieren. Hastig blickte sie zu ihrem Sohn – er war drüben angekommen! Gott sei Dank! … Gott sei Dank? Sie schnaubte verächtlich und musste plötzlich an den Freund ihres Vaters denken, der in Lourdes von einem Kreuz erschlagen worden war. Seine Geschichte ließ sie stark an der Liebe Gottes zu seinen Geschöpfen zweifeln … Himmel! Wieso hatte sie plötzlich so irre Gedanken? Aber dachte man in höchster Not nicht instinktiv an Gott? Flehte um seine Hilfe? Wer mochte der Schutzheilige der Seiltänzer sein, der nebenbei auch noch Kugeln abfangen konnte?

Als sich ihre Nackenhärchen aufstellten, wusste sie, dass Casagrande hinter ihr ans Fenster getreten war. Sie spürte, wie er auf sie zielte. Auf der Straße nahm sie Bewegungen wahr, mahnte sich aber, nicht nach unten zu sehen, und ging langsam weiter.

Ein Schuss zerriss die angespannte Stille. Alarmiert blickte Theresa nach vorne zu ihrem Sohn, der sich gerade auf dem kleinen Steinbalkon niederkauerte. Er schien nicht getroffen zu sein. Wieder spürte sie Tränen aufsteigen. Sie schluckte sie hinunter und machte vorsichtig den nächsten Schritt. War sie getroffen? Doch wo blieb der Schmerz? Unterdrückten die Endorphine jedes Gefühl? Oder war Casagrande so ein verdammt schlechter Schütze? Warum versuchte er nicht zu fliehen? Himmel Herrgott noch mal! Und wo war *der* überhaupt, wenn man ihn dringend brauchte?

Sie wackelte unsicher, ruderte mit den Armen und konnte sich im letzten Moment fangen. Der Vollmond schien sie auszulachen, wenigstens beleuchtete er ihren Weg. War das nicht Leon, der da rief?

Ein zweiter Schuss fiel und sie spürte noch immer keinen Schmerz. Die Lichter eines Wagens, der um die Ecke schoss, und neben lauter kleinen Polizeiautos stehen blieb, irritierten sie. Nicht nach unten schauen! Benommen starrte sie stur geradeaus und redete sich ein, nur 15 Zentimeter über dem Boden zu schweben. Genau wie zu Hause. Alles war gut! Wann kam der nächste Schuss? Nur noch drei Meter!

Wieder blickte sie zu ihrem Sohn, dessen Haare über der Balustrade hervorlugten. Dahinter öffnete sich die Balkontür und helfende Hände zogen Dino in die Wohnung. Theresa atmete erleichtert aus, die Spannung verließ ihren Körper und im selben Moment fiel sie. War dies der legendäre

Augenblick, in dem das Leben an einem vorüberzog? Doch da war nichts – außer Schmerz und Dunkelheit.

Flora sah aus dem Polizeiauto Theresa wie in Zeitlupe fallen. Das durfte nicht wahr ein, das ist alles nur ein böser Traum, bitte lass mich aufwachen, flehte sie. Doch sie war wach, sie hörte Paul neben sich schreien. Flora riss die Tür des langsamer werdenden Wagens auf, ignorierte die italienischen Flüche des Fahrers und hetzte über den Platz. Paul rannte hinter ihr her. Er schrie noch immer, aber sie verstand kein Wort. Sie sah nur Thesi da liegen – Thesi, die sich nicht mehr rührte. Flora fühlte sich wie eine Versagerin. Wieder war sie nicht da gewesen, als Thesi sie gebraucht hatte. Sie war schuld, dass ihre beste Freundin tot war.

Als Theresa zu sich kam, hatte sie Mühe, sich zu orientieren. Wo war sie, was war geschehen? Den italienischen Wortschwall, der von allen Seiten auf sie einbrach, versuchte sie auszublenden. Und endlich hörte sie Leons Stimme, diesmal ganz deutlich.

»Schatz, alles in Ordnung?«

Er lief auf sie zu. Aus der anderen Richtung kamen Paul und Flora, Boris trug Dino im Arm, der stolz grinste. Erleichtert versuchte Theresa sich zu bewegen, doch ihr ganzer Körper schmerzte wie verrückt. Sie fühlte etwas Weiches unter sich und schaute auf den Boden.

Das Luftkissen, das ihren Sturz hätte abfedern sollen, war anscheinend nicht fertig aufgeblasen gewesen. Es hatte zwar den Aufprall gebremst, doch ihre rechte Hand war irgendwie komisch verdreht. Aber sie lebte, und was noch wichtiger war: Dino lebte!

»Ich danke euch. Wie habt ihr so schnell die Polizei und

die Rettung organisiert?«, fragte Theresa und versuchte die tausend Nadelstiche in ihrem Körper zu ignorieren.

Verlegen sah Leon sie an. »Und die GIS, die italienische Spezialeinheit für Geiselbefreiungen. Aber das waren Renzo und Francesco.«

»Francesco? Wie kommst du …«

»Sei mir nicht böse, aber ich habe mitbekommen, dass dein Ex sich immer wieder bei dir gemeldet hat. Darum habe ich ihn gegoogelt und alle Infos über ihn gesammelt. Er arbeitet im Innenministerium, und so habe ich ihn nach deiner Entführung um Hilfe gebeten. Für den Fall, dass wir Renzo nicht erreichen würden.« Er stockte kurz. »Nur mit seiner Hilfe konnten wir dich so schnell finden. Da hinten steht er übrigens.«

Sie schaute zu Francesco, der in einem Hauseingang lehnte, eine Zigarette rauchte und mit einem der Beamten sprach. Er war kaum zu erkennen.

»Gut, da soll er auch bleiben! Jetzt hat er seine Schuldigkeit getan und wir sind quitt«, sagte Theresa. Sie wurde von zwei Sanitätern, die Leon zur Seite gedrängt hatten, auf eine Liege gehoben und stöhnte, weil die Schmerzen unerträglich wurden.

»Darf *ich* mich wenigstens bei ihm bedanken? Schließlich hat er meine beste Freundin gerettet«, fragte Flora und wischte sich eine Träne aus den Augen.

Theresa zuckte mit den Schultern und ächzte. Dann wurde sie in den Rettungswagen geschoben, Leon und Dino folgten ihr. Sie winkten den anderen zu.

»Ein bisschen Eifersucht ist doch gut. Sonst sähe ich wahrscheinlich noch schlimmer aus«, flüsterte Theresa, quetschte Leons Finger mit der unverletzten Hand und fiel wieder in Ohnmacht.

Kapitel 16

Florenz, Freitag, 15. November

Die Beruhigungsspritze schien nicht bis in ihr Unterbewusstsein vorgedrungen zu sein. Sie sah sich in ihren Träumen immer wieder fallen und Dino mit selbst gebauten Flügeln wie Ikarus hoch am Himmel schweben. Sie spürte ihre Angst, weil sie wusste, dass auch er abstürzen würde. Dann erschien ein Clown, der sie auf einem Einrad verfolgte. Aus seiner Plastikblume spritze Blut statt Wasser, plötzlich explodierte sein Kopf.

Das Erwachen war eine Erlösung. Sie blickte sich um, ihr Sohn schlief friedlich im Bett nebenan. Leon war im Besuchersessel eingenickt. Schön, dass das Personal ihn nicht weggeschickt hatte. Für die Krankenschwestern waren Dino und Theresa Helden und sie hatten somit alle Freiheiten.

Ihr eingegipster Arm schmerzte. Ja, das hatte sie richtig in Erinnerung, der rechte war gebrochen. Ein Glück, dass sie Linkshänderin war! Aber wie sagte schon Tante Jolesch: »Gott behüte uns vor allem, was noch ein Glück ist.«

Sie schloss die Augen, ließ den gestrigen Abend Revue passieren. Was hatte sie alles falsch gemacht, welche Ängste ausgestanden, welche Risiken war sie eingegangen! Das Bild von der Pistole an Dinos Schläfe vermischte sich in ihren Gedanken mit Kieslings Beschreibung des toten Schlagers: keinen Kopf mehr, keine Zähne, ein Schuss mitten ins Gesicht. Das Gleiche hätte gestern passieren können.

Ihr Herz begann schneller zu pochen, wollte den Körper wieder zu einer großen Pumpe verwandeln. Shavasana

– jetzt war der richtige Zeitpunkt! Totenstellung, Entspannung, die Gedanken fliegen lassen und sich darauf konzentrieren, was ist und nicht was war. Sie begann ihre Atemzüge zu zählen und endlich fiel sie in einen ruhigen Schlaf.

Als Dino drei Stunden später zu ihr ins Bett kroch, schreckte sie hoch. Leon saß aufrecht im Stuhl und zupfte an seinem verknitterten Hemd.

»Guten Morgen, meine Heldin. Wie geht es dir?«

Er küsste sie vorsichtig auf die Stirn. Dann hob er Dino hoch, drückte ihn an sich und kämpfte mit den Tränen.

»Ich bin kein Held, nur Dino ist einer.« Sie sah Leon müde an. »Wie es mir geht? In der Nacht habe ich die Flucht noch zwanzigmal durchgespielt, aber sonst geht es mir ganz gut.«

Als sich die Tür öffnete, wehte Kaffeeduft ins Zimmer. Flora, Paul und Boris trugen Tabletts mit Bechern, einen Berg frischer Croissants und zwei überdimensionierte Blumensträuße herein.

»Endlich, ihr Langschläfer«, sagte Flora. »Wir warten seit Stunden …«, Paul stieß sie sanft in die Rippen, »na ja, seit 30 Minuten, dass ihr endlich aufwacht. Wir halten es nicht mehr aus!«

»Stimmt, wir haben schon zweimal Kaffee nachgeholt, damit er auf jeden Fall frisch ist. Paul hat sich inzwischen eine der Krankenschwestern angelacht und Flora erhielt den ersten Heiratsantrag eines Oberarztes«, erklärte Boris.

Es war so schön, dass sie alle da waren. Theresa setzte sich auf und trank einen Schluck. Dino schnappe sich ein Croissant und verzog sich vor den Fernseher in der Ecke, in dem italienische Zeichentrickfilme liefen. Hauptsache, es bewegte sich.

»Kannst du schon darüber reden, was gestern passiert ist?« Mitfühlend tätschelte Flora Theresas Gipshand.

»Ja, ich habe es in der Nacht noch ein paar Mal durchlebt, es muss gehen.« Da durchzuckte es sie wie ein Blitz. »Ist mit Adriana alles in Ordnung?« Kein einziges Mal hatte sie gestern an die kleine Italienerin gedacht, die Dino bestimmt nicht kampflos hergegeben hatte.

»Ihr geht es gut«, beruhigte Boris. »Sie hat noch leichte Kopfschmerzen, wegen des Chloroforms, mit dem Casagrande sie betäubt hatte. Er war als Zimmerkellner verkleidet gewesen. Sie dachte, wir hätten etwas Kuchen vom Dinner geschickt, hat geöffnet und an mehr kann sie sich nicht erinnern. Sie macht sich natürlich wahnsinnige Vorwürfe.«

Arme Adriana, dachte Theresa. Aber Fremden mit Süßigkeiten durfte man eben nicht trauen. Wer rechnete allerdings in *solch* einem Moment damit? Sie musste auch mit Dino darüber sprechen. Andererseits würde er nach dem, was er gestern alles erlebt hatte, mit keinem Unbekannten mehr mitgehen.

»Bin ich froh, dass ihr nichts geschehen ist«, sagte Theresa.

Sie seufzte, holte tief Luft und begann ihre Geschichte zu erzählen. Bei einigen Passagen stockte sie, weil sie die Tränen kaum zurückhalten konnte. Die Pistole an Dinos Kopf, sein erster Schritt auf dem Seil – diese Bilder würde sie niemals vergessen.

»Ich habe ihn so oft in Lebensgefahr gebracht«, schluchzte sie.

Leon nahm sie in den Arm und fragte: »Wieso bist du, als dich Casagrande beim Dinner anrief, nicht zu uns gelaufen und hast uns verständigt?«

»Er hat darauf bestanden, dass ich sofort komme, das Handy auf dem Weg eingeschaltet lasse und keinem nur ein Wort sage«, flüsterte Theresa. »Er hätte alles gehört und Dino sofort getötet.«

»Gott sei Dank, jetzt ist es vorbei«, seufzte Flora.

»*Ihm* soll ich danken, dass wir heil aus der Hölle entkommen sind? Wirklich?« Theresa wischte sich trotzig die Tränen aus den Augen. »Wieso hat er mich überhaupt in diese Situation gebracht? Ich habe ein beschauliches Leben geführt, da gab es nichts Dunkles, nichts Böses, und plötzlich leert er die Büchse der Pandora über mir aus. Wieso? Zum Spaß? Weil ihm langweilig war? Bin ich Hiob? Nein, keinem Gott sei Dank.«

»Aber ...«, begann Leon nachdenklich, »dass dir im letzten Moment Galileos Grab in Santa Croce eingefallen ist, war doch eine göttliche Eingebung.«

»Ich weiß nicht. Kam etwas Ähnliches nicht in einem Film mit Tom Hanks vor?«, fragte Flora.

»Du hast recht, im ›Da Vinci Code‹. Und das Grab war von Newton«, stimmte Paul zu.

Da dämmerte es Theresa. Sie war offensichtlich vor lauter Angst um das Leben ihres Sohnes in eine Mischung aus Fiktion und Realität abgetaucht. Um irgendetwas zu sagen, hatte sie Dan Brown zitiert. Keine göttliche Eingebung – Hollywood hatte ihr das Leben gerettet.

»Glaubst du wirklich, dass das Manuskript dort ist?«, fragte Flora.

»Als ich Casagrande den Hinweis gab, war ich davon absolut überzeugt«, antwortete Theresa nachdenklich. »Aber jetzt? Jetzt weiß ich gar nichts mehr – außer dass mir alles weh tut.«

Würden die italienischen Behörden das Grabmal öffnen lassen oder ihre Theorie als Fantasterei abtun? Es war ihr in diesem Moment egal. Theresa lehnte sich zurück und biss genussvoll in ein duftendes Marmeladecroissant. So wunderbare gab es wirklich nur in Italien. Und sie brauchte jetzt Zucker, Zucker und nochmals Zucker, damit Glückshormone in ihren Körper gepumpt wurden. Die Suche nach dem Manuskript hatte noch Zeit.

Anscheinend galt das nicht für Boris. »Und wer wird Galileos Bibel suchen?«

»Die italienische Polizei natürlich«, erwiderte Leon.

Mit einer wegwerfenden Handbewegung wischte Paul diese Vorstellung vom Tisch. »Die haben sicher nicht die Ressourcen dafür. Ich glaube, das wird unsere nächste Aufgabe. Außer Casagrande und uns weiß niemand von dem Manuskript. Einzig vor Journalisten sollten wir uns in Acht nehmen, wenn die von der Geschichte erfahren und Blut lecken …«

»Es sind übrigens ein paar Fotografen vor der Tür, die Bilder von der ›Equilibrista‹ haben wollen«, unterbrach Boris. »Und natürlich auch die Story, die hinter einem Hochseilakt bei den Uffizien steckt. Ich weiß nicht, wie viel die Polizei schon verlautbart hat.«

Theresa schüttelte den Kopf. »Nein, wie ich aussehe! Niemand darf mich jetzt fotografieren. Die müssen warten. Von wem sind eigentlich diese Blumensträuße da drüben?«

»Einer ist von uns und der zweite ist …«, Flora ging hin, um die Karte zu lesen, »von Francesco.«

»Ich glaube, du solltest ihm verzeihen«, sagte Leon.

»Das sagst du?«

»Ja. Denn ohne ihn wäre die Spezialeinheit der Carabinieri nicht so schnell vor Ort gewesen.«

»War eh nur halb aufgeblasen, das Luftkissen. Typisch. Nein, es tut mir leid, aber gewisse Dinge kann ich nicht verzeihen.« Theresa verschränkte die Arme und verzog schmerzvoll das Gesicht.

»Chèrie, was hat er dir angetan?«, fragte Paul. »Derart unbarmherzig kenne ich dich gar nicht.«

»Den ausschlaggebenden Grund habe ich vergessen. Es waren viele Mosaikteilchen, die zusammen dieses Gefühl der Verletztheit ergeben haben. Und das verzeihe ich nicht. Schenkt den Strauß einer Krankenschwester. Die sind alle sehr nett hier.« Theresa klingelte, sie wollte sich ohnehin noch ein paar Schmerzmittel bestellen.

»Ich verstehe dich, es gibt Dinge, die kann man nicht vergessen. Mit Walter geht es mir genauso. Also, wie lange musst du hier bleiben?«, wechselte Flora das Thema.

»Wegen Verdachts auf Gehirnerschütterung bin ich unter Beobachtung. Sonst ist alles gegipst und verbunden. Wenn mir nicht schwindlig wird und ich eine Hunderterpackung Paracetamol mitbekomme, kann ich am Abend gehen.«

In diesem Moment klopfte es an der Tür. Renzo Rubini und Robert Kiesling steckten die Köpfe herein.

»Salve, Commissario Rubini, grüß Sie, Chefinspektor Kiesling.« Theresa sah die beiden mit zusammengekniffenen Augen an. »Bin ich jetzt endgültig rehabilitiert?«

»Frau Valier, ich habe Sie nie wirklich im Verdacht gehabt. Gut, ein bisschen vielleicht, als Sie bei Wenz eingebrochen sind«, murmelte Kiesling verlegen.

»Verziehen und vergessen!«, erwiderte Theresa. Sie konnte *doch* großmütig sein!

»Guten Tag, Signora Valier, schön Sie endlich persönlich kennenzulernen. Wir haben eine gute Nachricht. Das Gemälde wurde gefunden«, sagte Rubini und sah dabei Flora an, die augenblicklich errötete.

Theresa bemerkte, dass Kiesling die beiden mit einem

bösen Blick bedachte und freute sich ein bisschen. Das würde noch interessant werden. Und Flora drehte wieder verlegen an ihren Haaren.

»Wo ist es? Haben Sie es mitgebracht? Wie sieht es aus?«, fragte Leon.

»Nein, wir haben es auf dem Kommissariat. Es ist fast unversehrt, nur vom Keilrahmen genommen. Es müsste neu gespannt werden. Die Kollegen vom Kunstraubdezernat sehen es sich gerade an.«

»Wieso?«, fragte Theresa und sah es schon für Jahre in der Asservatenkammer verschwinden.

»Ich weiß nicht, ob Sie es gehört haben, aber vor ein paar Wochen wurde ein Sustermans hier in Italien restituiert«, sagte Renzo und schickte noch einen Augenaufschlag an die rothaarige Signorina.

»Und weiter? Was hat das mit unserem, ich meine, Frau Valiers Bild zu tun?«, fragte Paul ungehalten.

»Es wird überprüft, ob das Gemälde zu den drei Sustermans-Werken gehört, die im Feber 1943 von Nazitruppen aus einer Villa in Florenz geraubt worden sind. Das Porträt einer Medici-Prinzessin wurde vor Kurzem in Rom zum Verkauf angeboten und dort, nachdem es als Naziraubgut identifiziert worden ist, einbehalten.«

»Aber mein ...«, unterbrach Theresa, doch Renzo sprach unbeirrt weiter.

»Das beschlagnahmte Kunstwerk wurde an die Erben zurückgegeben, den Franziskanerorden in Assisi.«

Aufgebracht rief Leon: »Da hat meine Frau Kopf und Kragen riskiert, wegen eines Gemäldes, das wegen der Ignoranz der Kirche zu einem Geheimnisträger und Gefahrenherd wurde? Und nun gehört es vielleicht der Kirche? Was für eine Ironie!«

»Halt!«, unterbrach Theresa und setzte sich mühsam auf. »Es gibt Briefe, die beweisen, dass das Bild immer im Besitz der Igowskis war, also wird es da kein Problem geben.« Sie sank wieder in ihre Polster, froh, dass die ›Krönung‹ nicht auch noch eine braune Vergangenheit hatte.

»In diesem Fall wird die offizielle Ausfuhrgenehmigung eine reine Routineangelegenheit sein«, sagte der Commissario. »Dafür werde ich sorgen.«

»Danke, Frau Valier, dass Sie uns die Arbeit abgenommen und den Mörder geschnappt haben«, mischte sich Kiesling in die Unterhaltung ein.

»Es war wohl eher umgekehrt. Der Mörder hat mich geschnappt und ich bin dann aus den Uffizien gefallen. Viel detektivisches Gespür habe ich dafür nicht gebraucht. Wieso hat uns die Polizei eigentlich so schnell aufgespürt?«

Obwohl Theresa die Entführung wie eine Ewigkeit vorgekommen war, hatte sie nur zwei Stunden gedauert. Und innerhalb dieser Zeit waren alle Einsatzkräfte vor Ort gewesen.

»Ihr Mann hat die italienischen Behörden alarmiert. Flora hat mich angerufen und mir gesagt, dass Domenico Casagrande der Gesuchte ist. Ich habe unverzüglich Renzo informiert, der alle Einheiten gebündelt und den Einsatz geleitet hat. Er hatte sich schon in den letzten Tagen mit der Namensliste beschäftigt und wusste, wo Casagrande wohnte und arbeitete. Zu Hause war er nicht und über sein Handy konnten wir ihn ziemlich bald lokalisieren. Während Sie versuchten, über das Seil zu fliehen, drang die Spezialeinheit ins Museum ein. Einer der Scharfschützen hat Casagrande außer Gefecht gesetzt.«

»Ist er tot?«

Theresa wollte sich weiter aufrichten, aber der gebrochene

Arm behinderte sie. Leon kam ihr zu Hilfe, während Kiesling antwortete: »Nein, Schulterdurchschuss. Sobald er das Krankenhaus verlassen kann, wird er vor Gericht gestellt.«

»Er liegt doch wohl nicht hier?« Mit großen Augen sah Theresa den Chefinspektor an, ein Zittern ging durch ihren Körper. Ein Zittern, das ihr zeigte, dass sie noch lange brauchen würde, um die Ereignisse zu verarbeiten.

»Keine Angst, er ist in Polizeigewahrsam«, versuchte Kiesling, sie zu beruhigen. »Sie sind außer Gefahr.«

Das hatte sie vor ein paar Tagen auch gedacht und sich gründlich getäuscht!

»Könnten Ihre Kollegen vom Kunstraub organisieren, dass der Sarkophag von Galileo Galilei geöffnet wird?«, fragte Flora Rubini unvermittelt.

Überrascht schaute der Commissario sie an. Theresa schüttelte den Kopf und signalisierte ihr, still zu sein. Doch Flora sah es nicht – oder wollte es nicht sehen.

»Ja oder Nein?«

»Wieso?«

Flora erzählte in knappen Sätzen von der Chance, dort ein unbekanntes Manuskript zu finden.

Rubini nickte fortwährend und sagte schließlich: »No, das wird nur aufgrund einer Vermutung nicht möglich sein. Auch nicht für Sie, Signorina. So, ich muss jetzt leider wieder gehen.«

Mit hängenden Schultern verließ er das Zimmer. Von draußen hörte man ihn noch schreien: »No, no! No foto!«

Am späten Nachmittag entließ sich Theresa gegen den ärztlichen Rat selbst aus dem Krankenhaus. Vollgepumpt mit Schmerzmitteln fuhr sie mit Leon zum Kommissariat, um Rubini zu treffen.

Er führte sie in ein Besprechungszimmer, in dem bereits Kiesling wartete – und ihre ›Krönung‹! Etwas mitgenommen sah das Bild zwar aus, aber Hauptsache, sie hatte es wieder. Theresa strich über den Kopf des Königs und musste an ihren Vater denken. Wie es ihm wohl ging – da oben? Hatte er alle, die hier auf dem Bild versammelt waren, schon getroffen?

Sie berührte die Figur des Galileo. Ehrfurcht durchströmte sie. Waren seine Finger auch flüchtig darüber gefahren, als er zu Monsù Giusto gesagt hatte ›Perfetto, amico mio. Niemand wird jemals die wahre Bedeutung erkennen‹? Hatte er sich damit selbst ein Denkmal gesetzt? Die ›Krönung‹ seiner Wissenschaft, der Sieg der Vernunft über die Unbelehrbaren? Galileos Krönung? Genau das war sie, Galileos ›Krönung‹, sein Gemälde, und nun würde es niemandem mehr schaden können.

Sie sah den König an, lächelte und flüsterte: »Sicher hast *du* mir die Eingebung geschickt, als du mich in meiner höchsten Not beobachtet hast, oder? Danke, Papa!«

»Frau Valier?« Kiesling sah sie verwundert an. »Können wir ganz kurz das Protokoll aufnehmen? Damit ist der Fall abgeschlossen und Sie bekommen das Bild wieder. Nach ein paar Interventionen von Renzo steht einer Ausfuhr nichts mehr in Weg.«

»Sehr gut.« Theresa setzte sich an den Schreibtisch, nahm einen Schluck Kaffee, der unvergleichlich besser war als das Gebräu im Wiener Präsidium, und begann erneut, ihre Geschichte zu erzählen. Mit jedem Mal wurde sie innerlich ruhiger. Und mit jedem Mal wurde die Geschichte unwirklicher. Eine Geschichte, die sie zwar erzählte, die jedoch immer weniger mit ihr zu tun hatte.

Sie sah aus dem Fenster. Die schwarzen Wolken ließen ab

und zu ein paar Sonnenstrahlen durch, aber so schön wie es am ersten Tag in Florenz gewesen war, würde es nicht mehr werden. Jetzt schickte der Winter auch hier seine Vorboten.

Beim Abschied sagte Theresa zu Kiesling: »Ach, und könnten Sie dafür sorgen, dass ich den Rahmen für das Bild wiederbekomme? Er steht noch im Atelier von Wenz. Das sollte doch machbar sein, oder?«

Kiesling sah sie erst indigniert an, dann nickte er mit zusammengebissenen Zähnen.

Als sie hinaustrat, flüsterte Theresa in Richtung Leon, der geduldig auf einem Stuhl gewartet hatte: »Schön, wenn die Polizei dir was schuldig ist und du kommandieren kannst.«

Kapitel 17

Florenz, Samstag, 16. November

»Was machen wir mit dem angebrochenen Samstag?«, fragte Flora und sah in die Runde, die am Frühstückstisch im Hotel Lorenzo de' Medici versammelt war. »Aber bitte, keinen Spaziergang bei dem Wetter. Wann geht eigentlich unser Flug?«

»Wartet!« Leon holte sein Ticket aus der Jackeninnentasche. »22 Uhr. Da haben wir noch eine Menge Zeit. Welches Museum?«

»Nein, das ist langweilig«, protestierte Dino. »Nur Bilder von Heiligen und Toten.«

»Da hat er irgendwie recht«, stimmte Boris zu. »Machen wir etwas Aufregendes und finden den unentdeckten Galileo.«

»Bis heute Abend? Das schaffen wir nie!« Paul schüttelte den Kopf.

»Ein bisschen mehr Selbstvertrauen! Ich wäre dabei.« Flora klappte den Laptop auf. »Was wollt ihr wissen, mein Gehirn fährt gerade hoch.«

»Ich will wissen, was da mit dir und Renzo und dir und Kiesling läuft!« Theresa lachte. Sie bemerkte an Pauls Seitenblick, dass ihn das genauso interessierte.

»Nichts von Bedeutung«, erwiderte Flora. »Kiesling hat mir erzählt, dass er sich vor ein paar Jahren von seiner Frau getrennt hat. Er hätte übrigens nach unserem ersten Treffen doch versucht, mich telefonisch zu erreichen. Aber ich bin damals gerade umgezogen. Er konnte mich gar nicht erwischen. Tja, so spielt das Leben. Schade eigentlich.«

Das dachte Theresa auch, denn inzwischen mochte sie Kiesling ganz gern. Flora fuhr fort: »Wir werden uns in Wien mal auf einen Kaffee treffen. Ach ja, und Renzo wollte heute Nachmittag mit mir …«

»Renzo Rubini – das klingt wie ein drittklassiger Pornodarsteller«, flüsterte Paul Theresa ins Ohr.

»Lass das ja nicht Dino hören! Außerdem wird es sich sowieso nicht ausgehen«, sagte Theresa und zwinkerte Flora zu.

»Warum?« fragte Paul.

»Na, weil wir das Manuskript holen!«, rief Flora. »Thesi, ich wusste, dass du es nicht lassen kannst. Was willst du wissen? Und jetzt stell eine ordentliche Frage!«

»Weshalb hat Galileo sein Werk an Baldinucci geschickt?«, sagte Theresa und wischte Dinos Kakaomund mit einer Serviette sauber.

»Das wird selbst das Internet nicht beantworten können«, erwiderte Flora. »Aber fassen wir zusammen: Er dachte, Bonaventura würde sofort nach Erhalt des Bildes an Baldinuccis Tür läuten und die Bibel holen. Aber Bonaventura starb.«

»Baldinucci entdeckte irgendwann die Handschrift«, spann Boris den Gedanken weiter. »Ein Künstler, ein Sammler, ein Organisator wie Baldinucci hätte so etwas Wertvolles nicht verbrannt, oder?«

»Aber was *hätte* er getan? Was hättet ihr getan? Versetzt euch in seine Lage«, forderte Paul die anderen auf.

Stumm saßen sie im Kreis und überlegten. Währenddessen versuchte Leon eine in Plastik eingeschweißte Legopackung zu öffnen. Boris hatte einen riesengroßen Ferrari gekauft und Dino wollte ihn endlich zusammenbauen. »Ich hätte die Bibel … Nein, doch nicht«, setzte Leon an, um sich gleich wieder dem Spielzeug seines Sohnes zu widmen.

»Ach, kann ihm irgendjemand helfen, ich bin einhändig dazu nicht in der Lage. Aber zusehen kann ich auch nicht mehr!«, seufzte Theresa und deutete mit ihrer Gipshand auf ihren Mann.

»Klar!« Flora nahm ein Messer, schlitzte das Plastik auf und gab das Auto an Dino weiter.

»So, Problem gelöst, zurück zum Manuskript. Ich hätte die Bibel weggesperrt und niemandem gegeben«, sagte Theresa und wandte sich an Paul. »Kannst du mir die köstlichen Croissants reichen? Ich brauche sie zum Denken.«

»Gerne.« Er nahm sich selbst auch eines und fragte Theresa: »Und dann?«

»Dann wäre ich irgendwann gestorben und hätte die Bibel Dino vererbt.«

Ein Leuchten erstrahlte in den Augen von Boris. »Das ist ein guter Ansatz! Seine Söhne waren doch Priester, oder?«

»Ja, drei, und einer davon sogar Missionar«, antwortete Theresa. Sie versuchte sich an Casagrandes Worte zu erinnern. »Bei den Jesuiten, glaube ich.«

Boris zog Floras Computer zu sich herüber. »Darf ich mal?« Er gab einen Suchbefehl ein und sagte nach ein paar Sekunden: »Oh je, die arbeiteten auf der ganzen Welt. Von Amerika bis China.«

»Wenn der kleine Baldinucci auch so eifrig war, finden wir die Bibel nie«, zweifelte Leon. »Außer wir suchen uns alle Jesuitenmissionen der damaligen Zeit heraus und stöbern dort in Bibliotheken und Kirchen.«

»Positiv denken!«, erwiderte Theresa und sah sich um.

Irgendwie beschlich sie wieder das Gefühl, beobachtet zu werden. Aber da standen nur zwei Kellnerinnen, die tuschelten. Wahrscheinlich überlegten sie gerade, ob da der kleine Junge saß, der unbemerkt aus dem Hotel entführt worden war.

»Fangen wir mit den Jesuitenklöstern in Italien an.« Theresa versuchte umständlich, etwas in den Laptop einzutippen.

»Ich mach schon«, Boris holte den Computer wieder zu sich. »Schauen wir zuerst, ob wir im Internet finden, wo sich Baldinuccis Kinder herumgetrieben haben.«

»Hoffentlich müssen wir nicht die Geburts- und Sterberegister in den Florentinischen Archiven durchsuchen«, murmelte Theresa und dachte an den Kunsthistoriker Giancarlo Scuro, der für sein Buch über Sustermans diese Arbeit gemacht hatte – und einer ihrer Verdächtigen gewesen war. Wie schnell man in solch eine Situation geraten konnte!

»Wir haben Glück!«, riss Boris Theresa aus ihren Überlegungen. »Hier ist die Biografie von Antonio Baldinucci. Er war der Älteste von Filippos Söhnen, ein Jesuit und wurde sogar seliggesprochen!«

Flora stand auf, beugte sich über den Bildschirm und überflog den Text. »Kein Heiliger, sondern ein Irrer! Hört euch das an: Antonio war eine Art Volksmissionar, der durch Mittelitalien zog und Prozessionen veranstaltete. Oberammergaumäßig. Na ja, auch eine Art von Theatermann, wie mein Herr Papa! Antonio trug dabei ein Holzkreuz, schwere Ketten und eine Dornenkrone. Als Höhepunkt der Show wurden am Ende des Umzugs die irdischen Versuchungen des Satans auf einen Scheiterhaufen geworfen: Spielkarten, Würfel, Musikinstrumente und Ähnliches. Freunde, wenn der eine Schrift des Ketzers Galileo in die Hand bekommen hätte, hätte die so was von lichterloh gebrannt.«

Flora setzte sich seufzend nieder. Die anderen lehnten sich schweigend in ihre Sessel zurück.

»Dafür wird man seliggesprochen?« Boris fand als erster die Sprache wieder. Ärgerlich zerkrümelte er ein Croissant.

»Antonio muss das genaue Gegenteil seines Vaters gewesen sein«, überlegte Theresa. »Verbohrt, verbissen, reaktionär. Sein Vater dagegen – eine künstlerische Seele, der das Schöne liebte, eine Art Freigeist.« Sie wandte sich an Flora. »Ich sehe da Konflikte, Vater-Sohn-Konflikte, wie aus dem Lehrbuch. Was, wenn Antonio die Bibel gar nicht bekommen hat, sondern eines der anderen Kinder?«

»Oder er hat die Bibel, nachdem er sie geerbt hat, niemals angerührt«, ergänzte Flora. »Wenn ich an die vielen Bücher denke, die mir mein Herr Papa geschenkt hat und die in einer Ecke meines Kellerabteils verstauben!«

»Chapeau, meine liebe Flora, dein Desinteresse könnte uns auf die richtige Spur bringen.«

»Also gehen wir von der Prämisse aus, dass Antonio als Erstgeborener die Bibel bekam, sie nie las, und dass Galileos Handschrift noch eingebunden ist. Wo könnte sie jetzt sein? Wir müssten nur herausfinden, wo er lebte und wo er starb«, sagte Leon.

Boris tippte einen weiteren Suchbefehl ein. »Er lebte in Viterbo und starb in Frascati.«

»Frascati! Da fahren wir hin«, jubelte Leon. »Ich habe mal wieder Lust auf einen guten *Weiß*wein.«

Eine halbe Stunde später standen sie in der Hotelgarage vor dem Van. »Das Navi sagt, bis mittags sind wir dort. Ich fahre die erste Halbzeit.« Paul quetschte sich hinters Lenkrad. »Ihr wisst, ich lasse mich ungern pilotieren.«

»Sind wir nicht zu voreilig, wo sollen wir in Frascati suchen? Hätten wir nicht …«, sagte Theresa, doch Boris unterbrach sie und schob sie behutsam auf den Rücksitz.

»Wir haben nur noch heute Zeit. Lasst uns im Auto weiterüberlegen. Schauen wir als Erstes, ob es in Frascati ein Kloster gibt. Wenn wir etwas finden, gut. Wenn nicht, geht's einfach weiter nach Rom auf die Piazza del Popolo ins ›Bolognese‹ zum Lunch. Dann hat sich der Ausflug auf jeden Fall gelohnt.«

»Oh ja, Spaghetti Bolognese!«, schrie Dino.

»Kinder, wir sind spontan! Wie in alten Zeiten, herrlich!«, freute sich Flora und zog ihre Lippen nach, während Paul etwas zu rasant aus der Parklücke fuhr. »Pass doch auf!«, schimpfte sie.

»Excusez-moi, allerdings wird dir dein Lippenstift dort, wo wir hinfahren, nichts nützen. Ich wette, wir haben es in Frascati ausschließlich mit Brüdern zu tun.«

»Treffer!«, sagte Boris und sah von seinem I-Phone auf. »Es gibt ein Kloster, zwar keine Jesuiten, aber immerhin Kapuziner.«

»Nudeln *und* Affen, super!«, rief Dino erfreut.

»Was genau machen wir, wenn wir angekommen sind?«, fragte Theresa. »Klopfen wir an die Klostertür und bitten darum, in den Büchern stöbern zu dürfen?«

Sie bereute mittlerweile, dass sie vorgeschlagen hatte, die Suche fortzusetzen. Die Erschöpfung machte ihrem Körper zu schaffen und sie hätte sich jetzt lieber im hoteleigenen Spa massieren lassen, statt im engen Auto durchgeschüttelt zu werden.

»Was ist, wenn dort frauenfeindliche Mönche sind, wie am Berg Athos?«, fragte Flora, während sie in ihrer Tasche kramte.

»Dann bleibt ihr zwei eben draußen«, meinte Paul trocken.

»Sehr nett, danke. Ohne uns wärt ihr gar nicht hier. Und jetzt wollt ihr das Manuskript alleine finden und die Lorbeeren ernten? Nein, nein, so geht das nicht.« Flora warf, zur Freude des kichernden Dinos, Paul ihren Lippenstift an den Kopf.

»Hört auf zu streiten, Kinder. Die lassen Frauen rein. Außerdem haben sie eine große Bibliothek«, beruhigte Boris, während er sein Handy weglegte. »Das Internet weiß einfach alles.«

Nach zweieinhalb Stunden stand die sechsköpfige Gruppe vor einem wuchtigen, verwitterten Eichenholztor. Die Bibliothek des Klosters schien samstags geschlossen zu sein, doch Theresa hoffte auf die Nächstenliebe der Brüder und klopfte energisch. Tatsächlich öffnete nach wenigen Minuten ein kleiner, dicker Mönch in kastanienbrauner Kutte die Tür.

Wie im Film, dachte sie, und verkniff sich ein Lachen. Dann brachte sie ihr Anliegen auf Italienisch vor. Ihr Gegenüber lauschte gespannt.

»Kommen Sie rein«, antwortete der Ordensbruder schließlich auf Deutsch. »Ich bin Bruder Franziskus und komme aus dem Weinviertel.«

So wie Theresa über ihn gelächelt hatte, lächelte er nun zurück. Sie war froh, dass sie keine blöde Bemerkung gemacht hatte.

»Da glauben Sie also, hier einen Schatz zu finden?« Er schüttelte den Kopf. »Ich bin mir nicht sicher. Aber gehen wir zu Fra Giovanni. Er ist der Bibliothekar.«

Sie folgten ihm über lange, weiße Kieswege durch den Klostergarten bis zum Refektorium, wo sich die Mönche gerade zum Mittagessen versammelt hatten. Die langen, dunkelbraunen Holztische waren nur spärlich besetzt. Als die Gäste den Saal betraten, richteten sich alle Augen auf sie.

»Ach, wie unhöflich von mir, darf ich Sie zu unserem bescheidenen Mahl einladen?«, fragte Bruder Franziskus.

Dino nickte freudig.

»Schatz«, sagte Theresa zu ihm, »jetzt ist nicht die Zeit zu essen. Wie müssen schnell etwas suchen. Später, versprochen?«

»Aber es gibt Nudeln!«

»Zehn Minuten?« Theresa sah ihn bittend an.

»Na gut, wenn ich mir keine Bilder ansehen muss!«, schmollte Dino und trottete seiner Mutter hinterher.

Bruder Franziskus führte sie weiter durch die Gemäuer, bis er am Ende eines langen Säulengangs die Tür zur Bibliothek öffnete. »So, hier ist Fra Giovanni.«

Auch dem groß gewachsenen, kahlköpfigen Mönch erzählten sie die Kurzfassung der Geschichte. Als sie das Nötigste erklärt hatten, ging er mit ihnen stumm in den hinteren Lesesaal. In der Mitte des Raums stand ein wuchtiges, wurmstichiges Pult. Darauf lag, geschützt unter einem Glassturz, eine Bibel, die das richtige Alter haben konnte.

»Diese hier wurde uns von unserem Seligen Antonio Baldinucci vermacht. Seither liegt sie unberührt als eine Art Reliquie hier.« Fra Giovanni zögerte. »Ich weiß nicht, ob ich sie herausnehmen darf.«

Verflucht noch mal, dachte Theresa, das durfte nicht wahr sein! Da waren sie wahrscheinlich an der richtigen Adresse und dem Ziel so nahe! Und jetzt sollten sie die Bibel nicht anfassen dürfen? Ein bisschen, aber nur ein bisschen, konnte sie Domenico Casagrande verstehen. Man war knapp davor, eine bahnbrechende Entdeckung zu machen, und plötzlich kam wieder ein Hindernis – hier in Form eines gläubigen Mönchs!

»Padre Giovanni, dies wäre für Sie *die* Gelegenheit, Ihrem Antonio so nahe zu sein wie sonst nie im Leben«, schmeichelte sie und erzählte, was sie empfunden hatte, als sie das

Bild, das einst Galileo berührt haben musste, in den Händen hielt.

Nach einigem Zögern brummte der Mönch: »Sie haben recht, und sollte wirklich etwas von Galileo verborgen sein, könnte die Heilige Kirche zeigen, wie stark ihr Wunsch nach Wiedergutmachung ist.« Fra Giovanni holte einen großen Schlüsselbund hervor und sperrte die Vitrine auf. Gebannt starrten die Freunde auf das Glas. Der Mönch klappte das Schaufenster nach oben, und als er das Buch herausnahm, kamen alle näher. Ein dunkler Schatten fiel auf das Buch.

»Scusate! Entschuldigen Sie!« Er hob die Hand. »Mehr Licht. Ich brauche mehr Licht.«

Sie traten einen Schritt zurück und hielten einen gebührenden Abstand ein. Fra Giovanni blätterte eine Zeit lang vorsichtig in der Bibel, dann hielt er inne und drehte sich zu ihnen. Theresa sah Fassungslosigkeit in seinen Augen.

»Non posso credere! Ich kann es nicht glauben!« Er schüttelte den Kopf, ging zur Seite und deutete zitternd auf die Schrift. In der Mitte von Antonios Bibel war ein circa vierzigseitiges, kleinformatiges Manuskript eingenäht. In großen handgeschriebenen Lettern stand auf der Titelseite: ›Tamensi Movetur. Liber Astronomicus. Autore Galileo Galilei Lynceo‹. Und sie bewegt sich doch. Buch der Astronomie. Autor Galileo Galilei, der Luchs.

Kapitel 18

Pöllau, Sonntag, 24. November

Theresa legte einen Strauß Rosen nieder. Den zweiten behielt sie in ihrem Korb und fragte eine alte, vorbeihumpelnde Frau: »Entschuldigung, wissen Sie wo die Familie Dreiseitl liegt?«

»Gleich dort drüben irgendwo.« Die Frau zeigte auf das weiße Marmorkreuz der Igowskis.

»Danke.«

Nach einer kurzen Suche fand Theresa das Grab von Ambrosius und Ilse. Die zwei Gestecke, die die Gemeinde zur Beerdigung gestiftet hatte, waren bereits vertrocknet und braun. Alles sah trist und verwahrlost aus. Theresa räumte die verwelkten Pflanzen zur Seite und legte ihre Blumen auf den nackten Erdhügel. Ihr Arm schmerzte und sie vermisste Leon und Dino, die in einem Kaffeehaus am Pöllauer Hauptplatz auf sie warteten. Aber sie hatte allein zum Friedhof gehen wollen, um den Verstorbenen in aller Ruhe die Neuigkeiten erzählen zu können.

»Ich kümmere mich ab jetzt um euer Grab. Ihr habt ja niemanden mehr, der das tun könnte. Nächstes Frühjahr werde ich es mit der Hilfe meines Sohnes bunt bepflanzen. Weißt du schon, Ambrosius, dass der Mörder deiner Frau und deines Kindes gefasst worden ist? Es war wirklich ein Italiener. Er wird den Rest seines Lebens im Gefängnis verbringen. Und grüble nicht mehr – es war nicht deine Schuld.«

EPILOG

Wie ein Kolibri flog Flora von einem Gast zum anderen, plauderte mit glänzenden Augen und genoss den Erfolg ihrer Vernissage. An den Wänden hingen zwölf prachtvolle Stillleben, jedes über vier Meter lang und einige bereits mit dem roten Punkt versehen.

Theresa, Paul, Leon und Boris standen beisammen und beobachteten die aufgeregte Freundin. Mit rot glühenden Wangen ging sie zum Mikrofon, um eine kleine Ansprache zu halten. Theresa lächelte, sie wusste, dass Flora es hasste, öffentlich zu reden, aber die zwei Gläser Chianti, die sie zuvor getrunken hatte, schienen offensichtlich zu helfen.

Nach ihrer beschwingten Rede schwebte Flora an ihnen vorbei, um zu einem Interessenten zu gehen, doch Theresa hielt sie auf. »Na, wie läuft es?«

»Viel besser als erwartet. Drei verkauft und ein Auftrag für ein Bild mit Hummer. Übrigens, da drüben steht Primar Peck mit seiner Freundin. Ich habe gerade mit ihnen gesprochen. Und wenigstens bei dieser einen Vermutung habe ich recht gehabt – er ist mit seiner Sekretärin liiert! Ich muss weiter, entschuldige.«

Weg war sie. Theresa blickte zu dem Leiter der Rehaklinik. Auch er war, ohne es zu wissen, zu einem Verdächtigen geworden. Was ein paar dumme Zufälle bewirken konnten! Sie schüttelte den Kopf und wandte sich wieder den anderen zu.

»Also, was macht ihr nun mit eurer ›Krönung‹?«, fragte Boris.

»Eigentlich sollte sie nach den Strapazen restauriert werden, genauso wie ich«, antwortete Theresa und hielt ihre

Gipshand in die Höhe. »Allerdings will ich keinen Restaurator mehr in Gefahr bringen.«

»Ach, Thesi.« Paul nippte an seinem Sekt und verzog das Gesicht. »Du konntest wirklich nichts dafür.«

»Ich weiß, trotzdem.« Sie kuschelte sich an Leon. »Wir haben beschlossen, das Gemälde wieder auf den Keilrahmen zu spannen und es so wie es ist bei uns zu Hause aufzuhängen. Kein Sustermans, kein Rubens, keine Restaurierung, kein gar nichts.«

»Ich glaube dennoch, dass euch die Geheimhaltung nicht gelingen wird. Seht mal, Adriana hat mir das heute geschickt.«

Boris holte eine Zeitungsseite aus der Sakkoinnentasche. Paul faltete sie elegant mit einer Hand auseinander und Theresa übersetzte: »Österreichische Touristen entdecken ein unbekanntes Manuskript von Galileo Galilei.«

Unter der Headline waren zwei Fotos abgedruckt, eines von Flora und ihr und eines vom zerknitterten Sustermans-Gemälde.

»Wieso seid nur ihr beide abgelichtet?«, fragte Paul empört. »Immerhin haben wir alle mitgeholfen.«

»Ach komm, das ist Italien! Daran muss man sich gewöhnen!« Boris grinste. »Die italienischen Behörden haben das Manuskript überprüft und die Echtheit wurde bestätigt.«

»Wieso haben wir in Österreich nichts davon gelesen?« Theresa war überrascht.

»Wen interessiert das hier schon? Wir haben doch ganz andere Probleme«, meinte Leon trocken. »Zum Beispiel, welcher unserer Politiker mit der weißesten Weste aus den Korruptionsausschüssen hinausgeht.«

»Ich habe übrigens eine neue Aufgabe für uns«, unterbrach Paul und lächelte kryptisch. »Habt ihr von der Theorie gehört, dass die ›Mona Lisa‹ gar nicht *die* Mona Lisa darstellt?«

»Paul, bitte nicht!«, seufzte Leon.

»Doch, überlegt mal: Leonardo da Vinci schrieb, sein Auftraggeber sei Giuliano de' Medici gewesen. Der aber kannte Lisa del Giocondo gar nicht. Wahrscheinlich lächelt von dem Gemälde, das wir als ›Mona Lisa‹ kennen, Giulianos Geliebte Pacifica Brandani.« Triumphierend sah er seine Freunde an. »Mes amis, wisst ihr, was das heißt? Das Porträt der ›La Gioconda‹, also die *wahre* ›Mona Lisa‹, die Leonardo da Vinci, wie wir aus Briefen mit Sicherheit wissen, auch gemalt hat, liegt oder hängt irgendwo unentdeckt herum. Und wir werden sie suchen!«

Sprachlos starrten ihn die anderen an.

»Was ist los?« Flora gesellte sich wieder zur Runde.

»Wir haben gerade beschlossen, die echte ›Mona Lisa‹ zu suchen«, antwortete Theresa leise und sah sich schon wieder auf einem dünnen Seil tanzen.

Nachwort

Die historischen Figuren in diesem Roman sind belegt. Es gibt zwei kleine historische Ungenauigkeiten, die ich mir als Erzählerin erlaubt habe, denn Filippo Baldinucci wäre zum Zeitpunkt der Manuskriptverschickung Galileos erst 17 Jahre alt gewesen. Auch Bonaventura habe ich zum Schutze der Nachfahren einen anderen Nachnamen gegeben.

Die Geschichte eines möglichen Schmuggels könnte sich durchaus so abgespielt haben, es ist bewiesen, dass Galileo Manuskripte in der Zeit seiner Verbannung an der Inquisition vorbeischleusen konnte. Er wurde tatsächlich zweimal von Justus Sustermans in Arcetri gemalt. Und wahrscheinlich liegen noch einige seiner Handschriften unentdeckt in den geheimen Archiven und Bibliotheken der Welt.

Auch das Gemälde samt Vignette auf der Rückseite existiert. Ob es ein echter Justus Sustermans ist oder nicht, konnte ich in der Zwischenzeit noch nicht eruieren, da mir, als ich bei den Recherchen auf Galileo gestoßen bin, die Idee zu diesem Buch kam, und das Schreiben seither meine gesamte Zeit beansprucht.

Wer ganz genau wissen will, was an den historischen Details stimmt, kann es auf meiner Website www.elisfischer.com nachlesen. Viele Zusatzinformationen, die in diesem Buch keinen Platz fanden, da es zu detailliert um Kunstgeschichte ging und vielleicht für den Großteil der Leser nicht von Interesse gewesen wären, findet man dort. Den Director's Cut sozusagen.

Über neue Hinweise zu dem Gemälde wäre ich sehr dankbar und vielleicht können Sie und ich ja gemeinsam die Schatzsuche beenden und herausbekommen, ob Justus Sustermans das Bild wirklich gemalt hat und wer darauf gezeigt wird.

Danksagung

Zuerst möchte ich mich bei Natascha Brandl, Barbara Fisa, Nora Schachner, Anna Sebestyen und Tatjana de Vall bedanken. Sie haben die erste Version des Buchs gelesen und mir Selbstvertrauen zum Weiterschreiben gegeben.

Dann gebührt mein Dank den »Mörderischen Schwestern«, dir mir gezeigt haben, dass Selbstvertrauen allein nicht reicht, um ein gutes Buch zu schreiben. Man sollte auch das Handwerk beherrschen. Hier will ich vor allem Ella Theiss danken. Sie war meine wunderbare Mentorin bei Theresas zweitem Abenteuer.

Last but not least bedanke ich mich bei Stefan und David, die mich bei jedem meiner Unternehmen unterstützen. Und mir bei meinen Recherchen (Ab welcher Höhe tut es weh, wenn man von der Slackline fällt? Wie schnell kann man mit einem Porsche in die Kurve fahren?) stets selbstlos zur Seite stehen. Danke, ohne euch gäbe es dieses Buch nicht!

Weitere Romane finden Sie auf den folgenden Seiten und im Internet: www.gmeiner-verlag.de